父與子

伊凡・屠格涅夫

卞莉 譯

Fathers and Sons

Ivan S. Turgenev

CONTENTS

目錄

關於作者

伊凡・謝爾蓋耶維奇・屠格涅夫

（俄文：Иван Сергеевич Тургенев，英文：Ivan Sergeyevich Turgenev 1818～1883）

屠格涅夫是十九世紀最具代表性的俄國現實主義作家、詩人、劇作家。其主要作品有長篇小說《羅亭》、《貴族之家》、《前夜》、《父與子》、《處女地》，中篇小說《阿霞》、《初戀》等等。

他出生於舊俄貴族世家，父親是軍人，母親則是專制的農奴主，對於農奴極端苛刻凶狠，因此他從小就很同情農奴，總是想幫助那些受苦受難的人們，痛恨且譴責那些製造苦難的惡人，這樣的情懷投射在他往後的創作裡，其作品都是對社會底層的憐憫。他曾經在莫斯科大學、彼得堡大學就讀，畢業後前往德國柏林進修，在歐洲見識到現代化的社會制度，因此主張俄國應該向西方國家學習，並呼籲政府廢除農奴制度。學成回國後，與別林斯基成為亦師亦友的至交。從一八四七年起，開始為《現代人》雜誌專欄撰稿，以自由主義和人道主義的立場極力反對農奴制。屠格涅夫在大學時期就開始創作，一八四七～一八五二年陸續寫成的《獵人筆記》，主要表現農奴制度下農民和地主的關係。該作品反農奴制的傾向觸怒了俄國當局，當局以屠格涅夫違反審查條例為由，將其拘捕並放逐。在拘留期間，他又書寫了反農奴制的短篇小說《木木》。十九世紀的五〇至七〇年代是屠格涅夫創作的巔峰時期，他陸續發表了長篇小說《羅亭》（1856）、《貴族之家》（1859）、《前夜》（1860）、《父與子》（1862）、《煙》（1867）、《處女地》（1877）等作品。其主題鮮明，故事結構嚴謹，用詞遣字優美，尤其擅長刻畫大自然景色的瞬息萬變，且充滿了詩意與哲理。這六部長篇小說中的男女主角，在感情上經歷了種種艱難之後，最終都不是以喜劇收場，在在顯示他忠實呈現當時俄國社會的現實。

從十九世紀的六〇年代起，屠格涅夫搬到西歐國家定居，並結交了許多作家、藝術家，如左拉、莫泊桑、都德、龔固爾等。他終生未婚，卻深愛著一個有夫之婦維亞爾多夫人，甚至在維亞爾多夫人的女兒們出嫁時，還為她們提供了優厚的嫁妝。然而這段地下戀情始終無法修成正果，一八八三年九月三日，屠格涅夫病逝於法國巴黎，親友根據他的遺囑，將他的遺體運回俄國，安葬在他生前的至交別林斯基的墓地旁。

本書主要人物表

◆尼古拉．彼得洛維奇．基爾沙諾夫——阿爾卡季的父親，地主。

◆帕威爾．彼得洛維奇．基爾沙諾夫——尼古拉的胞兄；阿爾卡季的伯父，退伍軍官。

◆阿爾卡季．尼古拉維奇．基爾沙諾夫——尼古拉之子，暱稱阿爾卡沙，大學畢業生。

◆葉甫蓋尼．瓦西里耶伊奇．巴扎洛夫（暱稱葉紐莎）——阿爾卡季的好友，醫科生。

◆費尼奇佳（費多西婭．尼古拉耶夫娜）——尼古拉．彼得洛維奇．基爾沙諾夫的前任管家之女，與尼古拉育有一個私生子。

◆R公爵夫人——帕威爾．彼得洛維奇．基爾沙諾夫曾經迷戀的已婚女子。

◆維克多．西特尼科夫——葉甫蓋尼．瓦西里耶伊奇．巴扎洛夫的朋友，酒商之子。

◆葉芙多克西婭（阿芙多季婭）・尼基奇西婭・庫克申娜——與丈夫分居的新潮女性。

◆奧金佐娃夫人（安娜・謝爾蓋耶夫娜・奧金佐娃）——葉芙多克西婭・庫克申娜的寡婦朋友。

◆卡奇婭（卡捷琳娜・謝爾蓋耶夫娜・奧金佐娃）——奧金佐娃夫人的胞妹。

◆瓦西里・伊凡內奇・巴扎洛夫——葉甫蓋尼・瓦西里耶伊奇・巴扎洛夫的父親，退職軍醫。

◆阿里夏・弗拉西耶夫娜・巴扎洛夫——葉甫蓋尼・瓦西里耶伊奇・巴扎洛夫的母親。

父與子

Fathers and Sons

1

「喂，彼得，還沒看到嗎？」問話的是一位年約四十歲的紳士，他沒戴帽子，穿著一件蒙塵的大衣和一條斜紋粗呢褲，從一家驛站走出來，站在低矮平台的台階上。那天是一八五九年五月二十日。被問話的僕人是個雙頰圓潤的小夥子，下巴生著一小撮淺白色細毛，一對小眼睛呆滯無神。

僕人身上的一切，從耳朵上的綠松石耳環，染過色塗了油的頭髮，到斯文的舉止，都顯示出他屬於時髦進步的新一代。他敷衍地朝大道瞥了一眼，回答道：「還沒，老爺，連影子也沒有。」

「沒看到嗎？」紳士再問一句。

「沒有。」僕人又回答了一次。

紳士嘆了口氣，在一條長凳上坐下。趁他縮著腳坐在那裡，若有所思地打量四周時，我們向讀者介紹一下這個人。

他名為尼古拉・彼得洛維奇・基爾沙諾夫。他的產業距離驛站有十五俄里遠[1]，

---

1 俄里：是昔日俄羅斯使用的一種長度單位，下分為500沙繩。一俄里即1.0668公里，或0.6629英里。另有「邊界俄里」，為俄里之兩倍。蘇聯政府於一九二四年廢除舊俄制量測單位，改為使用公制。

是一片上好的莊園，擁有兩百名農奴，或者如他所說，是一個土地分配給農民後創辦的兩千俄畝[2]的「農場」。他父親是一位將軍，曾參加過一八一二年戰役，是那種識字不多，舉止粗野卻沒什麼惡習的道地俄國人。他在軍中戎馬一生，先後擔任過旅長和師長，長年駐紮外省，因為官階高，在那些地方頗有些聲望。尼古拉．彼得洛維奇出生在俄國南部，同他哥哥帕威爾（關於帕威爾，我們之後再談）一樣，十四歲之前是在家中接受教育的，周圍簇擁著平庸的家庭教師、隨意放浪的副官，以及團裡和司令部的各式人物。母親是科里亞金家的一位小姐，閨名阿嘉莎，做了將軍夫人後便改名為阿嘉福克利雅．庫茲米尼什娜．基爾沙諾娃，完全是「官派十足的長官太太」。她戴著華麗的蓬鬆圓帽，穿著窸窣作響的緞衣，在教堂做彌撒時，總是搶先親吻十字架；她的聲音很高而且喋喋不休，還照例每天早晨要子女們親吻她的手，每晚臨睡前要給他們祝福。總之，日子過得稱心如意。尼古拉．彼得洛維奇雖為將門之子，可他非但毫無勇武之氣，甚至還表現得像個懦夫。他原本應當像他哥哥那樣從軍，可是就在接獲委任的那一天跌斷了腿，在床上躺了兩個月，再站起來時卻成了無法治好的瘸子。他父親從此斷了念，讓他改做文官。等到滿了十八歲，父親把送他去聖彼得堡讀大學，恰好他哥哥在彼時當上了近衛軍的軍官，父親便讓兩兄弟共租一間套房同居，又託了一位現任高等文官的表舅伊里亞．科里亞金不時照應。安頓好這些後，父親回到軍隊和妻子那裡，偶爾給兒子們寫一封信，他在大張的灰色信紙上塗滿粗大潦草的字體，在信的最後落款處簽上「陸軍少將彼得·基爾沙諾夫」，還在周圍精心描上一圈花邊。一八三五年，尼古拉·彼得洛維奇從大學畢業並獲得學士學位，同年基爾沙諾夫將軍因閱兵不力被勒令退職，遂偕妻子搬到聖彼得堡居住。他打算在塔夫利花園附近租棟房子並加入英國俱樂部，卻突然中風，不幸過世。阿嘉福克利雅·庫茲米尼什娜過不慣首都那種沉悶而寡居簡出的日子，不久也繼之過世。尼古拉·彼得洛維奇在雙親還在世時便不顧他們反對愛上了房東之女——文職官普列波洛溫斯基的女兒，這位小姐容貌出眾且「作風先進」，常常閱讀報紙上「科學」欄目的嚴肅文章。尼古拉·彼得洛維奇服喪期一滿，便與她結了婚，並辭去父親生前替他謀得的地方事務文官職務，搬去農林院附近一棟別墅，安享幸福的家庭生活。不久，他們又搬到一套小巧而精緻的住所，那裡的樓梯一塵不染，客廳涼爽通風。末了，夫妻兩人遷居鄉間並安定下來，此時，他們的兒子阿爾卡季出生了。伉儷生活溫馨平靜，感情如膠似漆。他們一同讀書，一起彈琴，一同唱歌。她種花飼禽，他則出外打獵或管理田務，阿爾

2 俄畝：俄製地積單位，一俄畝＝1.09公頃，合16.35市畝。

卡季也在寧靜快樂的環境中成長茁壯。十年光陰如過隙白駒，一八四七年，基爾沙諾夫的妻子猝然辭世，他險些經受不了這個打擊，幾個星期便白了頭。他想動身藉出國遊歷散心，然而繼之而來的是一八四八年，有什麼辦法呢？只得返回鄉間。他有很長一段時間都意志消沉、無所事事，遂關心起田地改革。一八五五年，他把兒子送進聖彼得堡大學，自己也在那裡度過了三個冬天，除了竭力結交阿爾卡季的一班青年朋友之外，很少出門。直到第四年的冬天，他因事而無法前往聖彼得堡，於是我們在一九五九年五月看見完全步入中年的他——頭髮花白，身材微胖，肩背微駝——正等待同他從前一樣大學畢業歸來的兒子。

僕人或出於禮節，或不願總站在主人的眼皮底下，遂走出大門，站在那裡點燃了菸斗。尼古拉·彼得洛維奇仍是垂頭默默坐著，凝視著露台前面殘破的台階。一隻肥大的花斑雞正神氣地邁開嫩黃爪子，一隻髒兮兮的貓則伏在欄杆上對牠虎視眈眈。陽光炙烤著大地。驛站昏暗的過道中飄來一股新出爐的黑麥麵包香。尼古拉·彼得洛維奇想得入了神，「我兒子……大學學士……阿爾卡季」這幾個字詞在他腦袋中縈迴不散，他竭力想些別的，可是這些念頭又轉了回來。直到後來他想到亡故的妻子，便哀傷地喃喃自語：「要是她看得到今天就好了！」一隻壯實的灰藍色鴿子飛落在大道上，急匆匆地走去井邊的水窪前飲水。尼古拉·彼得洛維奇正瞥向牠，耳邊傳來駛近的轔轔車輪聲。

「老爺，好像是他們來了。」僕人從大門口走進來說。

尼古拉．彼得洛維奇立刻跳起身，舉目朝大道望去。果然，一輛三匹驛馬拉的四輪馬車出現了，車窗裡還可看見一頂大學生制服帽的帽圈和他親愛兒子的熟悉臉龐。

「阿爾卡沙，阿爾卡沙！」基爾沙諾夫高喊著，一路揮舞著雙手向前奔去。沒一會兒，他的嘴唇已經貼在一個青年學士曬得黝黑、沾滿塵土且無鬚的臉頰上了。

2

「親愛的爸爸，讓我先撣去身上的塵土吧，」阿爾卡季的聲音由於旅途勞頓而略帶沙啞，卻依然響亮，青春洋溢。「瞧，你被我沾了一身土！」他也高興地回抱著父親。

「哦，不要緊，」尼古拉．彼得洛維奇慈愛地微笑道，伸手撣去兒子藍色衣領上的灰塵，也順手把自己的外衣拍了拍。「讓我好好看看，好好看看，」他退後幾步端詳著兒子，旋即向驛站走去，嘴裡催促著，「走這邊，走這邊。快準備套馬！」

他似乎比兒子更激動，慌了神般不知所措，講起話來結結巴巴。阿爾卡季連忙攔住他。

「爸爸，」他說，「且讓我介紹我的好朋友巴扎洛夫給你，就是我常常在信中提及的那位。他居然肯賞光到我們家中作客。」

尼古拉・彼得洛維奇趕忙轉過身，走到剛從馬車上下來、身穿綴穗長外衣的高個子面前。隔了半晌，高個子才伸出曬紅的雙手，尼古拉・彼得洛維奇緊緊握住並說：

「對您的光臨我感到由衷的高興，由衷的感激！我希望……先請教您的大名和父名？」

「葉甫蓋尼・瓦西里耶伊奇，」巴扎洛夫不緊不慢地用渾厚的聲音回答，同時翻下外套領子，露出整張面孔。這是一張瘦長臉，前額高闊，鼻子上平下尖，一雙泛綠的大眼睛，沙土色下垂絡腮鬍。他微微一笑，臉龐明亮了起來，透出自信與聰慧。

「親愛的葉甫蓋尼・瓦西里耶伊奇，」尼古拉・彼得洛維奇繼續說道，「希望您在我們這裡不會感到煩悶。」

巴扎洛夫嘴唇蠕動了一下，並沒有回答，只是用手指點了點帽子。他長而濃密看不出顏色的頭髮仍遮不住隆起的額角。

「那麼，阿爾卡季，」尼古拉・彼得洛維奇又轉身問兒子，「現在就吩咐套馬呢，還是你們想休息一會？」

「我們還是回家休息吧，爸爸。就吩咐套馬吧。」

「好的，」他父親答道，「彼得！趕快去套馬，好孩子！」

彼得是個訓練有素的僕人，他並不走上前去親吻少爺的手，而只在遠處打了一個躬，便消失在大門外了。

「我是坐輕便馬車來的，」尼古拉．彼得洛維奇說道，「不過我另外為你的四輪馬車預備三匹馬。」

阿爾卡季端著女驛站長送來的一只黃碗喝著水，巴扎洛夫點燃了菸斗，向正在卸馬的馬夫走去。

「我的車上只有兩個座位，」尼古拉．彼得洛維奇繼續說，「不知道你朋友要怎麼坐……」

「哦，他可以坐四輪馬車，」阿爾卡季打斷他的話，「請不要對他拘禮，雖然他很出色，可是非常樸實，以後你就知道了。」

尼古拉．彼得洛維奇的車夫牽了馬來，巴扎洛夫對馬夫說：

「快過來，這邊，大鬍子！」

「聽見沒有，米秋哈？」另一個馬夫將手插在衣服後面的開口處，「那位老爺叫你什麼？沒錯，真是個大鬍子。」

米秋哈只是把帽子一歪，隨即從汗涔涔的轅馬身上卸下馬轡頭和韁繩。

「快點，好夥計！」尼古拉．彼得洛維奇高聲喊道，「出把力，等會兒大家都有酒喝！」

不一會兒工夫，馬車便套好了，父子倆坐進輕便馬車，彼得爬上車沿，巴扎洛夫則跳進四輪馬車，把頭舒舒服服地靠在皮墊上。兩輛馬車轆轆地駛開了。

3

「你居然升上學士，畢業歸來了！」尼古拉．彼得洛維奇忽而拍拍阿爾卡季的肩膀，忽而拍拍他的膝蓋，叨念著，「等到了，等到了！」

「伯父身體怎樣？他好嗎？」阿爾卡季問。他雖然滿懷真摯又近乎孩童般的歡喜，可還是竭力少說動感情的話，盡量只扯家常。

「好，他身體很好。他原本打算和我一起來接你，但最後又改變主意了。」

「你等了很久嗎？」阿爾卡季問。

「約莫五個小時。」

「我的好爸爸！」阿爾卡季輕呼著，轉身在父親的面頰上響亮地印了一吻。尼古拉·彼得洛維奇默默微笑。

「我替你置了一匹好馬，」他說，「待會兒你就能見到。你的房間也重新裱糊過。」

「也有房間給巴扎洛夫嗎？」

「安排一間給他就是了。」

「噢……請你盡量關照他。我甚至無法用語言形容我有多珍視他的友情。」

「你與他認識並不久吧？」

「是，不太久。」

「怪不得去年冬天我沒在聖彼得堡見著他。他研究什麼？」

「主要研究自然科學。不過他什麼都懂，明年就要去考醫生了。」

「噢！原來他念醫科？」尼古拉·彼得洛維奇說。

沉默半晌後，尼古拉抬手指向前方問：「彼得，那些農人可是我們家的？」

彼得順著主人所指的方向望過去，只見幾輛大車在一條狹窄的小路上駛過，拉車的馬都沒有裝轡頭，每輛車上都坐著兩三個農人，穿著敞開襟的羊皮襖。

「是的，老爺。」彼得答道。

「他們這是要去哪裡？進城嗎？」

「大概是進城……上酒館吧。」他輕蔑地補充了一句，然後向車夫打了個眼色，彷彿想得到他的支持。可是車夫是個老派，對新人的新式見解毫無興趣，甚至連眼皮都沒抬一下。

「今年農人找了我不少麻煩，」尼古拉・彼得洛維奇對兒子說，「他們不肯繳租。你有什麼辦法嗎？」

「那僱來的長工呢？你還滿意嗎？」

「還好，」尼古拉・彼得洛維奇咕噥著，「不幸的是，有人唆使他們鬧事，都不肯出力幹活，把農具也破壞了。不過總算是把地耕了，時間久些就會上正軌吧。你對田莊管理有沒有興趣？」

「我們家最缺的就是一塊陰涼地方。」阿爾卡季答非所問地轉移話題。

「啊，我在北面露台上搭了一座涼棚，」尼古拉・彼得洛維奇說，「現在可以在露天吃飯了。」

「這麼一來，這裡不就像極了一所避暑的別墅？不過，算了。這裡的空氣多麼好啊！清新極了！沒錯，我覺得再沒有一個地方的空氣比得上咱們這裡了！而且天空也……」

阿爾卡季忽然煞住話，朝後面的四輪馬車瞥了一眼，便不再作聲了。

「的確是這樣，」尼古拉．彼得洛維奇應道，「你是在這裡出生的，所以你對這地方的一切都有種特殊的情感。」

「得了，爸爸，這和一個人在哪裡出生是沒有關係的。」

「是這樣嗎？」

「沒有，絕對沒有關係。」

尼古拉．彼得洛維奇從旁瞅了兒子一眼，沒再講話。車子又走了半俄里。尼古拉．彼得洛維奇才又開口道：

「我記不得是否在給你的信上提過，你以前的奶媽葉戈羅芙娜去世了。」

「真的？可憐的老人！那麼普洛科菲奇還健在嗎？」

「還在，一點兒都沒變，還是那樣牢騷滿腹。老實說，你在瑪麗因諾發現不了太大的變化。」

「管家還是原來那個？」

「倒是換了個新人，我決定不再留用已獲自由的家僕，或至少不再對他們委以重任。」阿爾卡季朝彼得望了一眼，尼古拉．彼得洛維奇便壓低聲音說道，「他的確是個自由人，不過他只是個僕人。至於管家，我找了個城裡人，看起來很能幹，我給他一年二百五十盧布的薪水。不過，」說到此處，尼古拉．彼得洛維奇順了順眉頭，他心緒不寧時就會如此，「剛才我說在瑪麗因諾你不會發現什麼變化，其實也不盡然。我應當預先說明一下……」

尼古拉．彼得洛維奇遲疑了片刻，接著又用法語說下去：

「嚴厲的道學家也許會指謫我的坦率並不恰當。不過，一來這件事無法隱瞞，二來你也知道我對父子關係素來獨有主張。當然，這並不是說你無權責備我。在我這樣的歲數……那個，總之一句話，那位女子，關於她的事情你大概已經聽說了……」

「費尼奇佳嗎？」阿爾卡季問。

尼古拉．彼得洛維奇刷地漲紅了臉。

「請別這麼大聲提她的名字，」他說道，「是的，她眼下同我住一起。我安排她搬到家裡，因為正好有兩個小房間空著。當然，這都是可以變動的。」

「為何要變動呢，爸爸？」

「你的朋友要在我們家作客……恐怕有些不方便。」

「不用擔心巴扎洛夫，他完全不關心這些事。」

「好的，不過還有你自己呢，」尼古拉．彼得洛維奇又說道，「真糟糕，我們的廂房太小了。」

「怎麼這麼說呢，爸爸，」阿爾卡季接嘴道，「你這話聽起來好像在抱歉似的。你沒什麼好羞愧的。」

「啊，我應當羞愧。」尼古拉．彼得洛維奇回答道，他的臉愈來愈紅。

「得啦，爸爸。」阿爾卡季溫和地笑了。「這有什麼好道歉的呢？」他思忖著，心中充滿了對於善良慈父的體諒之情，同時又夾雜著某種暗自不凡的自負。

「拜託你不要再提啦！」阿爾卡季說道，不由自主地為自己思想的成熟與解放大為得意。

尼古拉．彼得洛維奇還在撫摸額頭，他從指縫裡瞅了兒子一眼，心好像被揪了一下。可是他當即埋怨起自己來。

「從這裡就進入我們的地界了。」過了好一陣他才又開口說道。

「前面是我們家的林子吧？」阿爾卡季問。

「是的。不過，不過……我已經把它賣出去了，今年他們就會來砍掉。」

「我需要錢。再說，這塊地終歸要分給農人的。」

「為什麼要賣掉？」

「怎麼？分給那些不繳租的農人嗎？」

「那是他們的事情，不過他們會繳租的。」

「砍掉這片林子可真是可惜。」阿爾卡季說著，眺望起四周風景來。

他們行經的田野稱不上風景秀麗。田地接連，起伏延綿，一望無際。間或有幾片小樹林，還有些曲曲折折的峽谷，沿邊覆滿了低矮稀疏的灌木叢，像極了葉卡捷琳娜二世時代的測量圖。小河沿著陡峭的岸坡流過低矮的農舍，農舍黑漆漆的屋頂大半都已崩塌，毗鄰著柳條編成歪歪斜斜的磨坊，空曠的打穀場大門脫落，磚砌或木造的教堂矗立在破敗荒涼的墓地中間，灰泥剝落，十字架搖搖欲墜。阿爾卡季目睹著這一切，心漸漸地揪成一團。此外，沿途遇到的農人一概是破衣爛衫，胯下均是瘦弱的駑馬，連柳樹也像是衣衫襤褸的乞丐，棵棵被剝掉樹皮、斷去樹枝站在路旁。幾隻瘦骨嶙峋、渾身髒兮兮的奶牛貪婪地亂嚼著溝壑邊的野草，看起來像是剛從什麼殘暴野獸的利爪下掙脫倖存似的。在明媚日暖的春日裡看到這些殘弱不堪的牲畜，使人不禁又捲入寒冬的白色魔影中，漫天風雪霧氣肅殺。

「顯然這裡不是一個富裕的地方，」阿爾卡季思忖著，「更確切地說，這地方給人的印象既不富足，人也不會勤勞工作。就這樣聽之任之嗎？不行！我們需要進行改革。但怎樣實行改革呢，又要從何處著手呢？」

阿爾卡季這樣思量著，然而就在這時，春天又彰顯了它的力量。周圍的一切都是金綠色，樹木、矮灌和青草沐浴在煦暖的春風裡搖曳生輝；雲雀悠揚的歌聲不絕於耳，金翅雀時而高叫著在低窪的池塘上空盤旋，時而默默地掠過丘陵；白嘴鴨在短小的麥苗間緩步徘徊，旋即隱在已經變白的蕎麥煙波中，又不時地從灰色麥浪中探出頭來。

阿爾卡季看了又看，他的憂思漸漸淡去直至完全消散。他脫掉大衣，如孩童般興高采烈地望了父親一眼，尼古拉·彼得洛維奇看到又擁抱了他一下。

「現在已經不遠了，」尼古拉說，「只消上了那個高崗就可以看到房子。我們以後可就一起過日子了，阿爾卡季！你可以幫我管理田產，只要你不厭煩的話。眼下我們應當多親近，徹底了解彼此才好，你說對吧？」

「當然！」阿爾卡季高聲說道，「今天的天氣多好啊！」

「是的，特地迎接你的到來呢！這是春天最美好的時候。我完全同意普希金在《葉甫蓋尼·奧涅金》中所寫的——『你來了，我愁上心頭，噢，春天啊春天，戀愛的時節！』。」

「阿爾卡季，」從四輪馬車裡傳來巴扎洛夫的聲音，「請遞給我一兩根火柴，我沒有東西來點燃我的菸斗呢。」

尼古拉·彼得洛維奇立即停止吟詩。阿爾卡季起初聽到父親唸詩，頗感驚異又不無同情，此刻連忙從口袋裡掏出一個銀質火柴盒，叫彼得給巴扎洛夫送去。

「你要不要也來一支雪茄？」巴扎洛夫問道。

「好啊。」阿爾卡季回答。

於是彼得回來時，除了火柴盒，還遞給阿爾卡季一支又粗又黑的雪茄。阿爾卡季立刻把它點燃，周身散發出一陣辛辣濃烈的菸草味。從小未曾抽過菸的尼古拉．彼得洛維奇不得不背過臉去。他竭力不露聲色，深恐兒子見怪。

一刻鐘後，兩輛馬車停在一座灰木牆、紅鐵瓦頂的新宅台階前。這就是瑪麗因諾，又名新莊，農人們卻都稱它為「窮莊」。

4

並沒有成群的僕人跑出來迎接，台階上只有一個年約十二歲的女孩，隨後又閃出一個年輕人，樣子和彼得很像，穿著一件灰色僕役制服，上面綴有刻了紋章的鍍銀鈕釦，他是帕威爾．彼得洛維奇．基爾沙諾夫的貼身僕人。他一聲不響地打開輕便馬車的車門，又解開四輪馬車的擋簾。尼古拉．彼得洛維奇跟兒子和巴扎洛夫下了車，穿過黑暗空盪的門廳——這時門後閃過一張年輕女子的臉孔——走進陳設入時的客廳。

「瞧，我們終於到家了，」尼古拉．彼得洛維奇摘下帽子，把頭髮往後甩了甩，並說：「等下吃過晚飯就好好休息吧！」

「吃點東西當然是不錯的。」巴扎洛夫說道，打了個呵欠，便在一張沙發上坐下。

「不錯不錯，我吩咐他們立刻開飯，」尼古拉．彼得洛維奇無端地跺了跺腳，「啊，普洛科菲奇也來了。」

一位年約六十歲的白髮老人走了進來，身體瘦削，膚色黝黑，穿一件釘著銅鈕釦的肉桂色燕尾服，繫著一條緋紅色領巾。他笑容滿面地走近阿爾卡季，吻了對方的手背，並對著客人一鞠躬，便退到門邊背著手站立在那裡。

「他回來了，普洛科菲奇，」尼古拉．彼得洛維奇說，「他到底回到我們這裡來了……他看起來怎麼樣？」

「再好不過了，」老人咧嘴一笑，旋即卻又斂起兩道濃眉，「現在就吩咐開飯嗎？」他鄭重問道。

「是的，是的，請告訴他們。葉甫蓋尼．瓦西里耶伊奇，你要先去看一下你的房間嗎？」

「不必了，謝謝，這沒什麼要緊。不過請吩咐人把我的小箱子提到那裡去，另外還有這件衣服。」他說著從身上脫下大衣。

「很好。普洛科菲奇，接下這位先生的衣服。」

普洛科菲奇雙手接過巴扎洛夫的「衣服」，略帶驚異地把它高高舉過頭頂，踮著腳尖走了出去。

尼古拉又問：「你呢，阿爾卡季，你要到自己的房間嗎？」

「是的，我要梳洗一番。」阿爾卡季回答道。他正要離開時，一個人走進客廳。來者中等身材，穿著深色英式套裝，繫著時髦的低領結，腳上一雙羊漆皮短靴。他就是帕威爾．彼得洛維奇．基爾沙諾夫。他看起來年約四十五歲，修剪得極短的灰白頭髮新銀錠般閃現油亮的光澤。臉色發黃卻沒有一絲皺紋，五官端正，輪廓清晰，像是精雕細鑿出來一般。這張臉仍保有昔日之俊朗，尤其是那雙黑亮清澈的杏仁眼。阿爾卡季的伯父風儀優雅高貴，還保持了年輕時期的英秀以及一般人年過二十便大半消失的超越世俗的神情。

帕威爾．彼得洛維奇從褲袋裡抽出一隻柔滑修長有著粉紅色指甲的手來，這手在他那雪白的袖口以及大顆貓眼寶石袖釦的襯托下顯得更為嬌嫩。他把手伸向侄兒。在完成歐式握手禮之後，他又依照俄國禮儀吻了對方三下，也就是說，他把那灑了香水的鬍子在侄兒面頰上貼了三下，並說了聲，「歡迎。」

尼古拉．彼得洛維奇把他介紹給巴扎洛夫。帕威爾．彼得洛維奇稍微彎了彎他那柔軟的身子，略略一笑，卻未伸出手，反而將它藏回了口袋。

「我還以為你今天回不來了呢，」他用悅耳的嗓音說道，親切地聳了聳肩，露出一口潔白的牙齒。「路上出了什麼事嗎？」

「沒什麼事，」阿爾卡季回答道，「我們走得太慢了，現在餓得像頭狼一樣。爸爸，請催促一下普洛科菲奇，我去去就回。」

「等一下，我同你一塊去。」巴扎洛夫突然從沙發上站起身來說。兩個年輕人結伴出去了。

「他是誰？」帕威爾．彼得洛維奇問。

「阿爾卡季的朋友。據說是個極為聰明的傢伙。」

「他也要在這裡住下嗎？」

「是的。」

「那個蓬頭垢面的傢伙？」

「嗯，是啊。」

帕威爾．彼得洛維奇用指尖敲著桌面說：「我發現阿爾卡季變得機靈了[3]。我很

3　原文為法文，est dégourdi。

高興他回來了。」

晚飯時，眾人甚少交談，尤其是巴扎洛夫，幾乎一言未發，倒是吃了很多。尼古拉·彼得洛維奇講述了他所謂農場的種種狀況，還談了政府即將採取的新措施，還有成立委員會、選派代表以及引進農用機械之必要，諸如此類。帕威爾·彼得洛維奇在餐廳裡緩緩踱步（他素來不吃晚飯），偶或拿起紅酒杯啜上一口，插一兩句話或發出幾聲「啊！啊哈！哼！」一類的感嘆。阿爾卡季講了一些聖彼得堡的新聞，可是他感到有些侷促。這種侷促通常是那些剛剛脫離孩童時期，卻又回到人們習慣於把他當作孩童看待的地方青年不可避免的。他故意把話語拖長，避免使用「爸爸」這個字眼，甚至有時會改口稱「父親」，在齒縫間含糊不清地輕輕帶過。他裝著滿不在乎的樣子往酒杯裡斟上超過自己酒量的紅酒，然後一飲而盡。普洛科菲奇自始至終望著他，咬住嘴唇。晚飯結束，大家立刻各自散去。

「你那位伯父真是怪人，」巴扎洛夫穿了件睡衣，抽著一支短菸斗，坐在床沿上說，「想不到在鄉間會見到這樣漂亮的裝束！他那指甲，他那指甲呀……你真該把它們拿去展覽！」

「這你就不知道了，」阿爾卡季回答道，「他在當年可是個風流人物呢！改天我講講他的歷史給你聽。他以前是個美男子，不知迷倒過多少女人呢。」

「噢，原來如此？難怪他還是那般精緻打扮，惦記著當年的風流。可惜在這樣的地方，沒人可被迷倒。我一直在看他，雲母石般光潔的衣領，還有剃得非常乾淨的下巴。阿爾卡季．尼古拉維奇，這不是很可笑嗎？」

「也許是；但他實在是個好人。」

「一件老古董！不過你父親是個挺不錯的人。他讀那些詩都是浪費時間，對農業也知之甚少，但他有副好心腸。」

「我父親是萬中挑一的好人。」

「你有沒有注意到他那副羞怯不安的樣子？」

阿爾卡季搖搖頭，彷彿在說他自己並無羞怯不安。

「真令人嗟嘆，」巴扎洛夫繼續說道，「這些古舊的浪漫派，他們把自己的神經系統發展到極點，到後來支撐不住……失去平衡。不過，再見吧。我房間裡有一個英式盥洗檯，但因此房門沒辦法關牢。不過這究竟是該鼓勵的……英式盥洗檯，它代表進步！」

巴扎洛夫走了，阿爾卡季滿懷喜悅。睡在自己的家中，躺在熟悉的床上，蓋上一雙親愛的手所做成的被子，也許就是老奶媽那雙慈祥而不知疲倦的手。阿爾卡季想起葉戈羅芙娜，不由得嘆了口氣，默禱她的靈魂在天上平安……但他沒有為自己禱告。

他和巴扎洛夫很快便睡熟了，可家中還有人遲遲未眠。兒子的歸來使得尼古拉·彼得洛維奇異常激動，他躺在床上，沒吹熄蠟燭，頭枕在手上陷入沉思。他哥午夜過後很久還坐在書房裡一張寬大的扶手椅，望著餘燼未熄的壁爐。帕威爾·彼得洛維奇仍未更衣，只是換了雙中式紅拖鞋。他拿著最近一期的《加里聶安尼報》，不過並沒在看，只是怔怔地盯著壁爐裡忽明忽滅、閃爍不定的藍火苗……天知道他的思緒飄到哪裡去了。不過他所想的並不只是往事，他的神色專注而悒鬱，並不像一個單純沉浸在回憶中的人。後面一間小屋內，一名年輕女子坐在一只大木箱上，裹著一件藍睡袍，黑髮上扎著一塊白頭巾，她就是費尼奇佳。她一邊傾聽一邊打瞌睡，不時地抬起頭望向敞開的門，門裡能看見一個小小的搖籃，還能聽到嬰孩熟睡中均勻的呼吸聲。

5

次日早晨，巴扎洛夫醒得比誰都早，便起身出了門。「天啊，」他環顧了四周一眼，暗忖道，「這小地方可沒什麼值得炫耀的！」尼古拉·彼得洛維奇把田地分給農人之後，他不得不在一塊四俄畝的貧瘠平地上興建自己的新宅。他蓋了一棟住屋，幾間辦公房以及農事用房；闢了一個花園，挖了一口池塘，鑿了兩眼水井；不過，新種植的樹苗長勢不佳，池塘裡蓄水不多，井水還略帶鹹味。唯涼亭被繁茂的紫丁香和金合歡覆蓋著，有時，他們便在涼亭裡喝茶用餐。巴扎洛夫不消幾分鐘就踏遍了花園裡所有的小徑，逛過了牛棚和馬廄，找到了兩個農家小孩，彼此立刻成為朋友，三個人一同到離宅子一俄里之外的小沼地捉青蛙去了。

「老爺，你要青蛙做什麼？」一個小孩問道。

「告訴你，」巴扎洛夫回答道，他具有一種特殊本領，可以輕易得到身分比他低的人的信賴，雖則他從未意欲如此，並且對他們非常隨意，「我要把青蛙剖開，瞧瞧牠們身體裡面是怎麼回事；因為你我跟青蛙一模一樣，只不過是用兩條腿走路，這樣我也就會了解我們身子裡面是怎麼一回事了。」

「你了解這個有什麼用？」

「如果你哪天生病了請我去醫治，我便不會出錯。」

「那麼你是一個醫生了？」

「是呀。」

「瓦司加，你聽到了嗎，這位老爺說你我跟青蛙一個樣，真奇怪！」

「我怕青蛙，」瓦司加說，他年約七歲，一頭髮色白得像亞麻般，穿著一件立領灰色罩衫，打著一對赤腳。

「有什麼好怕？牠會咬你？」

「好了，小哲學家們，跳到水裡去吧。」巴扎洛夫說道。

與此同時，尼古拉．彼得洛維奇也已起身去找阿爾卡季，見他已穿好衣服，於是父子倆便一同走出屋子，到露台涼棚坐下。欄杆旁的桌子上插了好幾束丁香花，中間一個茶炊已沸騰，咕嘟冒著熱氣。昨晚最先到台階上迎接他們的小女孩走過來，尖聲細氣地問道：

「費多西婭．尼古拉耶夫娜不舒服，不能前來；她打發我來問問，是老爺您親自斟茶呢，還是差杜尼亞莎來？」

「我自己來，自己來，」尼古拉．彼得洛維奇連忙接嘴道，「阿爾卡季，你茶裡要加奶還是加檸檬？」

「加奶，」阿爾卡季答道。他沉默了半晌，帶著詢問的口氣說，「爸爸？」

尼古拉．彼得洛維奇慌亂地望了兒子一眼。

「怎麼了？」他說。

阿爾卡季垂下眼睛。

「爸爸，倘若我的問題有不得體之處，還請原諒，」他說道，「只因你昨日的坦率讓我也想對你坦誠以待……你不會生氣吧？」

「你說吧。」

「你讓我有勇氣來問你……是不是……是不是因為我在這裡，所以費多……所以她才不來斟茶呢？」

尼古拉．彼得洛維奇微微偏過頭去。

「也許，」末了他說道，「她以為……她害羞。」

阿爾卡季迅速地瞥了父親一眼。

「她完全不必害羞。第一，你知道我的想法（阿爾卡季說出這句話時極為愉悅）；其次，我怎麼會對你的生活、你的習慣做一絲一毫的干涉呢？再者，我確信你挑中的人不會不好；既然你肯讓她住到家裡來，那她一定配得上你；無論如何，兒子都不能作父親的審判官……尤其是我，尤其是像你這樣的父親，從未限制過我的任何自由。」

阿爾卡季的聲音起初微微發顫，雖然他認為自己寬宏大度，但同時也察覺自己像是正在對父親演講。不過一個人的聲音亦會對自己產生巨大的效力，因而阿爾卡季愈說愈堅決，最後幾句甚至加重了語氣。

「謝謝你，阿爾卡季，」尼古拉．彼得洛維奇含含糊糊地說著，又伸手摸起眉毛與額頭來。「你的推測的確沒錯。當然，如果她不配……這絕不是一時興起輕率而為。我和你談這話也不大好說，不過你應該能理解，她實在不便來見你，尤其是你回家後的第一天。」

「那麼我去看她就是了，」阿爾卡季從椅子上一躍而起，大聲說道，他心中激盪著那股寬宏大度之情，「我去向她解釋，她完全沒必要在我面前感到害羞。」

尼古拉．彼得洛維奇也站起身來。

「阿爾卡季，」他說道，「求你先等等……怎麼好……我還沒告訴你……」

可是阿爾卡季沒有聽他的話，逕自跑離了露台。尼古拉．彼得洛維奇望著他的背影，坐進椅子，一陣困窘襲來，心跳加速。在那一刻，他是否意識到他們的父子關係今後將不可避免地變得生疏呢？他是否意識到如果他對這樁事絕口不提，阿爾卡季也許會更加尊敬他呢？他是否在責備自己的軟弱呢？——很難說。這些想法都在他的心中醞釀，但僅止於感覺——極為模糊的感覺——他的臉仍舊漲紅，心臟仍劇烈跳動著。

一陣急促的腳步聲傳來，是阿爾卡季回來了。「爸爸，我們已經認識了！」他高聲嚷著，臉上帶著一種親切善良的得意之色，「費多西婭．尼古拉耶夫娜今天確實不太舒服，她要遲些才會過來。可是，你怎麼沒告訴我還有一個弟弟呢？要是我早知道，昨晚就該去吻他了，不用等到現在呢。」

尼古拉．彼得洛維奇想說些什麼，他正要站起來張開雙臂，阿爾卡季已經摟住了他的脖子。

「這是怎麼了？又擁抱起來了？」帕威爾．彼得洛維奇的聲音從他們後面響起。

父子倆都為他此刻的出現暗自高興；有些情境確實感人，人們卻往往渴望可以盡早抽離。

「有什麼好奇怪的？」尼古拉．彼得洛維奇愉悅地說，「想想我等阿爾卡季已經多少年了，昨天回來後我還沒好好地看過他呢！」

「我一點也不感到奇怪，」帕威爾．彼得洛維奇說，「就算我自己，也不反對跟他擁抱一下。」

阿爾卡季走到伯父面前，面頰又一次被伯父那香噴噴的鬍子撫過。帕威爾．彼得洛維奇坐到桌前。他穿著一件講究的英式晨禮服，頭戴一頂豔麗的土耳其小帽。這頂小帽以及隨意打結的領巾都顯示著鄉間生活的自由無束；不過他襯衫上的硬領——並非白色，而是與晨禮服相襯的條紋硬領——一如既往地端然襯著他那剃得很光潔的下巴。

「你的新朋友呢？」他問阿爾卡季。

「不在屋裡。他通常很早起，然後便會出門去。最好不要理他，他不喜歡禮節。」

「是，這很明顯。」帕威爾．彼得洛維奇從容地在麵包上塗著奶油，「他打算在我們這裡久住嗎？」

「也許會。他是要看望父親，順道過來的。」

「他父親住在什麼地方？」

「就在我們省，離這裡有八十俄里。他父親在那裡有一片小小的田產，以前曾當過軍醫。」

「哦，哦，哦！怪不得我老覺得在哪裡聽過這個姓，巴扎洛夫？尼古拉，你可記得父親的師團裡面有個姓巴扎洛夫的軍醫嗎？」

「不錯，是有這麼個人。」

「對了，對了，這就對了。那軍醫就是他父親。嗯！」帕威爾．彼得洛維奇捋了捋鬍子，又不緊不慢地問道，「那麼這位巴扎洛夫先生又是什麼人呢？」

「巴扎洛夫是什麼人？」阿爾卡季笑了，「伯父，你要我告訴你他究竟是個怎樣的人嗎？」

「還請講吧，侄兒。」

「他是個虛無主義者。」

「什麼？」尼古拉．彼得洛維奇問道，而帕威爾．彼得洛維奇正用餐刀刀尖挑起一小塊奶油，也停住不動了。

「他是個虛無主義者。」阿爾卡季又說了一遍。

「虛無主義者，」尼古拉．彼得洛維奇說，「依我的推測，是從拉丁文 nihil 一詞來的，意思是『無』；如此說來，這個詞就是在說一個……一個什麼都不承認的人？」

「倒不如說是什麼也不尊敬的人。」帕威爾．彼得洛維奇插嘴道，然後又抹起奶油來。

「是一個以批判眼光看待一切的人。」阿爾卡季說。

「這有什麼不一樣？」帕威爾．彼得洛維奇問。

「不一樣，不是同一回事。虛無主義者不屈從於任何權威，他不信仰任何原則，無論那原則被何等地奉為神聖。」

「這樣好嗎？」帕威爾．彼得洛維奇打斷他的話。

「伯父，這因人而異了。有些人以為益，有些人則以為害。」

「的確如此。這和我們不同道。我們老派的人認為沒有原則將會寸步難移，無法呼吸。你們改變了這一切[4]。願上帝賜予你們健康，許你們將軍的官銜吧。我們甘願

4　原文為法文，Vous avez changé tout cela。

在一旁欣賞、稱羨……叫什麼來著？」

「虛無主義者。」阿爾卡季清晰地說。

「是的。以前是黑格爾主義者，如今是虛無主義者。我倒要看看你們如何在虛空中、在真空裡生存；請按一下鈴，尼古拉．彼得洛維奇兄弟，現在是我喝可可的時候了。」

尼古拉．彼得洛維奇按了鈴，大聲喚道：「杜尼亞莎！」不過走上露台的不是杜尼亞莎，而是費尼奇佳。她是一個約莫二十三歲的少婦，有著細嫩白皙的皮膚，烏黑的頭髮與眼眸，孩童般微翹的紅唇以及一雙嬌嫩的小手。她穿著一件整潔的印花布裙，一條嶄新的藍頭巾披在豐潤的肩頭。她端著一大杯可可，放在帕威爾．彼得洛維奇面前，帶著十分羞窘的神情，美麗臉龐的柔嫩皮膚泛起一片緋紅。她垂眼站在桌旁，輕輕地用指尖支著身子。她好像羞於來此，但又覺得自己有權前來。

帕威爾．彼得洛維奇嚴厲地皺緊眉頭，尼古拉．彼得洛維奇則一臉尷尬。

「早安，費尼奇佳。」他在牙縫裡含糊地說道。

「早安。」她回答道，聲音不大卻很清亮。她瞥了阿爾卡季一眼，他和善一笑，她便輕輕地走開了。她走路時有些搖擺，即便如此仍與她很是相稱。

露台上有幾分鐘沉默。帕威爾．彼得洛維奇慢慢啜飲著他的可可，忽然抬頭低聲說道：「虛無主義先生朝我們這邊走過來了。」

巴扎洛夫果然正跨過花壇從花園裡穿行而來。他的亞麻外套和褲子上沾滿了泥巴，破舊的圓帽頂上掛著沼澤裡的水草，右手提著一個小袋子，袋裡有活體在蠕動。他快步走近露台，點了一下頭說道：「先生們早安，請原諒我喝茶遲到了。我這就回來，待我先把這些俘虜安頓好。」

「那裡面是什麼……水蛭嗎？」帕威爾．彼得洛維奇問道。

「不，是青蛙。」

「你要吃牠們還是餵牠們？」

「拿來做實驗的。」巴扎洛夫隨口一說，便進屋去了。

「那麼他是要把牠們解剖開來了，」帕威爾．彼得洛維奇說，「他不相信原則，但他相信青蛙。」

阿爾卡季憐憫地看了伯父一眼。尼古拉．彼得洛維奇暗自聳了聳肩。帕威爾．彼得洛維奇發覺自己的雋語自討沒趣，便轉而談起農事和新任管家。他說那管家昨晚跑來對他抱怨一個叫福馬的長工放蕩不羈，難以管理。他學著管家的原話說，「他簡直像是伊索，到處聲稱自己不是沒用的傢伙；他不是個守本分的人，會像一個傻子般發脾氣走掉的。」

6

巴扎洛夫回來了，他坐到桌旁，趕忙喝起茶來。基爾沙諾夫兄弟默不作聲地看著他，阿爾卡季起先偷偷地看了看父親，然後又看了看伯父。

「你出去走得遠嗎？」尼古拉．彼得洛維奇終於開口問道。

「走到白楊林旁的一塊小沼澤，我還驚飛了五、六隻丘鷸。阿爾卡季，要是你遇上，準會打下牠們。」

「你不會打獵？」

「不會。」

「你專門研究物理學嗎？」帕威爾．彼得洛維奇也問道。

「物理學，是的。還有一般的自然科學。」

「聽說日耳曼人最近在這個領域很有成就。」

「是的，德國人在這方面是我們的老師。」巴扎洛夫隨口應道。

帕威爾．彼得洛維奇故意嘲諷，用「日耳曼人」替代「德國人」，但沒人覺察。

「你對德國人這等崇尚嗎？」帕威爾．彼得洛維奇故作謙恭地問道。他內心一陣惱怒，他那貴族氣質難以忍受巴扎洛夫冷漠隨意的態度。這個醫生的兒子非但不知畏懼，回話時還心不在焉，甚至語氣生硬，近乎無禮驕橫。

「那邊的科學家是群聰明人。」

「對，當然，那麼你對俄國的科學家想必不是如此看重了？」

「大概是這樣。」

「這倒是非常值得稱讚的自貶精神，」帕威爾．彼得洛維奇把身子向上一挺，頭往後仰，「不過，阿爾卡季．尼古拉維奇方才還說你是不承認任何權威的？你不相信他們嗎？」

「我要怎麼承認他們呢？我又應該相信什麼呢？他們指出事實，我同意，就是這樣。」

「所有的德國人都會指出事實嗎？」帕威爾．彼得洛維奇說，臉上帶著一種無動於衷的疏離感，似乎他已遠遠地退到雲端去了。

「不盡然。」巴扎洛夫答道，微微地打了一個呵欠，顯然不想再繼續爭辯下去。帕維爾．彼得洛維奇望了阿爾卡季一眼，彷彿在對他說，「我應當講，你朋友真有禮貌。」

「至於我呢」，帕威爾勉強接著說下去，「我是個老古板，並不讚賞德國人。且不說在俄國的那些德國人，眾所周知他們是些什麼樣的傢伙。不過，即使是在德國的德國人我也不喜歡。以前還有幾個像樣的，出過——像是席勒，還有……嗯，歌德……我弟弟對他們特別欣賞……可如今出現的盡是些化學家和唯物論者……」

「一個好的化學家勝過二十個詩人。」巴扎洛夫插嘴道。

「噢，原來如此，」帕威爾．彼得洛維奇昏昏欲睡般地咕噥了一句，眉毛稍稍揚起，「想來你也是不承認藝術的了？」

「賺錢的藝術還是賣藥丸的藝術？」巴扎洛夫鄙夷地冷笑一聲。

「啊，啊，你可真風趣。你否定一切？想必如此。那麼你只信科學了？」

「我已經講過，我什麼都不信。科學究竟是什麼——泛泛的科學嗎？分門別類的科學是有的，一如行業與手藝；但泛泛的科學是不存在的。」

「很好。那麼對於人們行為相沿成習的規範，你也持同樣的否定態度了？」

「這算什麼，在審問嗎？」巴扎洛夫問道。

帕威爾．彼得洛維奇的臉色發白，尼古拉．彼得洛維奇於是認為應當適時地進行調解了。

「我們以後再找機會跟你詳盡討論吧，親愛的葉甫蓋尼．瓦西里耶伊奇，到時再聆聽你的意見，同時也表述我們的看法。就我個人而論，非常高興得知你在研究自然科學。我曾聽說利比赫在農地肥料方面有過重大發現。所以你可以在農事中提供我一些有用的建議。」

「願意為你效勞，尼古拉．彼得洛維奇。不過我們離利比赫還差得遠呢！一個人得先認識字母才能夠去讀書，而我們現在連字母表都還不會看呢。」

「好啊，你毫無疑問是個虛無主義者。」尼古拉．彼得洛維奇暗想。「不過，還是請允許我在遇到問題時向你請教吧，」他大聲說道，「現在，哥哥，我們該去找管家商談事務了。」

帕威爾．彼得洛維奇站起身。

「是的，」他誰也不看地說，「離開了那些智慧非凡的人物到鄉下住五年，實屬不幸！你很快就會變成一個傻子。你竭力不要忘掉過去所學，可是……彈指一瞬間……人們就會向你證明那些已成廢物，還會告訴你有智識的人早已不研究這種無聊的東西了，而你不過就是一個過時的老頑固。有什麼辦法呢？年輕人自然比我們聰明得多！」

帕威爾．彼得洛維奇慢慢地轉身走開了，尼古拉．彼得洛維奇跟在他後面。

「他總是這樣嗎？」兩兄弟才把房門掩上，巴扎洛夫便冷冷地問道。

「聽我說，葉甫蓋尼，你對他太不客氣了，」阿爾卡季說，「你傷了他的心。」

「怎麼，難道要我去奉承這些土貴族嗎？不過是夜郎自大、頂著交際家的派頭實則蒙昧糊塗罷了。既然他是這樣的性格，就應該繼續留在聖彼得堡過那種生活。不過，不講他了！我捉到了一種稀有的水生甲蟲，水螳螂，你知道嗎？待會兒我拿給你瞧瞧。」

「我答應過把他的過往講給你聽。」阿爾卡季說。

「甲蟲的嗎？」

「得了，葉甫蓋尼，是我伯父的過往。你就會明白他並非你所想像的那種人。他應當受人憐憫，而不是被嘲弄。」

「我不想跟你辯駁，不過你為什麼這麼關心他？」

「做人應當公正，葉甫蓋尼。」

「這又有什麼關係？」

「不，你聽我說……」

於是阿爾卡季便對他講述了伯父的故事。這個故事，讀者可從下一章讀到。

7

帕威爾・彼得洛維奇・基爾沙諾夫和他弟弟一樣，最初在家裡受教育，後來才進入貴族軍官學校。他自幼便樣貌出眾，而且頗為自信，談吐又帶些嬉嘲挖苦，很能討得大家歡喜。他一獲得軍官官銜，便到處走動。他在社交圈裡極受青睞，盡情放縱，甚至任意胡鬧，做出種種荒唐事，但這些反增添了幾分風采。女人為他癡迷，男人稱他為紈絝公子，暗地裡卻對他十分妒忌。如前文所述，他和他弟住在一起，且真心疼愛弟弟，雖然兩人長得不像。尼古拉・彼得洛維奇的腿略有些跛，臉龐窄小，神情和悅卻常帶憂容，有一對精小的黑眼睛和一頭稀疏的細薄頭髮。他不太活潑，在交際界也羞怯侷促，只是愛好讀書。而帕威爾・彼得洛維奇則是沒有一個晚上能待在家裡的，出了名的聰敏和大膽（他不久前把體操帶進貴族青年圈子，使之變成一種時髦的娛樂）。他至多讀過五、六本法文書。二十八歲時已晉升為上尉，錦繡前程等待著他。可是，倏忽間一切都改變了。

那段時間，在聖彼得堡的社交圈中不時可見一位少婦，迄今尚未被人遺忘——R公爵夫人。她有一位富有教養，彬彬有禮卻相當愚蠢的丈夫，膝下無子女。她往往無預警出國，又突然回到俄羅斯，總而言之，生活方式極為古怪。大家都說她輕佻妖冶、喜歡賣弄風情。她無論找什麼樂子都沉浸其中，跳舞跳到骨軟筋酥，晚餐前在光線半明滅的客廳裡招待青年，跟他們盡情笑鬧；一到夜深，卻又邊哭泣邊禱告，片刻也不得安寧。她常常痛苦地絞著雙手在房間裡踱步到天明，或者臉色蒼白，周身發冷地坐著頌讀讚美詩。然而黎明降臨時，她又變身為上流社會的貴族夫人，出門四處拜訪，繼續談笑風生，但凡能給她一絲消遣解悶的事情，她便熱切地投身其中。她身姿妙曼，一頭金髮像金子般沉甸甸地垂到膝邊。不過，沒有人會說她是個絕色佳人，她整張臉龐只有一雙眼睛是好看的，甚至還不是眼睛本身——灰色又嫌小些——是她的眼神，敏捷又深邃，無拘無束似大膽無畏，沉思出神似落落寡歡，一種謎樣的眼光。她眼裡閃爍著某種奇異的光采，甚至在她口中嘀咕著無聊話時也是如此。她衣著打扮精心細緻。帕威爾．彼得洛維奇在一次舞會上遇到她，同她跳了一曲瑪祖卡舞，雖然跳舞時她一句正經話也沒說過，帕威爾還是熱烈地愛上了她。這方面常操勝算的帕威爾，這一次也很快達到目的，但他的激情並未因此而消退，反而讓他更加難以自拔，被牢牢地束縛在這個女人身上。這個女人，即便在把她整副身心都交付於他的那刻，仍保有著一種不可企及的神祕感，無人能夠看穿。究竟那個靈魂中藏著什麼——也只有上帝知道了！她似乎被什麼神祕的力量支配著，連自己也不能理解。那種力量隨心所欲地玩弄她，而她那小小的腦袋對它幾乎毫無駕馭之力。她的舉止反常，言行矛盾，唯一引發她丈夫疑心的信件卻是寫給一個於她幾乎陌生的男人。她的愛情有種憂鬱的成分，對著她自己選中的意中人，她便不再嬉鬧，只是迷茫地注視著對方，聽對方說話。有時候，往往毫無徵兆間，這種迷茫突然化為駭人的漠然，猙獰的面孔如死灰一般。她將自己反鎖在臥室裡，誰也不准進，女僕把耳朵貼上鎖孔，能聽到她極力壓抑的嗚咽聲。不止一次，帕威爾在幽會後回家時都會湧出一股撕心裂肺的痛苦與悔恨，這種感覺往往是一個人徹底失敗後才會有的。

「我還想要些什麼呢？」他問自己，心中鬱痛。有次，他送給她一枚刻著斯芬克斯的寶石戒指。

「這是什麼？」她問，「獅身人面嗎？」

「是的，」他回答，「這獅身人面正是你。」

「我嗎？」她緩緩抬起頭，用那莫測的眼光望著他，「你不認為這是太大的恭維嗎？」她嘴角掛上一抹空洞的笑容補充道，眼睛依然閃著奇異的光。帕威爾·彼得洛維奇在R公爵夫人仍對他有愛時就已感到痛苦，當她對他漸轉冷淡時——實際上這很快就發生了，他幾乎要發狂了。他坐臥難安，妒火中燒，到處追蹤她，讓她不得安寧。她不耐糾纏便去了國外。他無視朋友們與長官的勸說與忠告，竟執意辭去軍職，追隨公爵夫人出了國。他在異邦消磨了四年時光，時而緊隨她的蹤跡，時而刻意避開。他為自己感到羞恥，恨自己沒骨氣……但無濟於事，她的形影，那令人費解、幾乎是荒唐卻撩人的身影已鐫刻在他的心底。在巴登，他曾與她重歸於好，她甚至比以往更加熱切地愛他……可是不到一個月，一切都結束了，愛情之焰迸發出最後一次火花之後便永遠熄滅了。他預感到別離將不可避免，希望還能做她的朋友，彷彿同這樣的女人還可能維繫某種友情……但是她悄悄地離開了巴登，自此以後都對基爾沙諾夫避而不見。他返回俄羅斯，想像往昔那樣生活，但一切都已經改變了。他著了魔般各處遊蕩，仍舊出入社交圈，仍舊保留著上流社會的各種習慣，仍舊可以吹噓最近幾次的情場勝利，可是無論對自己還是對他人，都不再抱存任何期望，不再做任何事。他逐漸老去，頭髮也轉為灰白；每晚在俱樂部打發光陰，百無聊賴，要麼就是和單身漢們辯論一番，這些都成了他的日常所需——我們都知道，這並非好事。至於結婚，他自然更是想都未曾想過。如此過了十年，索然無味、了無生趣，時間卻是很快地過去，快得有點可怖。據說除了監牢，再也沒有其他地方的光陰會比在俄國消逝得更快了。有一晚，帕威爾．彼得洛維奇正在俱樂部吃飯，聽聞了R公爵夫人的死訊——她幾近瘋癲地死在巴黎。他從桌旁站起身，在俱樂部的幾個房間裡踱步良久，有時又呆怔在牌桌旁，但他還是等到和平常一樣的時間才回家。不久之後，他接到一個包裹，裡面是他送給公爵夫人的那枚戒指。她在斯芬克斯上面劃了一個十字，另附了一張字條說，十字架便是謎語的答案。

這事情發生於一八四八年初，也正是尼古拉．彼得洛維奇在喪妻後回到聖彼得堡的時候。帕威爾．彼得洛維奇自弟弟在鄉間定居後幾乎未曾與他見面，當初弟弟結婚時又恰是他初結識公爵夫人不久後的事。他從國外歸來去看望弟弟，曾打算住上幾個月，共享他的幸福，但最後只勉強待了一個星期。兩兄弟的處境大相徑庭。到了一八四八年，他們的差距已經縮小了：尼古拉．彼得洛維奇失去了妻子，帕威爾．彼得洛維奇則失去了回憶——自從公爵夫人死後，他便竭力不去想念對方。但是於尼古拉而言，眼見兒子長大成人，仍感生活充實；與之相反，孑然一身的帕威爾正邁進希望與悔恨交織的薄暮時期，青春已逝，老年尚未到來。

這個時期對帕威爾．彼得洛維奇來說，比對於任何人更為難受；他丟卻了過往，便是把所有的一切都丟卻了。

「我不再邀你來瑪麗因諾了，」尼古拉．彼得洛維奇有一天對他說（尼古拉以亡妻之名命名他的莊園以茲紀念），「我妻子還在世時你都覺得枯燥無味了，現在你更是要被活活悶死了。」

「我那時太愚蠢又太躁動，」帕威爾．彼得洛維奇答道，「那之後我縱然沒有長智慧，至少也沉靜下來了。你若允許，我現在反而願意久住呢。」

尼古拉·彼得洛維奇以擁抱回答了他。只是一年半後帕威爾·彼得洛維奇才下定決心實行他的計畫，不過，他搬到鄉間住下來之後就沒再離開過，連尼古拉·彼得洛維奇到聖彼得堡跟兒子同住的那三個冬天也不例外。他開始讀書，大半是英文書；總的來說，他依照英國人的作息安排自己的生活起居，很少拜訪鄰居，只有在選舉貴族長時才出門，但在那時他也沉默寡言，偶爾用自由主義的言論逗弄和惹惱那些舊式地主，他跟青年一代的代表也不交往。新舊兩派都認為他高傲自大，卻也尊敬他，為著他優雅的貴族風度，為著他屢戰屢勝的戀愛聲名，為著他衣著考究，總是住最好的旅館、開最好的房間；為著他吃喝講究，而且曾經與威靈頓[5]在路易·菲利普[6]的宴席上共進午餐；為著他無論去哪裡都隨身攜帶銀質化妝匣和輕便浴盆；為著他周身常有股特別「時髦」的香水味；為著他打得一手極好的威斯特[7]，雖然每玩必輸；末了，他們尊敬他還為著那毫不妥協的誠實。女士們認為他有股令人迷醉的憂鬱氣質，不過他已經不再與她們往來了……

「瞧吧，葉甫蓋尼，」阿爾卡季總結道，「你對我伯父的評斷是多麼不公正！且不要提他曾不止一次傾囊相助，幫我父親脫離困境，你大概不知道他倆並沒有分家；他樂於幫助別人，尤其維護農人的利益；固然，他和他們講話時，總是皺起眉頭，不時地嗅嗅香水……」

「根本就是神經過敏。」巴扎洛夫插嘴道。

「也許是的；但他內心良善，而且絕非愚蠢。他給過我不少有益的勸告……尤其是如何與女人相處。」

「啊哈！牛奶燙過嘴，冷水吹三吹，這我們都清楚。」

「總之，」阿爾卡季繼續說道，「他確實非常不幸，相信我；貶損他是罪過啊。」

「誰貶損他了？」巴扎洛夫反駁道，「可是我還是得說，若一個人把一生都押在一個女人的愛情那一張牌上……輸了便萬念俱灰，什麼事也幹不成了，這種人可算不上男人，充其量是雄性罷了。你說他不幸，你也最清楚他，顯然他那些怪念頭都還在腦袋裡。我相信他一定自詡優越，因為他會讀《迦里哥拿尼》[8]報，每個月還替一位農人出面，讓對方少挨一頓鞭子。」

「可是你要記得他所受的教育和成長的年代。」阿爾卡季說道。

---

5 第一代威靈頓子爵阿瑟．韋爾斯利（1769-1852），英國軍事家、政治家，曾在一八一五年的滑鐵盧戰役中擊敗拿破崙指揮的法軍，奠定了拿破崙戰爭中反法同盟的最終勝利。

6 路易．菲利普一世，法國國王（1830-1848），奧爾良王朝唯一一位國王。

7 一種牌類遊戲，是橋牌的原始形態。

8 *Galignani*，義大利人於一八一四年在巴黎創辦的英文報紙。

「教育嗎？」巴扎洛夫打斷道，「每個人都應該自我教育，好像我做的那樣……至於年代，為什麼我要受年代擺布，還是讓年代服從我吧。不，老弟，這一切都淺薄至極，缺乏骨氣！而且男人和女人之間的關係又有何神祕？我們生理學者都知道那是什麼。你研讀一下眼睛的構造，哪裡有什麼你所說的謎樣的眼光？那都是藝術上浪漫且荒謬的廢話。我們還不如去看看甲蟲呢。」

兩個朋友便去了巴扎洛夫的房間，整個房間裡都瀰漫著一股外科醫藥的氣味，還混雜著一些廉價菸草味。

8

帕威爾．彼得洛維奇只聽了一會他弟弟和管家的談話便離開了。管家瘦高身材，有一副猶如肺癆患者般柔和的嗓音和一對奸猾的眼睛，無論尼古拉．彼得洛維奇說什麼，他都一概回答：「是的，老爺。」他還竭力把農人講成是賊人或醉鬼。最近田產管理的方式有所革新，可是新方式運作起來像是沒上油的輪軸軋軋吵個不停，又像是用濕木料製造的家具那樣處處嘎吱作響。尼古拉．彼得洛維奇雖未灰心，卻不時長吁短嘆，憂心忡忡；他覺得沒有錢便無法繼續做事，而他的錢又差不多花光了。阿爾卡季說的是事實，帕威爾．彼得洛維奇幫助過他兄弟不止一次；他好幾回見到兄弟絞盡腦汁，好像熱鍋上的螞蟻一般，於是他悄悄走至窗下，把手伸進褲袋裡，呲著牙輕輕說道，「不過我能給你些錢[9]。」便把錢遞給兄弟。可是這一天他自己也沒錢，覺得還是走開得好。農事管理的瑣碎雜務令他心煩，而且他時常認為尼古拉．彼得洛維奇雖然滿腔熱忱，努力勤勞，做事方式卻不得當，但是他也無法確切指出尼古拉．彼得洛維奇究竟錯在何處。他思忖道：「我弟不夠老練，常常被人矇騙。」與之相反，尼古拉．彼得洛維奇卻相當看重帕威爾．彼得洛維奇的辦事能力，總是徵求他的建議。「我生性軟弱，大半輩子又在鄉野生活，」他常常說，「而你見多識廣，深諳人心；你的目光如鷹般銳利。」帕威爾聽後並不反駁，只是轉過身去。

離開尼古拉．彼得洛維奇的書房後，帕威爾沿著隔開前後宅的走廊緩步而行，在一扇低矮的房門前站住了腳。他遲疑了一下，才扯一扯唇髭，舉手敲門。

「誰呀？請進。」裡面傳出費尼奇佳的聲音。

9 原文為法文，mais je puis vous de l'argent。

「是我。」帕威爾．彼得洛維奇邊答邊推開了門。

費尼奇佳正抱著嬰兒坐在椅子上，見到趕忙跳起身，把嬰兒交給一個女僕，女僕立刻抱著嬰兒出去了，她趁機整了整自己的頭巾。

「請原諒，打擾你了，」帕威爾．彼得洛維奇說，眼睛望向他處，「我只是來請你……好像今天要派人進城……請你吩咐替我買些綠茶。」

「是的，」費尼奇佳答道，「你需要多少？」

「我想半磅就夠了。你這裡變了個樣子啊。」他接著說道，急促地瞥了下四周，目光也從費尼奇佳的臉上掠過。「瞧這些窗簾。」他見她似有困惑，便解釋了一句。

「哦，是呀，這些窗簾，尼古拉．彼得洛維奇送過來的；不過也掛上好一陣了。」

「不錯，我也好多時候沒來看望你了。這裡收拾得很好。」

「全虧得尼古拉．彼得洛維奇的照顧。」費尼奇佳喃喃地說。

「這裡比你原先住的小房舍舒適些吧？」帕威爾．彼得洛維奇彬彬有禮地問道，臉上卻無一絲笑容。

「是的，舒適多了。」

「現在誰住在那裡呢？」

「幾個洗衣女工。」

「啊！」

帕威爾．彼得洛維奇不作聲了。「他現在要走了吧。」費尼奇佳暗想。不過他並沒有離開，她便一動不動地呆立在他面前。

「你幹嘛要讓人抱走小孩呢？」帕威爾．彼得洛維奇終於說道，「我喜歡孩子，讓我瞧瞧他吧。」

費尼奇佳又是羞窘又是高興，臉刷地變得通紅。她平日很怕帕威爾．彼得洛維奇；他向來不太和她說話。

「杜尼亞莎，」她喚道，「請把米嘉抱來。」（費尼奇佳對宅子裡的任何人都很客氣。）「啊，等一下，先得給他罩一件袍子。」費尼奇佳說著朝門口走去。

「也沒關係。」帕威爾．彼得洛維奇說。

「我去去就來。」費尼奇佳答道，快步走了出去。

帕威爾．彼得洛維奇獨自留在房中，於是他把周圍又細細地打量了一番。房間小而低矮，但整潔舒適，混雜著地板新油漆和洋甘菊的味道。靠牆一排古七弦琴式靠背的椅子，還是亡故的將軍在出征波蘭時買回來的；牆角擺著一張掛著細薄紗帳的小床，床畔有個凸圓蓋的鐵箍皮箱。對面角落的牆上掛著一大幅薰黑的奇蹟創造者尼古拉肖像，肖像前燃著一盞燈，一枚由紅繩繫著的小瓷蛋從聖像頭頂的光輪直垂到胸口。窗台上一排綠瑩瑩的玻璃罐，裡面盛著去年製的果醬，罐口密密實實地封著紙蓋，上面有費尼奇佳親筆寫下「醋栗」兩個大字，那是尼古拉．彼得洛維奇最愛吃的蜜餞。從天花板垂下一根長長的細繩，縛著一只鳥籠，籠裡的短尾金翅雀啁啁啾啾地跳躍著，籠子跟著不住地晃來擺去，一顆顆大麻籽輕輕地散落到地上。一個小小五斗櫃上面的牆掛著走鄉照相師拍的尼古拉．彼得洛維奇擺出各種姿勢的相片，沒有一張成個樣子。那裡還掛著一張費尼奇佳本人的相片，也拍得相當糟糕，鑲在黑乎乎的相框裡，勉強分辨出一張沒有眼睛帶著笑容的臉。費尼奇佳相片上面是葉爾莫洛夫將軍的畫像，披著切爾克斯大氅，氣勢洶洶地蹙眉遠眺高加索群山，一塊絲綢針墊正好擋在眉頭上。

五分鐘過去了，隔壁房裡傳出低語和窸窸窣窣的聲音。帕威爾．彼得洛維奇從五斗櫃上拿起一本沾著油漬的書，是馬薩爾斯基寫的《槍手》的其中一冊，他翻了幾頁……房門打開了，費尼奇佳抱著米嘉走進來。她給嬰兒換上了一件花邊領的紅罩衫，還給他梳好頭髮洗乾淨臉。他跟所有的健康嬰孩一樣，呼吸聲很響，身體不停地動彈，一雙小手在空中揮舞；這件鮮亮小罩衫顯然給了他一個良好印象，胖呼呼的小臉上閃耀著開心。費尼奇佳也梳整過頭髮，戴正了頭巾；但她大可不必收拾自己的，世上難道還有什麼比一位美麗的年輕母親懷抱健壯嬰孩更動人的嗎？

「好一個胖小子！」帕威爾．彼得洛維奇和藹地說，用他的細尖食指搔著米嘉的雙下巴。嬰孩盯住籠中的金翅雀，咯咯笑起來。

「他是伯父。」費尼奇佳俯身用臉貼緊米嘉，輕輕搖了搖他說道。這時，杜尼亞莎悄悄地將一支點燃的薰燭放在窗台上，下面墊著一枚銅幣。

「他幾個月大了？」帕威爾．彼得洛維奇問。

「六個月，十一號便七個月了。」

「不是八個月嗎，費多西婭．尼古拉耶夫娜？」杜尼亞莎略帶膽怯地囁嚅了一句。

「不，七個月，怎麼會是八個月呢！」嬰孩又咯咯笑了，眼睛望著五斗櫃，五根小指頭忽然抓住母親的鼻子和嘴。「調皮鬼。」費尼奇佳說，臉並沒躲開。

「他很像我弟。」帕威爾．彼得洛維奇說。

「他還能像誰呢？」費尼奇佳暗忖道。

「是的，」帕威爾．彼得洛維奇自說自話般又接著說，「像是一個模子印出來的。」他留心地、幾乎有些憂鬱地望向費尼奇佳。

「他是伯父。」她又說了一遍，不過聲音變得很輕。

「啊！帕威爾！原來你在這裡！」突然傳來尼古拉．彼得洛維奇的聲音。

帕威爾．彼得洛維奇趕忙掉過頭，皺起眉；但看到他弟洋溢著快樂與感激的神情，不免也回了個笑容。

「你的孩子可愛得像小天使，」他說著看了看手錶，「我過來是為了買茶葉的事。」

帕威爾．彼得洛維奇扮出一副漫不經心的樣子，立即走出了房間。

「他自己過來的？」尼古拉．彼得洛維奇問費尼奇佳。

「是的，他敲了門就進來了。」

「好吧，那阿爾卡季又來看過你沒？」

「沒有。尼古拉．彼得洛維奇，我是不是應該搬去廂房？」

「這又是為何呢？」

「我想暫時搬過去可能好些。」

「不……不用，」尼古拉．彼得洛維奇搓了搓前額，囁嚅著，「要是早些搬去倒也好……你好嗎，胖小子？」他話未講完，突然高興地走到嬰孩跟前，親了他的小臉，然後又稍微俯下身，把嘴唇貼上費尼奇佳的手，這隻手在米嘉的紅色小罩衫映襯下有如羊脂玉那般奶白。

「尼古拉．彼得洛維奇！你這是做什麼呀！」她垂下眼睛低語道，然後又緩緩抬起。她偷偷地透過眼簾斜窺著，溫柔又略帶傻氣地笑了，那眼神真是迷人啊！

尼古拉·彼得洛維奇與費尼奇佳的相識有這樣一段故事。約莫三年前，有一次他因故不得不在偏遠的小縣城一間旅店裡留宿，旅店房間出乎意料的清潔，床上的被褥也極為乾淨。他暗想莫非這間旅店的女主人是德國人？不料對方是個五十來歲的俄國婦人。她衣著整潔，相貌端正，一副精幹模樣，說話也謹慎得體。他喝茶時同她攀談起來，對她極有好感。那時，尼古拉·彼得洛維奇才剛搬進新家，並不打算把農奴留在宅子裡使喚而想另請僕人；這位旅店女主人正抱怨往來客人日漸稀少，生意難繼，於是他便請她到家裡擔任女管家，她當即答應了。她早年喪夫，家中就只有她和一個女兒，費尼奇佳。兩週後，這位新管家阿琳娜·薩維什娜就攜了女兒來到了瑪麗因諾，住進那間小廂房。尼古拉·彼得洛維奇果然沒有看錯人，阿琳娜把他的宅子打理得井然有條。至於費尼奇佳，當時不過才十七歲，沒人注意她，她也鮮少露面，安安靜靜地留在房間裡，尼古拉·彼得洛維奇只有週日才會在教堂裡的某個角落看見她那白皙秀麗的側臉。就這樣過了一年有餘。

一個早晨，阿琳娜來到他的書房，照例深鞠了一躬後說火爐裡的火星濺到她女兒的眼睛，問他能否幫忙醫治。尼古拉·彼得洛維奇像那些深居簡出的人一樣，研究過醫術，甚至還編過一本順勢療法指南。他立刻吩咐阿琳娜把女兒帶來。費尼奇佳聽聞主人喚她，非常害怕，不過還是跟著母親去了書房。尼古拉．彼得洛維奇把她帶去窗邊，雙手扶住她的頭，仔細地診察她那紅腫的眼睛，開了一付藥劑並親手調配好，還把自己的手帕撕成布條，教她如何把藥水敷在眼睛上。費尼奇佳聽完他的醫囑後便打算離開。阿琳娜說道，「笨丫頭，你還沒有親吻主人的手。」尼古拉．彼得洛維奇並沒有將手伸向她，而是略帶難為情地在她低垂額頭上的髮際線處親吻了一下。費尼奇佳的眼睛很快便痊癒了，但她留給尼古拉．彼得洛維奇的印象卻久久未去。她那張純潔柔弱帶幾分羞怯仰望的臉龐總在他面前浮現，他覺得手掌仍在撫摸那頭柔軟的秀髮，眼睛看到那兩片天真無邪微微開啟的嘴唇，珍珠般的貝齒在陽光下水波般瑩瑩閃亮。於是以後在教堂裡便格外留意她，設法和她交談。起初她看見他總是害羞，直到有天傍晚，她在麥田裡的一條小徑上與他不期而遇，她連忙躲進又高又密，長滿矢車菊和苦艾草的裸麥叢中，生怕和他面對面。但他還是透過金色麥穗的縫隙看見她的小腦袋正像隻小獸般向周圍張望著。於是他親切地喊道：

「晚安，費尼奇佳！我又不會咬人。」

「晚安。」她低聲回答，卻不曾從藏身處走出來。

她漸漸地和他相熟了，不過在他面前仍感到害羞，直到她母親阿琳娜突然染上霍亂病死了。要如何安置費尼奇佳呢？她繼承了母親喜歡有條不紊、謹慎而得體的性格，但她又是那樣的年輕，那樣的無所依靠。尼古拉·彼得洛維奇本身則是如此的善良與體貼……後面的事自不必多言了……

「這麼說，我哥來看你了？」尼古拉·彼得洛維奇問她，「他敲了門就進來了？」

「是的。」

「嗯，這樣很好。讓我來逗逗米嘉。」

尼古拉·彼得洛維奇把米嘉拋起來，高得幾乎要碰到天花板，逗得孩子非常興奮，卻讓母親著了慌。每拋一次，她都伸出手準備接住他那裸露的小胖腿。

帕威爾·彼得洛維奇回到自己的書房。書房很雅致，牆壁用漂亮的青灰色紙糊著，五色斑斕的波斯壁毯上掛著些兵器；家具是胡桃木製的，外面繃著一層墨綠天鵝絨。一個文藝復興時代的黑色老橡木書櫥，華麗的書桌上放了幾尊小銅像，旁邊還有一個壁爐。他倒進沙發裡，雙手交叉扶著腦後，一動也不動地瞪著天花板，眼神近乎絕望。不知他是想對四壁掩飾臉上的表情呢，亦或出於其他原因，總之，他站起身，把厚重的窗幔放下，又臥倒在沙發裡。

9

就在同一天，巴扎洛夫也與費尼奇佳認識了。他跟阿爾卡季在花園散步，向阿爾卡季講解某些樹木尤其是橡樹長勢不佳的原因。

「你應該在這裡栽些白楊和杉樹，椴樹也可以，施肥多一些。涼亭那邊倒是很好，」他補充道，「因為合歡和丁香都很好養，不用費心照料。啊！裡面有人。」

涼亭裡坐著費尼奇佳，還有杜尼亞莎和米嘉。巴扎洛夫止了步，阿爾卡季則像招呼老朋友似地向費尼奇佳點了點頭。

「那是誰？」他們剛走過涼亭巴扎洛夫便問道，「多漂亮的女孩！」

「你指的是誰？」

「你知道的，只有一個生得好看。」

阿爾卡季略帶窘迫，草草地介紹了費尼奇佳。

「啊哈！」巴扎洛夫說道，「看來你父親的眼光真是不錯。我喜歡他，你父親，哈，哈！他倒是很快意。說來我也該跟她認識一下。」他說著便轉身往涼亭走去。

「葉甫蓋尼！」阿爾卡季驚惶地在他身後喊道，「你可千萬別莽撞啊！」

「你別擔心，」巴扎洛夫說，「我知道該如何行事，我又不是呆子。」

他走近費尼奇佳，摘下帽子。

「請允許我自我介紹，」巴扎洛夫謙和地鞠了一個躬，說道，「我不是壞人，我是阿爾卡季．尼古拉維奇的朋友。」

費尼奇佳從長椅上站起身來，默默地望著他。

「多可愛的嬰孩！」巴扎洛夫接著說，「不要擔憂，我的稱讚還從沒給人帶來災禍呢。他的臉頰為什麼這麼紅？在長牙嗎？」

「是的，」費尼奇佳說，「已經長出四顆了，現在牙床又紅腫起來。」

「讓我瞧瞧，別害怕，我是個醫生。」

巴扎洛夫把嬰孩抱到懷裡，令費尼奇佳和杜尼亞莎驚訝的是，嬰孩並沒掙扎，也不害怕。

「看看，看看……不要緊，一切都很好，他將來會有一副整齊的好牙齒。要是有什麼狀況，告訴我就好了。你自己的身體好嗎？」

「很好，感謝上帝。」

「感謝上帝，的確……再好不過了。那你呢？」他又轉向杜尼亞莎問道。

杜尼亞莎是個在主人宅中十分嚴肅，出了門便嘻嘻哈哈的女孩，此刻聽了噗嗤一笑，算作回答。

「嗯，好極了，把你的勇士抱回去吧。」

費尼奇佳接過孩子。

「他在你手裡倒是很乖！」她輕聲說道。

「小孩在我手裡都是乖乖的，」巴扎洛夫回答，「我很會哄小孩。」

「孩子們知道誰愛他們。」杜尼亞莎插嘴道。

「是的，這倒是真的，」費尼奇佳說，「就是米嘉，他也不是誰都給抱的。」

「他會要我抱嗎？」阿爾卡季問道，他先是在遠處站著，這會兒也走進了涼亭。

他想將米嘉哄到自己手裡，但是米嘉把頭往後一仰，哇哇哭了起來，費尼奇佳頓時有些尷尬。

「等過幾天他跟我熟了些再抱吧。」阿爾卡季寬容地說。然後兩個朋友便離開了。

「她叫什麼名字？」巴扎洛夫問。

「費尼奇佳……費多西婭。」阿爾卡季答道。

「她的父名呢？這也是應該要知道的。」

「尼古拉耶夫娜。」

「好[10]。我喜歡她的地方是她的不太害羞。也許有些人認為這點不好。多荒謬！有什麼好害羞的呢？她是位母親……她沒什麼問題。」

「她沒什麼問題，」阿爾卡季說，「但我父親……」

「他也沒有問題。」巴扎洛夫打斷他的話。

「哦，不，我可不這麼認為。」

「我想你是不高興多了一個財產繼承人吧？」

「你怎麼好意思把這種想法強加於我！」阿爾卡季氣憤地反駁道，「我認為他的問題在於，他應當正式娶她。」

「嘿喲！」巴扎洛夫平心靜氣地說，「瞧我們多有雅量！原來你還是把結婚儀式看得這麼重要；我倒是沒料到。」

兩個朋友默不作聲地走了幾步。

「你父親的全部產業我都看過了，」巴扎洛夫又開口道，「牛瘦馬孱，房子東歪西倒，工人懶散不堪；那個管家不是笨蛋就是壞蛋，我一時還不確定。」

「你今天專門挑刺兒啊，葉甫蓋尼·瓦西里耶伊奇。」

「而且那些可愛的好農人都在騙你父親。你知道有句俗語嗎，『俄國農人連上帝都能騙。』」

10　原文為拉丁文，Bene。

「我現在有點贊同我伯父的觀點了，」阿爾卡季說，「你的確瞧不上俄國人。」

「那有什麼關係呢！俄國人的唯一優點就是自我評價極低。重要的是二乘二等於四，其餘都不值一提。」

「大自然也不值一提嗎？」阿爾卡季凝望著遠方柔和夕暉下的絢爛田野，若有所思地問道。

「你心目中的大自然也不值一提。大自然不是一座廟宇宮殿，它是工廠作坊，人便是裡面的工人。」

這時，一陣悠揚的大提琴聲從屋裡飄出來。有人在拉舒伯特的《期待曲》，雖然不嫻熟，卻也頗帶些情感，甜蜜的旋律在空氣中輕漾著。

「誰在演奏？」巴扎洛夫驚奇地問。

「是我父親。」

「你父親會拉大提琴？」

「是的。」

「他多大年紀了？」

「四十四歲。」

巴扎洛夫突然大笑起來。

「你笑什麼？」

「真的，一個四十四歲的人，一個大家長[11]，竟然在這個偏僻小縣拉大提琴！」

巴扎洛夫又是一陣大笑。阿爾卡季雖然平時非常尊敬這個朋友，這一次卻連笑意都沒有。

10

約莫過了兩個星期，瑪麗因諾的生活一如平常。阿爾卡季終日閒晃，巴扎洛夫則忙於工作。宅子裡的每個人都跟巴扎洛夫熟悉了，也習慣於他那隨便的態度和莽撞唐突的言談。費尼奇佳尤其和他熟，有天夜裡還派人去叫醒他，說是米嘉突發痙攣，請他醫治。巴扎洛夫去到她那裡，像往常那般半開玩笑半打呵欠地逗留了兩個鐘頭，孩子就沒事了。另一方面，帕威爾・彼得洛維奇卻打心底憎惡巴扎洛夫，認為對方是個高傲自大、放肆無禮又好嘲弄人的平民。他懷疑巴扎洛夫並不尊敬他，而且還輕

11　原文為拉丁文，paterfamilias。

視他——他，帕威爾．基爾沙諾夫！尼古拉．彼得洛維奇對這個年輕的「虛無主義者」有些懼怕，並且拿不定他對阿爾卡季的影響是否有益；不過喜歡聽他講話，也喜歡看他做物理和化學實驗。巴扎洛夫隨身帶來一架顯微鏡，一用就是幾個鐘頭。僕人們也對他很有好感，雖然他常常拿他們開玩笑；他們覺得他跟他們一樣，而不是一位老爺。杜尼亞莎總是對他傻笑，像隻兔子般從他身邊跳過，再瞥來一眼意味深長的鬼祟目光。彼得極其自負又愚蠢，永遠故意皺眉蹙額，他全部的長處就是看起來謙和有禮，能讀出一整頁書報上的字句，並且勤快地刷著自己的禮服——即使是這麼一個人，只要巴扎洛夫注意到他，也會立刻滿面堆笑；農家小孩簡直像小狗一樣追著「醫生」跑。普洛科菲奇老人是唯一不喜歡他的人，每回在餐桌上都板著臉給他上菜，稱他是「屠夫」和「暴發戶」，還說他滿臉鬍鬚活像隻豬圈裡的豬。普洛科菲奇，以他的方式而言，也像帕威爾．彼得洛維奇那般充滿貴族氣味。

一年之中最好的日子到來了，六月初旬的天氣清朗怡人；雖然不遠處又流行起霍亂，但本縣居民對它的造訪已經習以為常。巴扎洛夫常常很早起身，走上兩、三俄里路，不是散步，而是採集藥草和昆蟲標本——他受不了那種沒有目的的閒逛。有時他還帶阿爾卡季同去。在回家途中他們常常爭辯，阿爾卡季的話比他多，但總是落敗。

有一天，他們在外面耽擱久了，尼古拉．彼得洛維奇到花園去迎接他們。當他走近涼亭時，忽然聽到急促的腳步聲和兩個年輕人的交談聲。他們走在涼亭的另一側，並沒有看到尼古拉。

「你還不夠了解我父親。」阿爾卡季說。

尼古拉．彼得洛維奇聽聞趕忙藏了起來。

「你父親是個好人，」巴扎洛夫說，「但他已經落伍了；他的時代已經結束了。」

尼古拉．彼得洛維奇側耳凝聽……阿爾卡季並沒回答。

這個「落伍的人」一動不動地站了兩分鐘，才悄悄地慢慢走回家去。

「兩天前我還看見他在唸普希金的詩，」這時巴扎洛夫也繼續說下去，「你應該告訴他，那毫無用處。你知道他不是一個孩子了；早該拋掉那些廢物了。如今這個時代還做什麼浪漫派！讓他唸點實用的東西吧。」

「我應該拿什麼給他唸呢？」阿爾卡季問。

「哦，我想還是從畢希納[12]的《力與物質》開始唸吧。」

「我也這麼想，」阿爾卡季同意地說，「《力與物質》是用通俗文字寫的。」

12　路德維希．畢希納（1824-1899），現代藥理學的奠基人，他的著作《力與物質，經驗的自然科學研究》被哲學界看作是「唯物主義的聖經」。

這天晚飯後，尼古拉．彼得洛維奇坐在書房裡對他哥說，「看來你跟我都已經落伍了，我們的時代已經過去了。唉，唉！或許巴扎洛夫是對的；不過使我傷心的是，我十分盼望，尤其是現在，能夠跟阿爾卡季多親近些，可是事實卻是我落在後面，而他已經走到前面去了，我們是不能夠彼此了解了。」

「他怎麼就走到前面去了？他究竟在哪一方面超過我們呢？」帕威爾．彼得洛維奇不耐煩地大聲說道，「全是那位高高在上的紳士，那位虛無主義者灌輸給他的。我討厭那個學醫的傢伙；依我看，他不過是個江湖郎中；我相信不論他解剖了多少隻青蛙，對醫學也不會懂得多少。」

「不，哥，別這麼說；巴扎洛夫不僅聰明，而且對自己的專業很有心得。」

「他還妄自尊大得讓人討厭。」帕威爾．彼得洛維奇再次打斷他的話。

「是的，」尼古拉．彼得洛維奇說，「他很自大，這似乎也是免不得的。只有一點我不明白，我還以為自己已盡力跟上時代了，我創辦示範農場，努力安置農人，及至全省人都喊我做『赤色份子』。我讀書、做研究，盡可能適應時代的要求……他們卻說我的日子已經過去了。是啊，哥，連我自己也開始相信，我的日子是真的過去了。」

「為什麼這麼想？」

「跟你說，今天早晨我坐在那裡唸普希金的詩……我記得剛好在讀《茨岡》……阿爾卡季突然走進來，他一聲不響，親切卻充滿憐憫地望著我，像對待孩子那般從我手裡抽走那本書，放了另一本在我面前……一本德文書……然後他笑笑就走開了，把普希金也帶走了。」

「真有此事！他給了你一本什麼書？」

「就這本。」

尼古拉．彼得洛維奇從禮服口袋裡掏出畢希納那本有名的著作第九版。

帕威爾．彼得洛維奇接過來翻弄了一陣子。「哼！」他說，「阿爾卡季．尼古拉維奇在教育你了呢。那你讀了嗎？」

「嗯，讀了一些。」

「好，你覺得怎樣？」

「要麼是我太笨，要麼這書全是胡扯。也許是我太笨了。」

「莫非你的德文全忘了？」帕威爾．彼得洛維奇問。

「啊，德文我看得懂。」

帕威爾．彼得洛維奇把書又翻了一遍，皺眉瞥了他弟一眼。兩人都沒說話。

「哦，對了，」尼古拉．彼得洛維奇開口說道，顯然想轉移話題，「我收到一封科里亞金的信。」

「馬特維．伊里奇？」

「是的，他是來……調查本省的。他現在可是顯貴了。他在信上說，作為親戚，很想和咱們再見見面，邀請你我和阿爾卡季一同進城去。」

「你去嗎？」帕威爾．彼得洛維奇問。

「不；你呢？」

「不，我也不去。趕五十俄里路去吃點東西也太大費周章了。馬特維[13]不過想擺擺權貴的派頭，去他的！自會有全省的人巴結他，我們不去也沒有什麼關係。多了不起啊，樞密顧問官！如果我一直在軍中服務，不解甲歸家，現在應該也是個副官了。可是現今，你和我竟然都過時了。」

「是啊，哥，看來是時候去訂做一口棺材，把雙手交叉放在胸口上了。」尼古拉．彼得洛維奇嘆了口氣說道。

「哼，我可沒打算這麼快就認輸，」他哥喃喃地說，「我有預感會跟學醫的那傢伙再交鋒的。」

交鋒的時刻在當晚喝茶時就來臨了。帕威爾．彼得洛維奇走進客廳時，已經做足戰鬥準備，他忿忿不平，態度堅定，只等找到一個藉口，就立刻撲向對手；可是等了許久都沒等到。巴扎洛夫照例在「老基爾沙諾夫」（這是他對那兩兄弟的稱呼）在場時不多話，那天晚上他心緒不佳，只顧一杯接一杯地喝茶，一言不發。帕威爾・彼得洛維奇等得心急如焚；終於，他的願望得以實現。

他們的話題轉移到鄰近的一位地主身上。「朽敗的貴族勢利鬼。」巴扎洛夫冷冷地說，他曾在聖彼得堡見過那人。

「請容我問一句，」帕威爾・彼得洛維奇開口道，他嘴唇顫抖著，「依你看來，『朽敗』和『貴族』這兩個詞是同一個意思？」

「我說的是『貴族勢利鬼』。」巴扎洛夫啜了口茶，懶洋洋地回答。

「正是如此；不過我認為你對貴族的看法跟對貴族勢利鬼的看法並無二致。我應當告訴你，我並不贊同你的見解。我敢說但凡認識我的人都知道我是個具有自由思想且擁護進步的人；不過也基於這個緣故，我尊敬貴族……真正的貴族。請留神記住，先生（巴扎洛夫聽到這話抬起眼睛望住帕威爾・彼得洛維奇），請留神記住，先生，」他狠狠地又說了一遍，「英國的貴族，他們對自己的權利絲毫不退讓，因此他

13 原文為法文名，Mathieu。

們也尊重別人的權利；他們要求別人對他們履行義務，因此他們也對別人履行義務。貴族賜予了且維持著英國的自由。」

「這種話我們已經聽過太多遍了，」巴扎洛夫回答，「可是您打算以此證明什麼呢？」

「我『打此』證明，先生（帕威爾．彼得洛維奇生氣時會故意把詞簡化，儘管他明知這麼說並不符合文法。這種時髦的怪癖被看作是亞歷山大時代的遺留。那時的名流鮮少使用本國語言，偶爾講幾句時，就會隨意造詞，好像在顯示自己：『我們當然是道地俄國人，但同時我們是上流人物，不必去管那些學究們的死規則。』）；我打此證明，先生，若沒有個人尊嚴感，沒有自重……而這兩種情感在貴族中是充分發展的……那麼社會……社會福利……社會結構便不會有穩固的基礎。個人品性，先生……是很重要的；一個人的個人品性必須堅如磐石，因為一切都建築其上。譬如說，我非常清楚，你認為我的習慣、穿著、舉止都是可笑的；然而這一切都是源於自重，源於責任感……是的，的確，責任感。我住在鄉間，住在僻野，但是我不會降低自己的身分。我尊重自己的尊嚴。」

「那麼我問你一句，帕威爾．彼得洛維奇，」巴扎洛夫說，「你尊重自己，卻袖手而坐；這對社會福利有什麼益處呢？就算你不尊重自己，不也是這樣坐著嗎？」

帕威爾．彼得洛維奇的臉色泛青。「那是另一個問題。我現在根本沒必要向你解釋為什麼我只是如你所言袖手坐著。我只想說，貴族制度是一個原則，在我們這個時代，唯有缺乏道德和愚蠢的人才會不要原則地活著。阿爾卡季回家後的第二天，我便對他說過，現在我再對你講一遍。是這樣吧，尼古拉？」

尼古拉．彼得洛維奇點點頭。

「貴族制度、自由主義、進步觀念、基本原則，」巴扎洛夫接口說道，「你想一想，那麼多外國的……沒用的字眼！對俄國人來說，它們毫無用處。」

「那依你看來，什麼才是有用的呢？聽從你的話，我們便是處在人類社會之外，人類法則之外了。可是歷史邏輯要求著……」

「但是邏輯跟我們又有什麼關係呢？沒有它我們照樣過日子。」

「什麼意思？」

「就是這個意思，當你肚子餓的時候，我想你不用邏輯就會把麵包塞進嘴裡吧。這些抽象的玩意對我們有什麼用？」

帕威爾．彼得洛維奇憤怒地雙手一揮。

「這我就不明白了，你侮辱了俄羅斯人民。我不能理解，怎麼可以不承認原理，不承認規則！那你的行為又是以何為依據呢？」

「我已經對你說過，伯父，我們不承認任何權威。」阿爾卡季插嘴道。

「凡是我們認為有利的，我們便依其行動，」巴扎洛夫說，「目前最有利的事就是否定……於是，我們否定……」

「否定一切嗎？」

「否定一切！」

「怎麼？不單是藝術和詩……甚至連……說來實在可怕……」

「一切。」巴扎洛夫平靜地又說了一遍。

帕威爾・彼得洛維奇瞪著他，這是他始料未及的，而阿爾卡季則興奮地紅了臉。

「不過請問，」尼古拉・彼得洛維奇開口說道，「你們否定一切；或者更確切地說，你們破壞一切……可是你們知道，同時也要建設啊。」

「那已經不是我們的事了……我們要先清理地面。」

「這是人民的當前需要，」阿爾卡季莊嚴地補充道，「我們有責任去實現這些要求，我們沒有權利屈服於個人利己主義的滿足。」

巴扎洛夫顯然不喜歡最末一句話，因為它帶了一點哲學味，也就是浪漫主義氣味，因為巴扎洛夫把哲學也歸為浪漫主義，不過他認為沒有必要去糾正年輕的門徒。

「不，不！」帕威爾・彼得洛維奇突然用力喊道。「我不願相信，先生們，你們真正了解俄羅斯人民，你們真正代表他們的需求，他們的渴望！不，俄羅斯人民並非你們想像得那樣。他們視傳統為神聖，他們服從家長，他們沒有信仰便無法生活……」

「我不打算反駁這話，」巴扎洛夫打斷道，「我甚至要同意這一點你是對的。」

「如果我是對的……」

「可是還是一樣，什麼也證明不了。」

「正是，什麼也證明不了。」阿爾卡季重複了一句。他自信滿滿，像一位經驗豐富的棋手早已料到對手的下一步，因此毫不驚慌。

「怎麼會什麼也證明不了呢？」帕威爾・彼得洛維奇驚訝地低語道，「那麼你們要去反對人民了？」

「是又怎樣？」巴扎洛夫大聲嚷道，「人民都相信打雷是先知以利亞駕著車在天空駛過，怎麼，我們應該同意他們的說法嗎？而且，他們是俄羅斯人，我難道就不是俄羅斯人嗎？」

「不，既然你剛才說了那番話，你就不是一個俄羅斯人！我不能承認你是一個俄羅斯人。」

「我祖父是耕田的，」巴扎洛夫自傲地回答道，「你自可隨便問問這裡的任何一個農人，看我們……你或者我……他更願意承認誰是他的同胞。你連怎樣跟他們講話都不會。」

「可你跟他講話的同時，又在鄙夷他。」

「那又怎樣？他們難道沒有該被鄙夷的地方嗎？你專在我的態度上挑錯，可是你又如何確認我的觀點是憑空而來，而不是你極力擁護之民族精神本身的產物呢？」

「你在說什麼！虛無主義者太有用了！」

「他們到底有用還是無用，都不該由我們決定。連你不也覺得自己並非一個完全無用的人嗎？」

「先生們，先生們，請不要人身攻擊！」尼古拉．彼得洛維奇趕忙站起來喊道。

帕威爾．彼得洛維奇微微一笑，把手放在弟弟肩頭，把他按回座位。

「不要擔心，」他說，「我不會失態，正因為我有著我們這位朋友……我們這位醫生朋友毫不留情而一再嘲笑的尊嚴感。」他又轉身向著巴扎洛夫說，「也許你以為你的學說是門新發明吧？那可是大謬不然。你鼓吹的唯物論已經風行過不止一次了，而且總是站不住腳……」

「又是一個外國字眼！」巴扎洛夫打斷道，他有點惱怒了，臉漲成紫銅色，「第一，我們什麼也不鼓吹；那不是我們的作風。」

「那你們都做些什麼呢？」

「我告訴你我們都做些什麼。不久前，我們常常講官吏收受賄賂，我們沒有公路，沒有商業，沒有公平的審判……」

「噢，我明白了，你們是改革派……我想就是這種稱呼吧。你們改革中的許多方面我也可以同意，不過……」

「後來我們發覺，僅僅是不斷的議論，空泛的議論，對我們的社會弊病毫無益處可言，只會讓人們譁眾取寵，拘泥教條。我們的領導人物，那些所謂的進步人士和改革者，毫無用處。我們整天忙一些無聊事，胡扯著藝術，無意識的創作，議會制度，司法陪審團以及鬼知道的那些問題。可是與此同時，我們真正面臨的問題卻是，怎樣才能吃到麵包；我們快被極其愚蠢的迷信悶到窒息；企業處處碰釘，只因為沒有足夠多有誠信的人去經營；我們的政府正著手的解放也不見得有真正的益處，因為農人們情願連自己的錢也搶走送去酒館，喝個爛醉。」

「是的，」帕威爾．彼得洛維奇插嘴道，「是的，你們對這些深信不疑，因而決心什麼事情也不要切實地去做了。」

「我們決心什麼事也不做。」巴扎洛夫冷冷地說。他忽然跟自己生起氣來，為著他突然無緣由地在這位老爺面前說了這許多話。

「可是只限於辱罵？」

「只限於辱罵。」
「這就叫做虛無主義嗎？」
「這就叫做虛無主義。」巴扎洛夫極為粗魯地跟著重複了一次。
帕威爾．彼得洛維奇的眉頭微微皺起。「原來如此，」他用一種異常平靜的語調說，「虛無主義會治癒我們所有的苦痛，而你們，你們則是我們的英雄，我們的救世主。但是你們為何要辱罵別人呢，甚至是那些改革者？你們不也像別人一樣只會空談嗎？」
「不論我們犯多少錯，我們卻沒有這個毛病。」巴扎洛夫咬著牙嘟囔著。
「那麼又是怎樣呢？你們行動了？還是在打算採取行動？」
巴扎洛夫不回答。帕威爾．彼得洛維奇的身子微微顫抖，不過立刻控制住自己。
「嗯！……行動，破壞……」他繼續說道，「可是連為什麼要破壞都不明白又怎樣去破壞呢？」
「我們要破壞，因為我們是一種力量。」阿爾卡季說。
帕威爾．彼得洛維奇瞥了侄子一眼，笑了起來。
「是的，力量是不承擔責任的。」阿爾卡季把身子一挺。
「可憐的孩子！」帕威爾．彼得洛維奇叫出聲來，他實在無法再抑制自己了，

「你真該認真想一想你們這種論調對俄國有什麼作用。不，即便是天使也無法再忍耐了！力量！野蠻的卡爾梅克人、蒙古人也有力量，但對我們又有何意義？我們寶貴的，是文明。是的，先生，是的，文明之果才是我們要珍視的。不要對我說那些果實一文不值；就連最拙劣的畫匠，那些胡亂塗抹的畫家[14]，或者一個晚上只有五戈比[15]收入的舞池樂師也比你們更有益，因為他們代表了文明，而不是粗暴的蒙古力量！你們自詡先進，可是你們只配待在卡爾梅克人的帳篷裡！力量！最後還請你們這些有力量的先生們記住，你們只有四個半人，他人卻有千百萬，而他們絕不允許你們踐踏他們最神聖的傳統，而且還會從你們身上踩過去！」

「要踩就隨他們踩吧，那是我們自作自受，」巴扎洛夫說，「但這還很難說，我們的人數並不像你說的那麼少。」

「怎麼？你真的要對付整個民族嗎？」

「整個莫斯科城還是被一根一戈比的蠟燭燒掉了。」

「是的，是的。先是撒旦般的驕傲，繼而是嘲弄……年輕人就是這樣被引誘了，

---

14 原文為法文，un barbouilleur。

15 蘇聯發行的貨幣，一盧布＝100戈比。在一九九〇年代到蘇聯解體前，蘇聯盧布和美元一樣，也是一種儲備貨幣。

孩子般毫無經驗的心就這樣被征服了！現在就有一個坐在你身旁，他幾乎要對你頂禮膜拜了，瞧瞧吧！（阿爾卡季皺起眉頭，把頭扭開。）這種流行病已經傳播得很廣了。我聽說在羅馬，我們的藝術家從不踏進梵蒂岡，他們幾乎把拉斐爾視為一個笨蛋。請允許我說出來，因為他是一個權威，然而他們自己卻毫無能耐，畫不出成功之作，無論怎麼嘗試，他們的想像也超越不了《泉邊少女》，而且連少女也畫得不像樣。依你之見，他們是出色的人物吧？」

「依我看來，」巴扎洛夫回答道，「拉斐爾不值一錢；而他們也不比他強多少。」

「高見！高見！聽著，阿爾卡季……現在的青年就應該這麼講話！想想，他們怎麼能不跟著你們跑！在從前年輕人不論是否喜歡都得用功唸書，努力工作，因為他們不願被視為胸無點墨，不學無術。但是如今，他們只消喊一句『世上的一切都是胡扯！』，就萬事大吉了。年輕人當然開心，他們以前都只是呆頭鵝，現在搖身一變成了虛無主義者。」

「你那令人欽佩的自尊心似乎已經瓦解了，」巴扎洛夫冷冷地說，阿爾卡季則熱血沸騰，雙眼冒火。「我們的爭論已經離題太遠了；我想，還是結束得好。如果對於我們現在的生活方式，不論是家庭生活還是社會生活，只要你能找出一個不需要被徹底破壞的制度，」他站起來補充道，「到時我便很樂意贊同你的觀點。」

「我可以舉出上百萬個這樣的制度，」帕威爾．彼得洛維奇嚷道，「幾百萬個！譬如說，米爾[16]。」

一抹冷笑浮上巴扎洛夫的嘴角。「好，說到米爾，」他說，「你最好還是去和令弟談吧。我想米爾究竟是怎麼一回事，他應該也看得夠多了……那些共同保證啊，戒酒運動啊，諸如此類的玩意。」

「還有家庭，存在於農人中的家庭！」帕威爾．彼得洛維奇大聲說道。

「這個問題，我想你還是不要太深入探究。你難道沒聽過扒灰之事嗎？聽我的勸告，帕威爾．彼得洛維奇，你好好考慮兩天，眼下不太可能想出什麼來。你去把我們的每一個階級都仔細研究一番，與此同時我和阿爾卡季要去……」

「去嘲笑一切。」帕威爾．彼得洛維奇打斷他說。

「不，是去解剖青蛙。走吧，阿爾卡季。暫別一會了，先生們！」

兩個朋友走了。只留下兩兄弟默默對視。

「瞧吧，」帕威爾．彼得洛維奇開口道，「這就是我們當代的年輕人！他們是這

16 又稱為俄羅斯農村公社，俄羅斯十九世紀後半葉形成的一種由農民組成的自然村落，由前農奴或國有農民及其後代組成的社區，屬於集體所有制。

副樣子……我們的後一代！」

「我們的後一代！」尼古拉．彼得洛維奇重複了一邊，沮喪地嘆口氣。那番唇槍舌戰時，他如坐針氈，不時痛苦地偷偷瞥阿爾卡季一眼。「哥，你知道我記起什麼來嗎？有次我和我們的母親起了爭執，她怒氣衝天，不肯聽我說話。最後，我對她說，『你當然無法理解我；我們是不同的兩代人。』她聽後盛怒，但我心想，『這也是無可奈何的。這是一劑苦藥，可她總得吞下去。』瞧，現在輪到我們了，我們的後一代也可以對我們說：『你們不是我們這一代；把藥丸吞下去吧。』」

「你太過仁厚謙虛了，」帕威爾．彼得洛維奇答道，「與你恰恰相反，我相信你我比這些年輕的先生們更為有理，儘管我們講著舊式的語言，過時[17]了，不似他們那般狂妄自負……看看現下年輕人趾高氣昂的架勢吧！你隨便問一個年輕人，『你喝紅酒還是白酒？』他會一臉嚴肅放低聲音回答，『我素來只喝紅的！』彷彿那一瞬間天底下的眼光都集中在他一個人身上一般……」

「你們還要茶嗎？」費尼奇佳把頭探進門問道。客廳裡還在爭執時，她沒敢進來。

「不用了，你叫人把茶炊撤下吧。」尼古拉．彼得洛維奇站起身向她走去。帕威爾．彼得洛維奇突然向他道了句「晚安」[18]，便回到自己的書房去了。

11

半小時後，尼古拉·彼得洛維奇走進花園，來到他最心愛的涼亭。他滿腹心事，第一次如此分明地察覺到父子間的距離，他預見這個距離還會日益拉大，如此一來，他一整個冬天在聖彼得堡讀那些最新的書籍，聽年輕人高談闊論，並且為自己能夠在他們的議論中插上一兩句話而感到高興，這一切都將是徒勞一場。「哥說我們是正確的，」他想，「先撇開自尊不提，我也認為他們比我們離真理更遠，但與此同時，我也覺得他們具備某種我們所沒有的東西，某種優勢……是青春嗎？不，不僅是青春。難道他們的優勢就在於他們比我們少了些貴族習氣嗎？」

尼古拉·彼得洛維奇沮喪地垂下頭，用手摸了摸臉。

「可是連詩歌也要摒棄嗎？」他接著又想到，「對藝術、對自然都毫不親近……」

他環顧四周，彷彿想了解怎麼會對自然毫無情感。暮色已降，太陽隱在離花園半俄里遠的一片小山楊林裡，樹影在靜寂的田野中無邊無沿地延伸而去。一個農人跨坐

17 原文為法文，vieilli。
18 原文為法文，bon soir。

在白馬上從窄小陰暗的林邊小徑馳過。雖然身在暗處，他全身乃至肩上的補釘仍看得一清二楚，白馬正奮蹄疾奔。餘暉遠遠地斜照著樹林，穿透密實的枝葉將白楊樹幹染上一層暖紅，使它們變得如松樹一般模樣；樹葉幾乎成了靛藍色，襯在帶著落日紅暈的淺藍天空裡。燕子飛得很高，風歇止下來，流連不返的蜜蜂在丁香花叢中懶洋洋地嗡嗚著；一群飛蠓似雲般地團裹著一根聳出天空的高枝。「多麼美啊，我的上帝！」尼古拉．彼得洛維奇這樣想著，平日最喜愛的詩句幾乎脫口而出了，可一記起阿爾卡季的那本《力與物質》（*Stoff und Kraft*），他便不再作聲，但仍舊坐在那裡，孤獨地沉溺在憂欣交織的思緒中。他喜歡夢想，鄉間生活給了他施展空間。不久之前在驛店中等候兒子歸來時，他還像這樣夢想過，可自那天以來，情況卻起了大變化；父子之間當時尚未明朗的關係眼下已經被確定——而且是如此明確。他的亡妻又浮現在腦海，不過不再是多年來朝夕相對時所見的模樣，不再是那個善於持家的主婦，而是一位窈窕少女，眼神無邪好奇，一條綁得緊緊的髮辮垂在她孩童般的脖頸上。他憶起初次見到她的情景，彼時他還是個大學生，在寓所的樓梯上無意間撞了她一下，他想要道歉，卻喃喃地誤說了一句，「抱歉，先生[19]，」她把頭一低，微微一笑，似乎受驚般地突然跑開了，可是又在樓梯拐角處迅速回眸朝他一瞥，擺出一副莊重的神情，臉漲得紅紅的。之後是幾次怯生生的拜訪，囁囁嚅嚅的交談，忸忸怩怩的笑容和種種的倜促不安；有憂悶，有思戀，最後則是令人身心舒泰的喜悅……這一切都跑到哪裡去了呢？她成了他的妻，他享受著世間不多人享到的幸福……「可是，」他凝神思考著，「這些甜蜜的初見時光為什麼不能永恆不滅呢？」

他無意釐清自己的思緒，不過他希冀有一種較記憶更強固的東西來繫住那些幸福時光；他希冀著能再次感受到瑪麗婭在他身邊，感受到她的溫度與氣息，而且他似乎已經感受到在他的頭上……

「尼古拉．彼得洛維奇，」費尼奇佳的聲音突然在近旁喚他，「你在哪兒？」

他顫抖了一下，既不痛苦，也不羞愧。他甚至從未承認妻子與費尼奇佳有比較的可能，但他很惋惜費尼奇佳會在這時候來找他。她的聲音使他登時記起自己花白的頭髮，他的年邁，他的現實……

那個心旌搖曳的神奇世界，那個剛剛從過去的暗霧中呈露的世界，他才踏入，就已分崩搖動——然後便消失殆盡了。

「我在這裡，」他答道，「我就來，你去吧。」他腦子裡隨之有個念頭一閃而

19　原文為法文，Pardon, monsieur。

過，「又來了，貴族習氣。」費尼奇佳一聲不響地探頭往涼亭裡瞟了一眼便走開了。他驚訝地察覺，當自己還沉浸在夢想之中時，已是暮靄沉沉，周圍一片昏暗闃寂。費尼奇佳蒼白而瘦小的臉龐在他眼前微弱地閃了一下。他站起身準備回屋，心中激盪起的情感卻無法一時平靜，於是他便沿著花園踱步，時而低頭凝望腳下的土地，時而抬眼仰望滿天的閃爍星斗。他走了很久，直到幾乎筋疲力盡，可內心的不安，一種渴慕、模糊又抑鬱的不安仍無法平復。啊，要是巴扎洛夫知曉這個時候他在想些什麼，鐵定會嘲笑他！連阿爾卡季也會責備他。他，四十四歲的年紀，農學家，一家之主，竟在灑淚，而且無緣無故，這比拉大提琴更要糟糕一百倍。

尼古拉．彼得洛維奇繼續徘徊，下不了決心回屋，回到那個舒適恬靜的窩裡去，雖然每扇窗戶都透出殷勤的燈光，他還是無力把自己拖離這黑暗、這花園、這拂面的涼氣，拖離這種悒郁、這種無止息的煩憂。

在小徑的轉角處，帕威爾．彼得洛維奇迎面朝他走來。「你怎麼了？」他問尼古拉．彼得洛維奇，「你臉色蒼白得好似幽靈，不舒服嗎？為什麼不去睡覺？」

尼古拉．彼得洛維奇簡要地對他說明自己的心境便離開了，帕威爾．彼得洛維奇走去花園盡頭，他也陷入沉思，舉首望向天際。但他那雙美麗黝黑的眼睛裡映出的只有星光，別無其他。他生來就不是理想主義者，他那挑剔、帶有潔癖和法式厭世傾向的感性心靈是不能夠夢想的⋯⋯

「你知道嗎？」同一個夜晚，巴扎洛夫對阿爾卡季說，「我想到一個極妙的主意。你父親今天說接到你家一位地位顯赫的親戚邀請。你父親不打算去，我想，不如我們到X城走一趟，那位先生不是也邀請你了？天氣這麼好，我們正好進城看看，不妨再待上個五、六天，好好玩一下。」

「之後你還回來這裡嗎？」

「不；我得去父親那兒了。你知道他那裡距離X城只有三十俄里。我已經好久沒有見他和母親了，應該回去讓老人家高興一下。他們待我極好，尤其我父親，他很有趣。他們就我一個獨子。」

「你要和他們久住嗎？」

「並不想，那裡還是很乏味的。」

「那回程時再到我們這裡來？」

「說不準⋯⋯到時再看。好了，你覺得怎樣？我們去不去？」

「隨你的意思吧。」阿爾卡季漫不經心地說。

其實他對朋友的提議感到發自內心的高興，但認為應該要把感情隱藏起來。他可真沒白做個虛無主義者！

次日，阿爾卡季就和巴扎洛夫出發到X城去了。瑪麗因諾的年輕人都捨不得跟他們分別；杜尼亞莎甚至哭了……不過老人們都覺得可以鬆一口氣了。

12

我們的朋友們要去的X城是在一位年輕省長的管轄之下，他既是進步分子，又是專制官僚，這樣的人在俄國已經屢見不鮮。他就任不到一年，不但和貴族長——一位退伍近衛軍軍官，一個養了一大群馬的好客之人——有所爭執，還跟他的下屬們起了衝突。這種糾紛愈演愈烈，使得聖彼得堡的部裡後來也認為必須派一個可靠的人來對事實就地調查，結果選中了馬特維．伊里奇．科里亞金，就是曾經做過基爾沙諾夫兄弟倆保證人的科里亞金的兒子。他也是一個「年輕人」，這是說他剛過四十歲便已步上青雲成了政治家，胸前左右兩邊各掛著一枚勛章，雖則有一枚來自外國，而且級別不高。他跟自己前來查訪的那位省長一樣，被認作是進步人士。他已經是一位大人物了，但並不像多數大人物那樣。他雖自視甚高，虛榮心大到無邊無際，可他舉止樸實，態度親切，聽人講話極為謙虛，而且笑容和善可掬，因此初次相識的人會認為他是個「頂好的傢伙」。然而，在重要場合，他很清楚要如何像俗語所言的那樣自我標榜。「能量是必不可少的，」他時常這樣說，「能量是一個政治家的首要資質[20]。」儘管如此，他卻總是受到愚弄，任何一個略有經歷的官吏便可以輕易左右他。馬特維・伊里奇常帶著極大的敬意談起基佐[21]，並力圖讓所有人相信基佐並不是一個墨守成規、陳腐傲慢的官僚，從不曾忽略社會生活中任何一個重要現象……這些話他已經講得不能再熟了。他甚至還關注現代文學發展，誠然態度上傲慢淡漠，就像是一個成年人在街頭遇見一隊孩童，有時也會加入一樣。事實上，馬特維・伊里奇並不比亞歷山大時代的政客進步多少，那些人會在赴斯威特切尼夫人[22]的晚宴之前，先讀一頁孔狄亞克[23]的書；不過馬特維的方式更新式些。他是一個圓滑的侍臣，一個偽君子，如此而已。他既無辨事能力，也無聰明才智，但他知道怎樣鑽營自己的事業，這一點無人能及，毫無疑問，這才是最重要的。

20 原文為法文，l'énergie est la première qualité d'un homme d'état。
21 法蘭索瓦・皮耶・紀堯姆・基佐（1878-1874），法國政治家、歷史學家，曾任法國首相。
22 沙龍女主人。
23 法國哲學家、認知學家。

馬特維・伊里奇以對待要人時和藹親善的態度接待了阿爾卡季，甚至還展示了一點詼諧。然而，當他得知他邀請的表兄們都留在鄉下時，感到十分訝異。「你父親真是個怪人。」他邊說邊擺弄著身上那件華美天鵝絨睡衣上的綴穗。然後，他突然轉向一個制服扣得嚴嚴整整的青年官吏，用一種非常關心的神色大聲問道，「什麼？」那個年輕人因為長久靜默連嘴唇也黏住了，他趕忙站起身，不知所措地望著長官。但馬特維・伊里奇使下屬受窘之後便不再理會他了。我們的高級官員向來熱中作弄下屬，所用方法可謂花樣百出。其中以下面這種最為流行，正如英國人說的「很受歡迎」：一位高級官員突然連最簡單的話也聽不懂了，裝出耳聾的樣子。譬如他會問：「今天是哪一天？」

下屬便恭敬地稟報：「今天是星期五，大……大……人。」

「啊？什麼？是什麼？你說什麼？」大官專注地重複問道。

「今天星期五，大……大……人。」

「啊？什麼？什麼是星期五？什麼樣的星期五？」

「星期五，大……大……人，一個星期裡的一天。」

「怎麼？你是來教訓我的嗎？」

馬特維・伊里奇雖然自詡為自由主義者，可他究竟也是個大官。

「我的朋友，我勸你去拜訪一下省長，」他對阿爾卡季說，「你要明白，我勸你去並不是因為我還抱著應當尊崇權威的舊思想，只因省長是個很好的人，而且你或許也願意到本地的社交界見識見識吧……我希望你不是一隻熊？他後天就要舉行一場盛大舞會。」

「您會去嗎？」阿爾卡季問。

「舞會是他專為我而辦的。」馬特維·伊里奇幾乎露出憐憫的神情問，「你會跳舞嗎？」

「會，只是跳得不好。」

「多麼可惜！這裡有的是漂亮女人，年輕人不會跳舞太丟臉了。我得再次聲明，我講這話不是因為觀念守舊，我不認為一個人的才智表現在他的腳上，不過拜倫主義是很可笑的，它已經不再流行了[24]。」

「可是，舅舅，我不是因為拜倫主義才……」

「我會把你介紹給本地的太太小姐們，把你保護在我的翅翼之下，」馬特維·伊

24 原文為法文，il a fait son temps。

里奇打斷他的話，頗為得意地笑了起來，「你會覺得暖極了，嗯？」

此時，僕人進來稟報財政廳長來訪，他是一個目光慈祥的老人，嘴角堆滿皺紋，非常愛好自然，特別是在夏日，照他的話說，「每隻忙碌的小蜜蜂都從小花朵那裡接收了一點小賄賂。」阿爾卡季便告辭了。

他回到下榻的旅館找到巴扎洛夫，費了好多唇舌勸他一起去拜會省長。「好吧，既然已經來了，」巴扎洛夫最後說，「事情總不好半途而廢。既然咱們是來看貴族們的，索性就去看看吧！」

省長客氣地接待了兩位年輕人，但沒請他們坐，自己也不坐下。他總是忙忙叨叨，來去匆匆的；他一大清早就穿上緊身制服，繫上硬挺的領帶，他沒有完整地吃完一頓飯，飲盡一餐茶，總是不停地下命令。省政府裡的人稱他為「布爾達盧」，這綽號並非緣自耶穌會的那位法國傳教士，而是來自於一種名為「布爾達」的渾濁飲料。他邀請基爾沙諾夫和巴扎洛夫參加他的舞會，兩分鐘後又邀請了一次，他把他們當作兩兄弟，都管他們叫基爾沙諾夫。

他們從省長府邸出來回家的路上，突然有個穿著斯拉夫國民服的矮小男子從剛駛過的馬車上跳下來，口裡大聲喊著「葉甫蓋尼．瓦西里耶伊奇！」並朝巴扎洛夫奔過來。

「啊！是你呀，赫爾．西特尼科夫，」巴扎洛夫說道，繼續向前走著，「什麼風把你吹來了？」

「真想不到，完全是偶然，」那人回答，轉身向馬車揮了幾下並喊道，「跟著，跟著我們！」他跳過腳下的小溝接著說道，「我父親在這裡辦些事，要我來……今天聽說你到了，我還去了一趟你住的旅館……」（這兩個朋友回到旅館後果真收到一張摺了角的名片，上面印著西特尼科夫的姓名，一面是法文，一面是西里爾字母。）「我希望你們不是從省長那裡來的吧？」

「不必希望了，我們正是從他那裡來的。」

「啊！那麼我也得去拜訪一趟……葉甫蓋尼．瓦西里耶伊奇，把我介紹給你的……這位……」

「西特尼科夫。基爾沙諾夫。」巴扎洛夫邊走邊嘟囔著。

「非常榮幸，」西特尼科夫說著側身跟上，他急忙拉下過分講究的手套，臉上堆起笑容說，「久仰大名了……我是葉甫蓋尼．瓦西里耶伊奇的老友，也可以說……是他的學生。承蒙他的教誨，我才獲此新生……」

阿爾卡季打量著巴扎洛夫的這位學生。他那張修飾得乾乾淨淨、瘦小而不討嫌的臉上掛著一種興奮而愚笨的表情；一對像是被擠進眼窩裡的小眼睛專注又侷促地望過來，連他的笑聲也是侷促不安的——一種短促而木訥的笑聲。

「你相信嗎，」他繼續說道，「當葉甫蓋尼第一次在我面前講起不應當承認權威時，我真是興奮不已……彷彿眼睛一下子被打開了！瞧，我心想，終於找到一個男子漢了！對了，葉甫蓋尼·瓦西里耶伊奇，你務必要去結識這裡的一位女士，她確實可以完全地了解你，而且會把你的拜訪視為了不起的喜事。我想你應該已經聽人提過她了吧？」

「她是誰？」巴扎洛夫不情願地問了一句。

「庫克申娜，葉多克西[25]，葉芙多克西婭·庫克申娜。她是個出色的人物，一個真正沒有偏見的自由女性[26]，一個新式女人。這樣如何？我們現在就一同去她那裡。她的住處離這裡只有幾步路。我們可以在她那兒吃中飯。我想你們還沒吃吧？」

「還沒有。」

「那麼，太好了。你們知道嗎，她和丈夫分居了，對任何人也不依賴。」

「她漂亮嗎？」巴扎洛夫插嘴問道。

「哦……不，算不上漂亮。」

「那你幹嘛讓我們去她那裡呢？」

「欸，你可真風趣……她會請我們喝香檳的。」

「哦，原來如此。可見得你是個十分實際的人。順便問一句，你父親還在做酒生意嘛？」

「是的，」西特尼科夫連忙答道，發出一陣尖銳的笑聲，「怎麼樣？一起去吧？」

「實在拿不定主意。」

「你是來看人的，就去吧。」阿爾卡季悄聲說。

「你有什麼意見呢，基爾沙諾夫先生？」西特尼科夫插嘴說，「你也去吧，沒有你是不行的。」

「可是我們怎麼可以三個人突然一起跑到她那裡呢？」

「不要緊。庫克申娜是個熱心的人。」

「真有一瓶香檳嗎？」巴扎洛夫問。

「三瓶！」西特尼科夫嚷道，「我可以擔保。」

「用什麼擔保？」

「我自己的腦袋。」

25 原文為法文，Eudoxie。

26 原文為法文，émancipée。

「不如用你父親的錢包來擔保吧。不過，我們這就去吧。」

13

阿芙多季婭・尼基奇西婭，或者是葉夫多克西婭・庫克申娜所住的莫斯科式小公館位於X城一條不久前才發生過火災的街上；大家知道，我們那些省城每隔五年就要失一次火。公館大門上歪斜地釘著一張名片，上方有個拉鈴小把手。前廳裡迎接客人的是個頭戴小帽的女人，既不似女僕，又不似女伴——顯然表明了女主人具有進步思想。西特尼科夫詢問阿芙多季婭・尼基奇西婭是否在家。

「是你嗎，維克多[27]？」隔壁房間裡傳出一個尖銳的聲音，「進來吧。」

戴帽女人即刻消失了。

「我不是一個人。」西特尼科夫說。他留神地瞥了阿爾卡季和巴扎洛夫一眼，俐落地脫去外衣，露出一件馬車夫式天鵝絨短版背心。

「不要緊，」那聲音說，「請進來[28]。」

三名青年走了進去。那間房與其說是客廳，其實更像辦公室。一沓沓文件、書信、一本本厚重且大部分尚未裁頁的俄文雜誌，全部凌亂地堆放在覆滿灰塵的桌子上；白色菸蒂丟得到處都是。一張皮沙發上半倚著一位年輕女士，頂著一頭亂蓬蓬的淡金色頭髮，套著一件皺巴巴的絲質便衣，短短的手臂上戴著一串沉甸甸的鐲子，頭上包著一方蕾絲手帕。她從沙發上站起身，隨手抓了件泛黃的貂皮襯裡天鵝絨披風搭在肩上。她懶洋洋地說，「早安，維克多。」然後握了握西特尼科夫的手。

「巴扎洛夫。基爾沙諾夫。」他效仿巴扎洛夫簡短地介紹道。

「我很高興。」庫克申娜說，一雙圓眼睛瞪著巴扎洛夫，雙眼之間孤零零一只短小而通紅的朝天鼻。「我知道你。」她又說，也握了他的手。

巴扎洛夫皺起眉頭。這位身材瘦小、面容尋常的自由女性並不惹人厭惡，但臉上的神情卻令人不悅。人們會不由得地想問她，「你怎麼了，餓了嗎？還是厭煩？或者害羞？為何這樣坐立不安呢？」她也和西特尼科夫一樣，總是有種侷促不安的神色。她的舉止毫不拘束，卻很笨拙；顯然自認善良、樸實，可是一舉一動都讓人覺得那並非出於她的本心；她的一切都如孩子們所說，是「故意做出來的」，既不樸實，也不

27 原文為法文，Victor。
28 原文為法文，Entrez。

自然。

「是的，是的，我知道你，巴扎洛夫，」她重複了一遍。（她跟許多外省和莫斯科的太太小姐們一樣都有特定習慣——跟男士初次見面便直呼其姓。）「要來一支雪茄嗎？」

「雪茄當然很好，」西特尼科夫接口，此刻他已經坐進一把扶手椅，翹起二郎腿來，「不過請準備一頓餐飯吧，我們都餓得很，再吩咐開一小瓶香檳。」

「貪圖享受的人。」葉芙多克西婭說著笑了，露出了上排牙齦，「是這樣的吧，巴扎洛夫？他是個貪圖享樂的人。」

「我喜歡舒服的生活，」西特尼科夫義正言辭地說道，「這不妨礙我做為一個自由主義者。」

「不，有妨礙，這是有妨礙的！」葉芙多克西婭高聲說，可是她還是吩咐女僕去安排中飯和香檳了。

「你覺得怎樣呢？」她轉向巴扎洛夫問道，「我相信你會贊同我的意見。」

「啊，不，」巴扎洛夫答道，「即使從化學觀點來看，一塊肉也總好過一片麵包。」

「你是研究化學的嗎？那恰好是我的愛好。我甚至發明了一種調合劑。」

「一種調合劑？你？」

「是的。你知道做什麼用嗎?做洋娃娃的頭,免得它們破裂。你瞧,我也是很務實的。不過還沒完成。我還得讀利比赫的著作呢。對了,你讀過基斯利亞科夫在《莫斯科新聞》上發表的那篇關於婦女勞工的文章嗎?請務必讀一讀。你一定留心婦女問題吧?也留心學校問題吧?你這位朋友是研究什麼的?他叫什麼名字?」

庫克申娜夫人假裝漫不經心地把問題接二連三地拋出來,也不等別人回答,好像嬌生慣養的小孩在對奶媽講話。

「我叫阿爾卡季.尼古拉維奇.基爾沙諾夫,」阿爾卡季說,「我什麼也不研究。」

葉芙多克西婭咯咯笑了。「多好啊!怎麼,你不抽菸嗎?維克多,你知道嗎,我很氣你。」

「為什麼?」

「聽說你又開始吹捧喬治.桑[29]了。她不過是個開倒車的女人,如此而已!怎麼能拿她和愛默生相提並論呢!她不懂教育,也不懂生理學,她什麼也不懂。我相信她

29 Georges Sand(1804-1876),法國女作家。

從來就沒聽過胚胎學這個名詞，但我們這個時代……沒有它怎麼行？（葉芙多克西婭說到這裡，把兩隻手都攤開來。）葉里謝維奇先生就這個問題寫了一篇多麼好的文章啊！他真是一位天才的先生（葉芙多克西婭習慣用「先生」代替「人」這個詞。）巴扎洛夫，挨著我坐到沙發上。你也許不知道，我挺怕你的。」

「為什麼？請問。」

「你是一位危險的先生，一個厲害的批評家。哎呀，天哪！太荒謬了，我講話就好像鄉下太太一樣。不過我的確是個鄉下太太，自己管理田產。只消想想我那個總管葉羅費是個怎樣的奇人，他活像是庫柏筆下的尋路人[30]，言行舉動都是不動腦筋的！末了我就到這裡定居了。這是個讓人無法忍受的城市，對不對？可是有什麼辦法呢？」

「這城市和其他城市沒什麼兩樣。」巴扎洛夫冷冷地說道。

「人們關心的都是雞毛蒜皮的瑣事，這多麼可怕！我過去常在莫斯科過冬……可是現在我法律上的丈夫庫克申先生[31]住在那裡。並且莫斯科眼下……我不知該怎麼說……它跟以前不太一樣了。我想出國，去年差一點就動身了。」

「去巴黎吧？」巴扎洛夫問。

「巴黎和海德堡。」

「為什麼要去海德堡？」

「你怎麼還問？本生[32]在那裡啊！」

巴扎洛夫對此無言以答。

「彼埃爾・薩波日尼科夫……你認識他嗎？」

「不，不認識。」

「不認識彼埃爾・薩波日尼科夫嗎……他時常在莉迪婭・霍斯達多娃家裡。」

「我也不認識她。」

「哦，就是他答應陪我去。感謝上帝，我是自由的，無兒無女……我說了什麼？感謝上帝？不過這也不要緊了。」

葉芙多克西婭用她那被菸草燻成棕色的手指捲起一支香菸，用舌頭舔了一下，開始抽起來。女僕捧著托盤走了進來。

「啊，中飯來了！你們要不要先來點開胃菜？維克多，開酒瓶，那是你的事。」

30 詹姆士・菲尼莫爾・庫柏（James Fenimore Cooper，1789-1851），美國小說家，《尋路人》是他的一本小說。

31 原文為法文，Monsieur Kukshin。

32 羅伯特・威廉・本生（Robert Wilhelm Bunsen，1811-1899），德國化學家。

「不錯，是我的事。」西特尼科夫喃喃地說，抖著嗓子又尖聲笑起來。

「這兒有什麼漂亮女人嗎？」酒喝完第三杯時，巴扎洛夫問。

「有倒是有，」葉芙多克西婭說，「只是她們全部腦袋空空。譬如我的女友[33]奧金佐娃就長得不錯，可惜她的名聲有些……這倒不要緊，不過她沒有任何獨立的見解，沒有眼界，沒有……什麼也沒有。整個教育制度需要改革，這個問題我仔細想過很多，我們女人受的教育真是糟透了。」

「對她們簡直沒辦法，」西特尼科夫插嘴道，「她們應當受人輕視，而我便是如此，輕視她們，徹頭徹尾地輕視她們！（對西特尼科夫而言，但凡有能夠輕蔑別人且可以表達出輕蔑的機會，他都覺得舒暢。他尤其喜歡攻擊女人，但萬萬沒料到幾個月後他會匍匐在妻子腳下，只因為她是杜爾多列索夫公爵家的小姐。）她們當中沒有一個能理解我們的談話，沒有一個值得我們這種正派人講起的。」

「可是她們毫無必要理解我們的談話。」巴扎洛夫說。

「你說的是誰？」葉芙多克西婭問。

「漂亮女人。」

「怎麼？這麼說，你接受普魯東[34]的思想了？」

巴扎洛夫倨傲地挺直身子。「我不接受任何人的思想，我有我自己的。」

「讓所有的權威都見鬼去吧！」西特尼科夫嚷道，他非常高興有機會在他所膜拜的人面前大膽發表自己的意見。

「可是連麥考利[35]……」庫克申娜夫人正開口說。

「麥考利也見鬼去吧！」西特尼科夫大嚷道，「你打算替那些無聊的婆娘們辯護嗎？」

「不是為那些無聊婆娘辯護，我是為女權辯護，我立誓要為之流盡最後一滴血。」

「見鬼……」不過西特尼科夫馬上停住了，「可是我並不否定女權。」他說。

「不，我看得出你是斯拉夫派。」

「不，我不是斯拉夫派，承然，當然……」

「不，不，不！你就是個斯拉夫派。你是父權專制的擁護者，你想要手裡攥著一條鞭子！」

「鞭子是個好東西，」巴扎洛夫說，「不過我們已經到了最後一滴了。」

---

33 原文為法文，Mon amie。

34 Pierre-Joseph Proudhon（1809-1865），法國思想家，「無政府主義」的創始人。

35 Thomas Babington Macaulay（1800-1859），英國詩人、歷史學家。

「最後一滴什麼？」葉芙多克西婭打斷他，問道。

「香檳，最尊敬的阿芙多季婭·尼基奇西婭，最後一滴香檳……不是你的血。」

「聽見女人被攻擊，我的心情就無法平靜，」葉芙多克西婭繼續說道，「這太可怕了，太可怕了。與其攻擊女人，不如讀一讀米什萊[36]的《愛情論》，那是本絕妙的好書！先生們，我們來談論愛情吧。」葉芙多克西婭補充道，懶洋洋地把臂膀擱在起皺的沙發墊子上。

忽然一陣靜默。

「不，為何要談愛情呢，」巴扎洛夫說，「不過你剛才說起一位奧金佐娃夫人……你好像是這麼稱呼她的吧？這位夫人是誰？」

「她迷人極了，迷人極了！」西特尼科夫興奮地喊道，「我向你介紹。聰明，有錢，還是個寡婦。遺憾的是她還不夠進步，她該跟我們的葉芙多克西婭多親近。我為你的健康乾杯，葉多克西！讓我們來碰碰杯！哎哆，哎哆，哎哆，哎丁——丁——丁！哎哆，哎哆，哎丁——丁——丁[37]！！」

「維克多，你真是個討厭鬼。」

這餐飯吃了很久。第一瓶香檳之後開了第二瓶，第三瓶，甚至第四瓶……葉芙多克西婭滔滔不絕地講著，西特尼科夫隨聲附和她。他們談論最多的話題是，婚姻究竟是一種偏見，還是一種罪行；以及人是否生而平等；還有個性到底是什麼東西。葉芙多克西婭末了喝到一臉通紅，一邊用扁平的指尖敲著音調失調的鋼琴琴鍵，一邊用嘶啞的嗓音唱起歌來。起初是唱吉普賽歌曲，後來又唱了西摩．希弗的「格拉納達沉睡著」；而西特尼科夫則把披肩包在頭上，扮成那垂死的戀人唱到——

「你的嘴唇貼著我的嘴唇，
纏成一個熱烈的吻。」

阿爾卡季終於無法忍受了。「先生們，這裡快變成瘋人院了。」他大聲說道。巴扎洛夫先前只顧著喝香檳，不過偶爾插一句挖苦的話，這時打了個很響的呵欠站起身，也沒跟女主人告辭就和阿爾卡季一起走出去了。西特尼科夫趕忙跳起跟了出去。

「喂，你們覺得她怎麼樣？」他問道，一面諂媚地從他們左邊跳去右邊，再從右邊跳到左邊。「我告訴過你們，她是個不同尋常的人！我們要是有多幾個這樣的女人

---

36 Jules Michelet（1798-1874），法國歷史學家，被譽為法國史學之父。

37 原文為法文，Et toc, et toc, et tin-tin-tin! Et toc, et toc, et tin-tin-tin。

就好了！以她的方式來說，她體現了最高道德。」

「那麼你爸的那個機構也是最高道德的體現了？」巴扎洛夫指著他們此刻正經過的一家酒鋪問道。

西特尼科夫又尖笑起來。他平素都覺得自己的出身很羞恥，對於巴扎洛夫這種突如其來的親切，不知該榮幸呢，還是該生氣。

14

幾天後，省長府邸的舞會如期舉行。馬特維・伊里奇是這個舞會的「真正主角」。貴族省長向所有人一一聲明，表示自己純粹為了對馬特維表示敬意才出席的。而那位省長，即便是在舞會上動都沒動過，仍在不停地「下命令」。馬特維的舉止既和藹又維持著尊嚴。他對所有人都很親切，不過對一些人多一絲厭惡，對另一些人多一絲尊敬罷了。他在太太小姐們面前彬彬有禮，微笑鞠躬，像真正的法國紳士那樣[38]，還時時發出豪爽、響亮、孤傲的笑聲，跟高級官員的身分很相襯。他拍拍阿爾卡季的背脊，高聲喚他「小外甥」；在經過身著舊禮服的巴扎洛夫時，漫不經心地賞他一個寬容的側目，吐出一句含糊不清的客套話，能聽出的只有「我……」和「很」；他遞給西特尼科夫一根指頭，笑容還沒收回便即刻把頭扭向別處；他甚至還對赴宴時戴著髒手套、沒穿套裙撐、頭頂一隻極樂鳥的庫克申娜夫人說了聲「榮幸之至[39]」。賓客很多，跳舞的男伴不在少數；文官們大多擠在牆邊，武官們跳得很起勁，尤其是其中一位曾在巴黎住過六週的軍官，他在那裡學會了種種粗鄙的感嘆詞，譬如「討厭」，「真見鬼」，「噓，噓，我的小寶貝」[40]之類。他發音精準，是純正的巴黎腔調，但他同時也把「如果我有」的假定式當成過去式，把「絕對」當成「一定」。事實上，他那種大俄羅斯式的法語，法國人若覺得無須恭維我們講法語像天使一樣[41]的話，他們聽了是會發笑的。

我們知道阿爾卡季跳舞不算高明，而巴扎洛夫則完全不會。他倆留在一個角落，西特尼科夫也加入，臉上掛著輕蔑的冷笑，不時冒出惡毒的批評。他傲視周圍，似

38 原文為法文，en vrai chevalier français。

39 原文為法文，enchanté。

40 原文為法文，zut,' 'Ah, fichtr-re,' 'pst, pst, mon bibi。

41 原文為法文，comme des anges。

乎很是享受。忽然間他臉色一變，轉向阿爾卡季，好像略帶困窘地說：「奧金佐娃來了。」

阿爾卡季扭頭望去，看到一個身穿黑裙的高䠷女人正站在大廳門口。她的端莊舉止吸引了他的注意。她那兩隻光潔裸露的臂膀優雅地靠在纖細的蜂腰兩側，幾枝燈籠花順著她光澤的秀髮垂到微斜的肩頭，飽滿雪白的額頭下露出一雙清澈的明眸，安詳而聰慧——確實只是安詳而非憂思，嘴唇隱著一絲微笑。她的面容透出一種優美而溫柔的力量。

「你認識她嗎？」阿爾卡季問西特尼科夫。

「再熟不過。要我替你介紹嗎？」

「好啊……等這支方陣舞跳完以後。」

巴扎洛夫也注意到了奧金佐娃夫人。

「真是惹人注目啊，」他說，「和別的女人完全不同。」

舞曲一停，西特尼科夫便領著阿爾卡季去見奧金佐娃夫人。可他似乎跟她並不熟，窘得說話顛三倒四，她也略帶驚訝地望著他。不過當她聽到阿爾卡季的姓氏時，露出高興的神色，問他是不是尼古拉·彼得洛維奇的兒子。

「是的。」

「我見過你父親兩次，也常聽人談起他。」她接著說，「今天很高興認識你。」

這時一個副官跑到她面前，邀請她跳方陣舞。她答應了。

「你也跳舞嗎？」阿爾卡季恭敬地問道。

「是的，我跳舞。你何以認為我不跳舞？覺得我太老了嗎？」

「怎麼會，我哪能……可是既然如此，請允許我邀你跳一曲瑪祖卡舞吧。」

奧金佐娃親切地笑了。「當然可以。」她說著看了阿爾卡季一眼，那眼神與其說孤傲，不如說像是個已出嫁的姊姊對著年幼的弟弟。奧金佐娃夫人比阿爾卡季只稍大幾歲——她二十九歲——可是在她面前，他覺得自己是個學童，是個小學生，因而他們之間的年齡差異顯得更大了些。馬特維．伊里奇神色莊重地走到她面前，說了一番奉承話。阿爾卡季便退到一邊，但依然留心看她，即便在她跳方陣舞時也目不轉睛地盯著她。她和舞伴講話也似同那位高官講話般放鬆，柔緩地轉動頭和眼睛，輕柔地笑了兩次。她的鼻子跟差不多所有俄羅斯人的鼻子一樣，略顯肥大，膚色也不算白皙，儘管如此，阿爾卡季還是自認為從未遇過這樣迷人的女人。她的聲音一直縈繞在耳邊，就連裙子上的褶痕也顯得與其他女人的不同——特別優雅、特別充盈——她的舉止也特別從容自然。

瑪祖卡舞曲剛一響起，阿爾卡季便坐去了舞伴身邊，但心中有些膽怯。他早已預備與她交談，卻只用手搔了搔頭髮，一個字也說不出口。不過他的膽怯和激動並未持續太久，奧金佐娃夫人的安詳也感染了他。不消一刻鐘，他便毫無拘束地對她談論起他的父親、伯父以及他在聖彼得堡和鄉間的生活了。奧金佐娃夫人禮貌性地聽著他的談論，不時微微張開再合攏手中的摺扇。有男賓客來邀她共舞時，他才會停下一陣。西特尼科夫就邀請了她兩次。她舞畢回到原處坐下，拿起扇子，胸脯也並不起伏得更劇烈。阿爾卡季又開始嘮嘮叨叨了，能坐在她身邊，跟她談話，看著她的眼睛、她可愛的前額，看著她那甜美、端莊又聰慧的臉龐，他感到一種莫大的幸福。她很少開口，但她的話語流露出對生活的了解。從她的談話中，阿爾卡季揣度到這位年輕女人已經有了深刻感受且深入思考過。

「西特尼科夫領你介紹給我時，跟你站在一起的那個人是誰？」她問。

「你也留意到他嗎？」阿爾卡季反問道，「他相貌堂堂，是不是？那是巴扎洛夫，我的朋友。」

阿爾卡季便談起了「他的朋友」來。他講得鉅細靡遺，而且充滿熱情，奧金佐娃不由得掉過頭望向巴扎洛夫，仔細地看了一陣。這時，瑪祖卡舞曲也接近尾聲，阿爾卡季很捨不得與他的舞伴分開，他同她在一起度過了一個小時的美妙時光！固然他自始至終都覺得她似乎在遷就他，而他原本應當感激她似的……不過，年輕人的心不會因此感到痛苦。

音樂停止了。「謝謝[42]，」奧金佐娃夫人說著站起身來，「你答應了要來看我的。把你的朋友也邀來。我很想見見這位有膽量敢於什麼都不信的人。」

省長來到奧金佐娃夫人面前，告知晚宴已經備妥，然後面露憂色地向她伸出手臂。她離開時對阿爾卡季回眸一笑，點了點頭。阿爾卡季深深一鞠躬，呆望著她的背影（那裹在銀灰色澤黑緞裡的身姿是多麼優雅！）他想道，「此刻她已經忘了我的存在。」於是他的內心湧起了一種美妙的謙卑之感。

「怎麼樣？」阿爾卡季才回到原先的角落，巴扎洛夫便問道，「剛才開心嗎？一位先生剛跟我談起那位太太；他說：『她是……哦，呸！呸。』不過我覺得那傢伙是個傻瓜。你覺得她怎麼樣？真的是……哦，呸！呸嗎？」

「我不太明白那是什麼意思。」阿爾卡季說。

「哎呦！多麼天真啊！」

「那麼，我就不明白你引的那位先生的話了。奧金佐娃夫人無疑很可愛，不過她

42 原文為法文，*Merci*。

的舉止是那麼地冷漠與嚴肅，所以……」

「水靜則深……你懂的！」巴扎洛夫插嘴，「這正是讓事情變得有味道的地方。我猜，你喜歡冰淇淋吧？」

「也許是的，」阿爾卡季喃喃道，「我沒辦法下結論。她想認識你，要我引你去見她。」

「我想像得出你是怎樣描述我的！不過你幹得不錯。帶我去吧。不論她是什麼人……如外省母獅也好，如庫克申娜般新潮也罷……至少她那樣的肩膀我已經好久沒有見過了。」

巴扎洛夫的明嘲暗諷讓阿爾卡季很不舒服，可是世間事常是如此，他責怪朋友並非他不喜歡他朋友……

「為什麼你不願容忍女人有自由思想呢？」他低聲問道。

「因為，老弟，據我觀察，在女人中間，有自由思想的都是些醜怪。」

談話到此便中斷了。兩個年輕人在晚宴後立刻告辭了。庫克申娜夫人對著他們的背影略帶膽怯地發出一陣神經質的惡意笑聲，她的虛榮心被深深傷害了，因為這一晚他倆誰也沒理會她。她在舞會留得最久，直到凌晨四點還和西特尼科夫跳了一次巴黎風格的波爾卡瑪祖卡舞。而這個激盪人心的場面結束了省長的舞會。

15

「我們來看看這位屬於哪一類哺乳動物，」翌日巴扎洛夫與阿爾卡季踏上奧金佐娃下榻的旅館台階時說道，「我嗅到某種不對勁。」

「你真讓我驚訝！」阿爾卡季喊道，「怎麼，你，你，巴扎洛夫，竟然懷抱著那種狹隘的道德觀念……」

「你可真是個奇怪的傢伙！」巴扎洛夫毫不在意地打斷他說，「你難道不知道我的風格嗎？不了解我口中的『不對勁』就是意味著『對勁』嗎？我是說，這裡於我們有利。你今天不是認為她的婚姻很奇怪嗎？其實在我看來，嫁給一個有錢的老頭不足為怪，反而是明智之舉。我不相信城裡的那些蜚短流長，不過倒是願意承認，可以用我們那位有教養的省長的話來說：空穴不來風。」

阿爾卡季沒有回答，只敲了敲房門。一個穿制服的年輕僕人把兩個朋友引到一個寬敞的房間裡，像俄國所有的旅館客房一樣，這裡陳設簡陋，不過處處擺滿鮮花。不一會兒，奧金佐娃夫人身穿一襲樸素的晨服走了出來。在明媚的春光下她似乎更顯年輕了。阿爾卡季把巴扎洛夫介紹給她，並暗暗驚覺巴扎洛夫似乎有些侷促，奧金佐娃仍像昨日那般安詳自若。巴扎洛夫也察覺到自己的窘迫，不由得惱怒起來。「這怎麼像話！居然怕起女人來！」他這樣想著，便像西特尼科夫那樣懶洋洋地斜坐進一張扶手椅中，極度輕鬆地講起話來，奧金佐娃夫人用清澈的目光注視著他。

安娜．謝爾蓋耶夫娜．奧金佐娃的父親是謝爾蓋．尼古拉耶維奇．洛克捷夫，是個著名的美男子、投機客和賭徒，他在聖彼得堡和莫斯科風光了十五年，最後輸得精光，被迫遷居鄉間，不久後便死在那裡，只留下一筆薄產給兩個女兒——二十歲的安娜和十二歲的卡奇婭。她們的母親出身於家道中落的H親王家族，在丈夫還春風得意時便病死在聖彼得堡。父親逝世後，安娜的境況變得十分艱難，她在聖彼得堡接受的出色教育並不能幫她料理家庭瑣事和管理田產，也不宜打發窮鄉僻壤的無聊生活。她在地方上不認識任何人，也沒有人可以請教。她父親在世時盡量避免和四鄰往來，他鄙視他們，他們也鄙視他。安娜並沒有倉皇失措，而是即刻派人請來了姨母阿芙多季婭．斯特潘諾夫娜女大公——一個刻薄而傲慢的老太太。她一到姪女家便占用了宅子裡幾間最好的房間，從早到晚不是咒罵就是抱怨，即便是到花園散步，也非得要唯一的農奴跟隨伺候，這個農奴身穿淺藍滾邊的豌豆綠破舊制服，頭戴三腳帽，臉色陰沉。安娜耐心地忍受姨母的種種怪癖，按部就班地對妹妹進行教育，似乎已經死了心準備在鄉間直至垂老……但是命運另有安排。她偶然被一個名喚奧金佐夫的四十六歲富翁相中，對方是一個古怪的憂鬱症患者，身材魁梧肥壯、脾氣暴躁，可是人並不愚蠢，心地也不壞。對方愛上了她，向她求婚。她應承做他的妻子，他們共同生活了六年，臨終前他把所有財產都留給了她。他去世後，安娜．謝爾蓋耶夫娜在鄉間住了差不多一年，便帶著妹妹出國遊歷，但只到德國就停了下來。她感到厭倦，便回到國內，住回她喜愛的尼克爾斯科耶村。村子距離X城約有四十俄里，她在那裡擁有一幢美輪美奐、陳設精緻的住宅，還有一座附有暖房的美麗花園。她亡故的丈夫在滿足嗜好這方面是不惜花費的。安娜．謝爾蓋耶夫娜鮮少進城，大抵有事才去，去了也不會久待。她在省城並不受歡迎；她與奧金佐夫的這樁婚事引發了一片譁然，傳出種種關於她的流言蜚語，說她曾經幫父親在賭場耍花招，說她並非無緣無故出國，而是不得不去掩飾不幸的後果……「你明白吧？」那些憤怒的嚼舌根者常以此話收尾。「她可是經受了水火。」有人這樣說；城裡以講俏皮話出名的人常常會加上一句：「其餘的元素也經歷過了吧？」這些閒言碎語都傳到了她的耳中，她卻置若罔聞。她的性格有著相當多的獨立與堅定。

奧金佐娃夫人斜倚著安樂椅，疊起雙手聽巴扎洛夫講話。巴扎洛夫這天一反常態，侃侃而言，顯然在設法引起她的興趣——這亦使阿爾卡季非常詫異。他無法斷定巴扎洛夫是否達到了目的。從安娜．謝爾蓋耶夫娜的臉上，很難看出她心中所得的印象；她始終保持著優雅與親切的神情，那美麗的雙眸閃耀著關注的光芒。談話的最初，巴扎洛夫的粗魯舉止好像一股刺鼻的氣味或一個刺耳的聲音使她不悅，可是她即刻察覺那只是他的侷促不安，反而生出了幾分得意。她最厭惡庸俗，而庸俗是無論如何不會加諸於巴扎洛夫的。那日，阿爾卡季注定要撞見很多令他驚訝的事情。他以為巴扎洛夫會跟奧金佐娃那樣聰慧的女人談及自己的觀點與看法，她自己也表示過願意聽聽這個「敢於什麼都不信」的人的言論。然而，巴扎洛夫對那些絕口不提，卻大談起醫學、順勢療法及植物學。原來，奧金佐娃夫人並沒有在孤寂中虛度光陰，她閱讀了不少好書，而且說得一口極好的俄語。她談起了音樂，但發現巴扎洛夫並不贊成藝術，便又不動聲色地把話題拉回植物學，儘管阿爾卡季已經開始大談起國民樂調的重要性。奧金佐娃夫人只把阿爾卡季當作小弟弟看待，她似乎很珍視他的良善與年輕人的單純——僅此而已。他們從容而起勁地聊了足足三個小時，幾乎無所不談。

兩個朋友終於起身告辭。安娜．謝爾蓋耶夫娜親切地望著他們，伸出美麗白皙的手，思慮片刻後，略帶遲疑卻愉悅地笑著說，「若先生們不嫌乏悶，請到尼克爾斯科耶村來走走吧。」

「噢，安娜．謝爾蓋耶夫娜，」阿爾卡季高聲說道，「我會認為這是最大的殊榮……」

「那麼你呢，巴扎洛夫先生？」

巴扎洛夫只是鞠了一躬。此時還發生了一件令阿爾卡季吃驚的事情，他察覺朋友的臉漲紅了。

「怎麼樣？」來到街上他問巴扎洛夫，「你還維持原來的意見嗎……哦，呸呸？」

「誰知道？你看她冷冰冰的樣子！」巴扎洛夫反駁道；沉默片刻後他又補充道，「她完全是一位大公爵夫人，一位女皇。只差衣服後面的長襬和頭頂上的皇冠罷了。」

「我們的大公爵夫人不會講那麼好的俄語吧？」阿爾卡季說。

「她品過人生的苦樂，我親愛的小兄弟；她也試過生活艱難。」

「無論如何，她畢竟是迷人的。」阿爾卡季說。

「多麼美妙的軀體！」巴扎洛夫接著說，「應當立即睡到解剖檯上。」

「喂，閉嘴，看在上帝的分上，葉甫蓋尼！簡直不像話了。」

「嘿，別生氣，你真是個小孩子。我只是說那是第一流的身體。我們一定得去她家走走。」

「什麼時候？」

「那就後天好了。我們待在這裡又有什麼可做的呢？和庫克申娜喝香檳，聽你那位表親，自由主義的顯貴高談闊論嗎？咱們後天就去。況且……我父親的小田莊離她那裡不遠。那個尼克爾科斯耶村不正是在S城路邊嗎？」

「是的。」

「很好，那還猶豫什麼？猶豫的不是傻瓜就是自以為是的傢伙！我說，那身軀真是美極了！」

三天之後，兩位朋友坐車前往尼克爾科斯耶村。天氣晴朗，並不太熱，幾匹肥滑的驛馬輕快地跑著，搖擺著編成辮子的尾巴。阿爾卡季望著大路不覺微笑起來，亦不知所謂何故。

「給我道賀吧，」巴扎洛夫突然嚷起來，「今天是六月二十二日，是我的守護天使日，瞧他怎樣看顧我。今天家人都在等我回去，」他又放低聲音說，「讓他們等等吧……有什麼要緊！」

16

安娜·謝爾蓋耶夫娜的鄉間住宅坐落在一片開闊的山坡上，附近有一所黃石砌成的教堂，綠屋頂，白圓柱，正門上方繪著一幅義大利風格的「基督復活」壁畫，畫中有位頭戴頂盔、皮膚黝黑的武士躺在最前方，圓滾的身軀特別惹人注目。教堂後面的村子裡蜿蜒著兩排農舍，茅草屋頂不時地聳出幾頂煙囪。莊園主的住宅與教堂為同一建築風格，即我們所稱的亞歷山大式建築：黃牆，綠頂，白圓柱，一枚家族紋章繪在三角門楣上。省城建築師設計這兩座建築時，曾得到已故奧金佐夫的讚許。據奧金佐夫說，他無法忍受任何不實用、自作主張的創新玩意。住宅兩邊圍著古園的綠色喬木，大門外則是一條修剪過的樅木林蔭道。

兩位穿制服的高個子男僕在外廳迎接我們這對朋友，其中一人立即跑去通報管家。身穿黑色晚禮服的管家即刻出現，領著客人走上鋪著地毯的樓梯，來到一間專屬客房，裡面已經備妥兩套寢具和各種梳洗用具。顯然，這棟住宅的一切都井然有序，打理得乾乾淨淨，到處都有一種沁人的芬香，就像各部大臣的會客室一樣。

「安娜·謝爾蓋耶夫娜請兩位在半個鐘頭之後前去會面，」管家稟報說，「請問，現在還有什麼吩咐嗎？」

「沒什麼要吩咐的，」巴扎洛夫回答道，「或許，麻煩你送一杯伏特加過來？」

「好的，先生。」管家說，面露些許不解之色，皮鞋踩著咯吱咯吱聲離開了。

「好大的派頭！」巴扎洛夫說，「你們那班人是這樣說的吧？總之她可真是一個大公爵夫人啊。」

「一位極不錯的大公爵夫人，」阿爾卡季反駁道，「初次會面便邀請了你我這樣的大貴族到她家來住。」

「尤其是我，一個未來的醫生，又是醫生的兒子，亦是鄉村教堂執事的孫子……我想，你知道我是一個教堂執事的孫子吧？好像偉大的斯佩蘭斯基那般，」巴扎洛夫略聽了片刻動靜，撇了撇嘴接著說道，「無論如何，她都是追求享受的；欸，你說是這樣吧，這位太太！我們要不要換上晚禮服？」

阿爾卡季只是聳聳肩……不過他也覺得有些惶恐不安。

半個鐘頭之後，巴扎洛夫和阿爾卡季一同走進客廳。客廳挑高寬敞，陳設奢華卻品味欠佳，龐大貴重的家具照老規矩沿著牆壁一列排開，牆面糊著肉桂色金紋牆紙。這些家具是奧金佐夫生前託他朋友，也是他的代理人，一個酒商從莫斯科訂購的。牆壁正中央擺了一張沙發，上面掛著一幅淡色頭髮的男人肖像，似乎很不悅地望著兩位訪客。「這一定是他了，」巴扎洛夫悄聲對阿爾卡季說，又皺起鼻子補充道，「咱們還是溜吧？」不過就在此時，女主人走了進來。她穿著一襲薄紗長衫，頭髮光潔地梳到耳後，使她那純淨、鮮亮的面容更添了幾分少女氣息。

「謝謝你們守約來了，」她說道，「你們得在我這裡多住些時日；這地方的確不錯。我會把你們介紹給我妹妹，她彈得一手好琴。你對這個倒是沒什麼興趣，巴扎洛夫先生；不過你，基爾沙諾夫先生，像是喜歡音樂的。除了我妹之外，這裡還住著我的一位老姨母，此外還有位鄰居常來打牌。我們這個圈子就是這樣了。現在我們坐下來聊吧。」

奧金佐娃夫人這番簡短的開場講得清晰精準，彷彿早就記熟了似的；然後她就和阿爾卡季攀談起來，這才發現她母親跟阿爾卡季的母親相識，而且還是阿爾卡季的母親與尼古拉．彼得洛維奇談戀愛時的知己。阿爾卡季熱情地談起了亡母，巴扎洛夫則在一旁翻看畫冊。「我竟像家貓一般馴良了。」他思忖道。

一隻佩戴藍色項圈、身姿健美的靈緹犬跑進客廳，腳爪拍著地板，身後跟著一位約莫十八歲的少女，烏黑頭髮，褐色皮膚，一張討喜的圓臉和一雙小小的黑眼睛。她手裡提著一滿籃的鮮花。

「這是我的卡奇婭，」奧金佐娃夫人對著她點了一下頭說道。卡奇婭微微行了禮，便坐在姊姊身邊動手挑揀起花來。那隻喚作菲菲的靈緹犬跑到客人面前，輪流對他們搖尾巴，還用牠冰涼的濕鼻子磨蹭他們的掌心。

「這些都是你自己摘的嗎？」奧金佐娃夫人問。

「是的。」卡奇婭答道。

「姨母要來喝茶嗎？」

「會的。」

卡奇婭講話時，臉上掛著笑容，那笑容迷人、甜美，帶一絲羞澀與坦率，她做出有點滑稽的正經模樣低著眼眉向上張望。她的一切都是年輕的、尚未成熟的；她的嗓音，紅潤的臉頰，玫瑰色的雙手，潤白的掌心以及略微瘦削的肩膀……她漲紅了臉，用力喘著氣。

奧金佐娃夫人轉身對巴扎洛夫說道，「你是出於禮貌才翻閱畫冊的吧，葉甫蓋尼·瓦西里耶伊奇。那不會引發你的興趣的。你還是坐到我們旁邊來，咱們來談論一些事情吧。」

巴扎洛夫走近了一點。「你認為我們要談論什麼呢？」他說。

「隨你喜歡吧。不過我可要提醒你，我是個非常好辯的人。」

「你嗎？」

「是的。這好像令你感到詫異，為什麼？」

「因為，就我所見，你性情平穩冷靜，而好辯之人理應是熱烈衝動的。」

「你怎麼能夠這麼快就了解我的性情呢？第一，我性子急且固執……你問卡奇婭便知了；第二，我很容易激動。」

巴扎洛夫望了安娜·謝爾蓋耶夫娜一眼。「也許。你應當知道得更清楚。既然你要談論什麼……儘管請吧。我剛在看畫冊裡薩克森群山的風景，你說那不能使我感興趣，你這樣說的原因是認為我對藝術毫無感覺，事實上我的確沒有；不過從地質學的角度觀看，這些風景倒讓我頗感興趣，比如山脈的構成。」

「請原諒；可是作為一位地質學家，你應當去研讀關於這一領域的書籍與專著，而非畫冊。」

「一本書用十頁篇幅論述的內容，看一眼圖畫便能讓我明白。」

安娜．謝爾蓋耶夫娜沉默了片刻。

「你難道對藝術一點感覺都沒有嗎？」她說著，把手肘支在桌面上，這個動作使她的臉更貼近巴扎洛夫了，「你怎麼能在沒有它的情況下生活呢？」

「怎麼，我倒是想請教要它何用？」

「至少可以使人知道如何研究人以及了解人。」

巴扎洛夫笑了。「第一，這一點靠生活經驗就能做到；第二，我可以斷言，研究個體只是白費工夫。所有人，無論身體還是心靈都彼此相似；每個人都有大腦、脾臟、心臟、肺臟，即便是所謂的道德品行也不盡相同；那些細微的變異是無關緊要的。只消有一個個體標本，便足以判斷所有人。人一如森林裡的樹木，沒有一個植物學家認為有必要去對每一棵白樺樹都細細研究。」

卡奇婭一直慢條斯理地挑選著鮮花，這時抬起頭，困惑地望了巴扎洛夫一眼，正與他迅疾又漫不經心的目光相對，不由得連耳根都漲紅起來。安娜．謝爾蓋耶夫娜搖了搖頭。

「森林裡的樹，」她重複了一遍，「那麼依照你的說法，愚笨與聰明之人，良善與邪惡之人，都是沒有差別的了？」

「不，有差別，就像病人和健康人的差別那樣。肺病患者的肺部情形與你我不同，雖然原先的構造是一樣的。我們大致了解身體的病症是怎樣產生的；可是道德上的疾病卻是來自於糟糕的教育，來自於人們從小就塞滿在腦袋裡的胡言亂語，來自於不健全的社會狀態；總而言之，把社會改造好，病症也將不復存在。」

巴扎洛夫說這番話時的神情彷彿自始至終都在同自己講話，「信不信由你，在我都是一樣！」他的手指慢慢地滑過鬍子，眼睛環顧著房間四周。

「那麼你的結論是，」安娜．謝爾蓋耶夫娜說，「社會一旦得到改造，就不會再有蠢人與惡人了？」

「不管怎樣，在一個合理的社會組織中，一個人無論愚蠢或聰明，邪惡或良善，都毫無差異。」

「是的，我懂了；他們的脾臟都是一樣的。」

「正是如此，夫人。」

奧金佐娃轉向阿爾卡季，「你的意見呢，阿爾卡季．尼古拉維奇？」

「我同意葉甫蓋尼的觀點。」他回答道。

卡奇婭偷瞄了他一眼。

「先生們，你們的話令我驚訝，」奧金佐娃夫人說，「不過我們以後再繼續討論吧。現在我聽見姨母正走過來，喝茶時間到了，我們不要讓她等。」

安娜．謝爾蓋耶夫娜的姨母H女大公是一個瘦小的女人，乾癟的臉皺縮成一團，好像是握緊的拳頭，一對狠毒的眼睛從灰白假髮下瞪視著眾人。她走進房間，勉強向兩位客人微微點了點頭，便坐進一張寬大的天鵝絨靠椅中。這張椅子除她之外，任何人都坐不得。卡奇婭放了一個腳凳在她腳下；這個老婦人沒有道謝，甚至連瞧都沒瞧她一眼，只是抖了抖幾乎蓋住她整個瘦弱身子的黃色披肩下的雙手。女大公喜歡黃色；她的帽子上也束著黃色絲帶。

「您睡得如何，姨母？」奧金佐娃提高聲音問道。

「這隻狗又過來了，」老婦人喃喃地答道，她發覺菲菲朝著她緩緩地邁了兩步，便大聲叫道，「去……去！」

卡奇婭喚著菲菲，替牠打開門。

菲菲高興地衝出去，以為要領牠去散步，結果卻發現自己被孤零零地關在門外，便用爪子扒著門哀號起來。女大公皺起眉頭。卡奇婭正打算出去……

「我想茶已經準備好了。」奧金佐娃說，「請吧，先生們，姨母，您去用茶嗎？」

女大公一言不發地從椅子上站起身，領頭走出客廳。所有人隨著她進入餐廳。一個穿制服的僮僕從桌子下面軋軋地拉出一張擺好坐墊、亦是供女大公專坐的扶手椅，請她坐下。卡奇婭負責斟茶，第一盞茶捧給姨母，茶杯上鐫有家族紋章。老婦人往杯裡加了些蜂蜜（她認為喝茶放糖既罪惡又奢侈，雖然她自己從不曾花過一文錢），突然用嘶啞的聲音問道：「伊凡親王的信裡寫了些什麼？」

沒有人回答她。巴扎洛夫和阿爾卡季即刻猜到，雖然他們對她畢恭畢敬，可是並不真的把她放在心上。

「只是用她的高貴身分來裝門面的……」巴扎洛夫思忖著。

喝過茶，安娜．謝爾蓋耶夫娜提議出去散步；可外面淅淅瀝瀝落下雨來，因此除了女大公之外，所有人又回到了客廳。好打牌的那位鄰居到訪，他喚作波爾菲力．卜拉托尼奇，頭髮花白，身軀稍胖，兩腿細短，他彬彬有禮，非常愛笑。安娜．謝爾蓋耶夫娜基本上都在與巴扎洛夫交談，此刻問他是否願意同他們玩玩老式的紙牌遊戲。巴扎洛夫表示同意，認為應該為他即將履行的鄉村醫生職責預先做些準備。

「你得當心，」安娜．謝爾蓋耶夫娜說，「波爾菲力．卜拉托尼奇和我會打敗你的。卡奇婭，」她繼續說道，「你去為阿爾卡季．尼古拉維奇彈點什麼吧；他喜愛音樂，我們也可以聽聽。」

卡奇婭不情願地走到鋼琴前。阿爾卡季雖然的確喜歡音樂，但也不太樂意地跟在她的後面；他覺得奧金佐娃夫人好像在支開他似的，他跟所有同齡的年輕人一樣，心底已經開始騷動著一股朦朧的、被壓抑的感情，好像是戀愛的前兆。卡奇婭掀開琴蓋，並沒瞧阿爾卡季，只低聲問：

「你要我彈些什麼呢？」

「隨你喜歡吧。」阿爾卡季淡漠地回答。

「你最喜歡哪一類音樂呢？」卡奇婭又問，還是同樣的姿勢。

「古典音樂。」阿爾卡季的語調仍舊淡漠。

「你喜歡莫扎特嗎？」

「是的，我喜歡莫扎特。」

卡奇婭抽出莫扎特C小調幻想曲的樂譜。她彈得非常好，雖然稍嫌拘謹呆板。她端坐著一動也不動，眼睛定定地望著樂譜，嘴唇閉得緊緊的，只在奏鳴曲快結束時才倏地漲紅了臉，她的頭髮散落開來，有一小綹垂下遮住了烏黑的眉毛。

奏鳴曲的最後一節使阿爾卡季特別動容，令人陶醉的愉悅旋律中，突然出現了如此哀傷，近乎是悲劇性的苦悶之音……但是，莫扎特的音樂在阿爾卡季內心喚起的感受卻和卡奇婭毫不相關。他望著她，只是想到：「這位少女彈得不錯，而且長得也不錯。」

卡奇婭彈完奏鳴曲後，手並沒從琴鍵上移開，她問道：「夠了嗎？」阿爾卡季回答說不敢再麻煩她了，便同她聊起莫扎特來；他問她這支奏鳴曲是自己選的，還是別人介紹的。但是卡奇婭的回答只是簡單的隻字片語；她退縮了，躲回自己的殼裡去了。她一旦縮了進去，就不輕易再出來；這時，她的臉上甚至流露出一種固執、近乎愚笨的表情。她並非感到害羞，而是缺乏自信，並且她相當敬畏身兼母職的姊姊，這一層是她姊姊始料未及的。末了，阿爾卡季只得把菲菲喚到跟前，微笑著撫拍牠的頭，以顯示自己好像在家中一樣自在。

卡奇婭又重新整理起她的鮮花。

與此同時，巴扎洛夫接二連三地輸著牌。安娜．謝爾蓋耶夫娜的打牌技巧高超，波爾菲力．卜拉托尼奇亦能夠保本，唯獨巴扎洛夫是輸家，雖然數目不大，但畢竟有些不愉快。晚飯時，安娜．謝爾蓋耶夫娜又聊起了植物學。

「明天早上我們一起去散步吧，」她對他說，「我想向你請教那些野花的拉丁學名和它們的屬種。」

「拉丁學名對你有什麼用處？」巴扎洛夫問。

「萬事萬物都應當有秩序。」她回答道。

「安娜．謝爾蓋耶夫娜真是個出色的女人！」兩個朋友一回到為他們預備的房間裡，阿爾卡季便大聲喊道。

「是的，」巴扎洛夫回答，「一個有頭腦的女人。是的，她也很有人生經驗。」

「你這話是什麼意思，葉甫蓋尼．瓦西里耶伊奇？」

「是好的意思，好的意思，我親愛的老兄，阿爾卡季．尼古拉維奇！我相信她也把自己的田莊管理得極好。不過最出色的不是她，而是她妹妹。」

「什麼？那個黑黑的小東西？」

「是的，那個黑黑的小東西。她清新純潔，羞澀安靜，那樣地任你說。她值得去調教、去塑造。你可以把她變成你想要的樣子；可另外一個呢……是根老油條。」

阿爾卡季並不回答巴扎洛夫，兩人上床睡下，各有各的心思。

安娜．謝爾蓋耶夫娜這一晚也在思量著自己的客人。她喜歡巴扎洛夫，因為他的不獻殷勤，甚至因為他的尖銳見解。她在他身上發現了一種從未見過的新東西，對此十分好奇。

安娜・謝爾蓋耶夫娜是個很古怪的人。她沒有任何偏見，甚至沒有任何堅定的信念，她從不退讓，也不刻意追求什麼。她把許多事物都看得很通透；她也對許多事物感興趣，可是沒有一樣真正滿足過她；事實上，她也不要求完全的滿足。她的智力令她一方面想探求一切，一方面又對一切很淡漠；她的懷疑從未被平息到令她遺忘，也絕沒發展到足以使她煩惱。倘若她並非富有而獨立，她也許會投身於鬥爭，去感受什麼是激情。但是生活於她太過安適，儘管有時亦覺厭煩，但仍從容不迫地度過每一天，不慌不忙，平靜地生活，少有驚擾。固然夢想有時如絢麗彩虹在她眼前劃過，但它們消逝之後，她反而更自由地呼吸，毫不惋惜。她的想像力確實大大超越了一般道德原則所容許的範圍；可即便在那時，她的血液仍然像往常一樣平靜地流淌在她那迷人優雅又安詳的軀體裡。有時，在香湯沐浴之後，周身溫暖軟綿，她便會想到生命的虛無、悲傷、辛勞與醜陋……她的心靈就會充滿了突如其來的勇氣，滿溢著高尚的熱情，可是只消一陣風從半掩著的窗戶吹進來，她便會瑟縮起來，感到委屈，幾乎要發怒了，那時她只關心一件事——避開那可怕的風。

安娜・謝爾蓋耶夫娜跟所有不曾愛戀過的女人一樣，總想望著什麼東西，可是自己也不能知道。嚴格來說，她並不渴求任何東西；可是又彷彿什麼都想得到。她差點忍受不了那個死去的奧金佐夫（她嫁給他是出於對生活的審慎打算，儘管她若不把他當作好人，也不見得會答應結婚），因此她對所有男人都暗懷嫌惡，把男人都當作是邋遢、粗笨、萎靡不振以及無法擺脫的麻煩生物。有一回，她在國外遇見一個年輕俊俏的瑞典人，一派騎士風度，寬闊的前額下閃著一雙誠實的水藍色眼睛；對方讓她留下強烈的印象，但這並沒有妨礙她返俄。

「這醫生真是個怪人！」她躺在華美的床上，頭枕著蕾絲枕頭，身上蓋著一條纖薄絲綢被，心裡暗忖道……安娜．謝爾蓋耶夫娜多少從父親那裡繼承了些愛奢華的癖性。她深愛著那個不務正業卻心地良善的父親，他也十分寵愛她，視她為平輩似的百分百地信任，凡事都同她商量。至於她的母親，她差不多忘記了。

「這醫生可真是個怪人！」她對自己又重複了一遍，然後伸了個懶腰，微微一笑，把雙手枕在腦後，信手翻了幾頁無聊的法國小說便丟開了——她睡著了，在乾淨而芳香的被子下，全身純潔、沁涼。

翌日早晨剛用過早飯，安娜．謝爾蓋耶夫娜便和巴扎洛夫一起出去採集植物標本，直到午飯時間才回來；阿爾卡季哪裡也沒去，同卡奇婭度過了一個鐘頭的光景。他同她一起也不覺煩悶；她主動把昨日的奏鳴曲重彈了一次；但是等到奧金佐娃夫人回來後，阿爾卡季看見奧金佐娃夫人，心裡立刻感到一陣悶痛。她穿過花園的腳步略顯疲憊，雙頰紅潤，圓草帽下的眼睛閃爍著比平常更明亮的光芒。她的手指旋轉著一株野花的細莖，輕薄的斗篷滑落在手肘上，帽子上的灰色寬絲帶貼在胸前。巴扎洛夫走在她後面，跟往常一樣自信而漫不經心，但臉上露出愉悅甚至親切的神情，這讓阿爾卡季不太高興。巴扎洛夫從牙齒間嘀咕出一句「日安！」便回自己的房間去了，而奧金佐娃夫人則心不在焉地握了下阿爾卡季的手，也從他身邊走了過去。

「日安！」阿爾卡季暗想……「好像我們今天還沒見過面似的！」

17

眾人皆知，時間有時疾飛如鳥，有時緩行如蟲；可是倘若一個人不覺時間快慢，便是異常幸福的。阿爾卡季和巴扎洛夫便是如此在奧金佐娃家裡住了兩個星期。他們可以這樣，一部分原因是奧金佐娃在家庭和生活方面都定下了良好的秩序。她自己嚴格遵守這種秩序，也迫使別人服從它。每天的事務都在固定時間進行。早晨八點整，全家人聚在一處用早茶；早茶到中飯這段時間，各自可以隨意支配，女主人則會親自與總管（田產實行代役租）和男女管家商討一些事情。晚飯前，大家又聚在一起交談或朗誦；晚上則出去散步，打牌，彈琴；到十點半，安娜·謝爾蓋耶夫娜回到自己房間，吩咐第二天要做的事情，然後上床睡覺。巴扎洛夫不喜歡日常生活用這種規律化甚至略帶做作之意的守時方式，「就像在軌道上運行一樣。」他這樣形容。那些穿制服的僕人和恪守禮節的管家冒犯了他的民主情感。他說，既然講究到這樣程度，不如索性循著英國人的規矩，吃飯時穿上禮服打上白色領結好了。有一天，他明確地把這意思說給安娜・謝爾蓋耶夫娜聽了。她的態度總是那樣自然，任誰也會毫不遲疑地在她面前表達意見。她聽完之後說，「從你的立場來看，你是對的……也許在這一點我的貴族氣味太重了；但是在鄉間生活若不講究秩序，可是會把人煩悶死的。」於是，她依然我行我素。巴扎洛夫嘴裡這樣嘀咕，然而他跟阿爾卡季之所以能在奧金佐娃夫人家中過得這麼閒適，正因為這住宅裡的一切「在軌道上運行」。儘管如此，自從到了尼克爾斯科耶村後，兩位青年都發生了一些改變。就巴扎洛夫而言，安娜・謝爾蓋耶夫娜雖然鮮少贊同他的意見，可是顯然對他很有興趣，他開始流露出一種前所未有的焦躁不安；他動輒就發脾氣，不願交談，常常面帶怒容，不能安靜地坐定在一個地方，彷彿被一種暗藏的渴望所支配；阿爾卡季呢，斷定自己愛上了奧金佐娃夫人，漸漸地沉浸在一種柔和的鬱悶之中。不過這種鬱悶並沒有妨礙他與卡奇婭做朋友，甚至促使他跟她更加親暱接近。「她不賞識我？罷了！……可是還有一位好女孩，她沒有嫌棄我。」他思考著，內心再次感受到了慷慨情感的甜蜜滋味。卡奇婭隱約覺察到他正在她的陪伴下尋求某種慰藉，她並不阻止他或自己享受這半含羞半知己的純樸快樂。在安娜·謝爾蓋耶夫娜面前，他們互不交談；在姊姊的犀利目光下，卡奇婭總是把自己隱藏起來；阿爾卡季則持著一如戀愛中人所當有的態度，在他所愛之人身旁時，便無暇留心其他事物了。不過，他單獨跟卡奇婭相處時是快樂的。他清楚知道自己無法引起奧金佐娃夫人的興趣，他同她單獨待在一起時，感到羞怯惶恐，她也跟他無話可說，在她眼中，他太年輕了。反而，阿爾卡季在卡奇婭面前十分自在；他對她謙和遷就，鼓勵她講出對音樂、小說、詩歌以及一些瑣事的感受，他自己還尚未察覺或意識到，這些瑣事正是引發了他興趣的東西。卡奇婭也並沒有為他排解鬱悶之意。阿爾卡季在卡奇婭身邊感到安適，奧金佐娃夫人和巴扎洛夫相處時也是如此，因此這四個人常常待在一起不久後便會兩兩分開，各做各的，尤其是在散步時。卡奇婭熱愛大自然，阿爾卡季也愛，雖然他不敢承認這一點；奧金佐娃夫人跟巴扎洛夫一樣，對大自然的美相當漠視。這兩位年輕朋友幾乎持續性的分開並非沒有後果，他們之間的關係開始起了變化。巴扎洛夫不再跟阿爾卡季談論奧金佐娃夫人，甚至不再抨擊她的「貴族派頭」；誠然他還像原來那樣稱讚卡奇婭，勸他克制下她的感傷傾向，不過他的讚美流於倉促，勸告流於乾澀，總之，他跟阿爾卡季的交談比之前少得多了……他似乎在迴避阿爾卡季，好像跟他在一起時很不舒服似的。

阿爾卡季把這一切全看在眼中，但也只藏在心裡。

這種「新形態」的真正原因在於奧金佐娃夫人在巴扎洛夫心中喚起的情感，這種情感折磨著他，令他發狂。倘若有人略略暗示他心中發生這種變化的可能，他便會立即輕蔑地大笑，譏諷辱罵予以否認。巴扎洛夫非常喜愛女人和女性美，然而那種理想式或他稱之為浪漫主義的愛情，他認為是荒唐不可赦的愚蠢。他把騎士情懷視為一種殘疾或一種病症，常常驚異地說為何托更堡[43]和那些德國的騎士歌手及法國的吟遊詩人還沒被送進瘋人院。「要是你對一個女人有好感，就要想盡辦法達到目的；可是如果追求無果……那麼，就放手吧……海裡的大魚數之不盡。」他對奧金佐娃夫人產生了好感，那些關於她的蜚短流長，她思想的自由與獨立，她對他的明顯喜歡，這一切都似乎對他有利。不過，他很快便看了出來，在她身上他是無法「達到目的」的，然而，讓他迷亂的是自己竟然也無法放手。一想到她，渾身血液就立刻沸騰起來；固然可以輕易控制自己恢復平靜，可是有另一種東西在心中生根萌芽，一種他向來抵擋，經常奚落的東西，一種他所有的驕傲堅決反抗的東西。他跟安娜·謝爾蓋耶夫娜

43 席勒（Friedrich Schiller）於一七九七年創作的長詩《騎士托更堡》中的主人公，他是一位孤獨的騎士，為愛情結束了自己的生命。

交談時，他所表示的對一切浪漫事物的冷漠與輕蔑比任何時候都更強烈；可是當他獨處時，會惱怒地發覺自己也有了浪漫情懷。於是他便會跑進樹林裡，邁開大步走來走去，折斷那些攔路的樹枝，低聲咒罵她與他自己；或者他又會鑽進堆放在倉房的乾草堆裡，閉緊雙眼，強迫自己睡去，當然，往往是失敗的。突然間，他彷彿覺得那兩隻聖潔的手勾住了他的脖頸，那兩片高傲的唇回應著他的吻，那一對聰慧的眼眸溫情地……是的，溫情地注視著他。他的頭發暈了，一瞬間忘記了自己，直到憤怒再次在心中燃燒。他發覺自己產生了各種「可恥的」思想，彷彿被一個玩弄他的魔鬼驅使著。有時候，他覺得奧金佐娃夫人身上也有了改變，她的臉上會顯露出某種特別的神色，也許……可是想到這裡他便會咬牙頓足，緊握雙拳。

其實，巴扎洛夫也沒有完全看錯。他打動了奧金佐娃夫人，引起了她的注意，她時常想到他。雖然他不在身邊時，她並不覺乏味，亦不翹首盼望他來，可是他的出現往往會讓她興高采烈起來。她喜歡單獨與他相處，喜歡與他交談，縱使他會激怒她，冒犯她的嗜好和文雅的習慣。她似乎很像在試探他的同時，也在分析自我。

有一次，他與她在花園裡散步，突然粗暴地說打算不日便回老家探望父親去……她臉色轉白，彷彿有什麼東西刺進了心，而且刺得那樣痛，以致她自己都感到驚奇，並且琢磨了許久這其中意味。巴扎洛夫要告辭回家的話並非存心試探她的反應，他從不「捏造」。那天早晨他和父親的總管、照顧過他兒時的季莫費伊奇會過面。這個季莫費伊奇是個精明老練的小老頭，有著一頭失去光澤的黃髮，一張風吹日曬的紅臉和一對帶著淚珠的瞇瞇眼。他身穿青灰色粗呢短外套，腰間束著一條皮帶，腳蹬一雙焦油漆靴子，出乎意料地出現在巴扎洛夫眼前。

「喂，老頭子，你好啊！」巴扎洛夫喊道。

「您好，葉甫蓋尼．瓦西里耶伊奇。」小老頭說著，高興地笑起來，皺紋爬滿了整張臉。

「你來幹什麼？他們派你來找我，嗯？」

「哪裡的話，少爺，怎麼會呢？」季莫費伊奇嘟囔著（他想起臨出門時老爺的嚴厲吩咐），「我進城給老爺辦事，聽說少爺您在這裡，才繞過來，就是……順便看看您……要不然我怎敢打擾您。」

「得了，不要扯謊！」巴扎洛夫打斷他的話，「你說這是去城裡的路嗎？」季莫費伊奇躊躇著，沒有回話。「父親好嗎？」

「謝天謝地，很好。」

「那麼母親呢？」

「阿里夏．弗拉西耶夫娜也好，讚美上帝。」

「恐怕他們在盼我回去吧？」

小老頭把他的小腦袋往旁邊一偏。

「欸，葉甫蓋尼．瓦西里耶伊奇，怎麼能不盼呢？上帝作證，我瞧見那兩位老人家的樣子便心痛了呢。」

「得了，好啦，好啦！閉嘴吧！告訴他們我快回去了。」

「是，少爺。」季莫費伊奇嘆了口氣，回答道。

他走出大門，雙手把小帽套在頭上，遮住前額，爬上一輛破舊的四輪敞篷馬車，趕著馬跑遠了，只是並不是進城的方向。

這天晚上，奧金佐娃夫人與巴扎洛夫坐在她的房間，阿爾卡季在客廳裡踱著步聽卡奇婭彈鋼琴。女大公上樓回到了自己的房間，她向來厭煩見客，尤其是她稱之為「新式無賴」。在客廳飯廳那些地方，她只是生悶氣，可一回到房間，她便會在女僕面前大肆抱怨，氣得髮帽和假髮都在她頭頂跳起舞來。奧金佐娃夫人對此心知肚明。

「你怎麼打算離開我們了呢？」她問道，「那麼你答應我的話又怎樣呢？」

巴扎洛夫一怔，「答應什麼了？」

「你已經忘了嗎？你說過要教我幾堂化學課的。」

「這也沒辦法啊！父親在等我回去，我不能再耽擱了。不過你可以讀一讀佩洛茨[44]

和弗雷米[45]合著的《化學概論》，它是一本好書，寫得清晰易懂。你想了解的東西裡面都有。」

「可是你應該記得，你說一本書不能取代……我忘記你是怎麼表達的了，不過你明白我的意思……你記得嗎？」

「這也沒辦法啊！」巴扎洛夫重複了一遍。

「為何要走呢？」奧金佐娃夫人壓低聲音問。

他瞥了她一眼。她把頭靠在安樂椅的椅背上，裸露到肘邊的雙臂交疊放在胸前。臉龐在那盞穿孔紙罩的孤燈下似乎更顯蒼白。她整個人都裹在一件寬鬆的白色長袍皺褶裡，只有交叉著雙腿的腳尖隱約可見。

「那麼為何要留下呢？」巴扎洛夫反問道。

奧金佐娃略微偏了偏頭。「你問為何？你在我這裡不是很愉快嗎？還是你以為你離去就不會有人想念你了？」

「我確信如此。」

44 弗呂・佩洛茨（Flüe Pelouze，1807-1867），法國化學家，曾任巴黎科學院院士。

45 埃德蒙・弗雷米（Edmond Frémy，1814-1894），法國化學家。

奧金佐娃夫人沉默了一分鐘。「你這樣想就錯了。不過我也不相信你的話。你說這話不是認真的。」巴扎洛夫仍動也不動地坐著。「葉甫蓋尼・瓦西里耶伊奇，你為什麼不作聲？」

「我要跟你說什麼呢？一般人並不值得被想念，我更是如此了。」

「這是為什麼呢？」

「我是個實際又乏味的人。我不善言辭。」

「你這是想讓人恭維你，葉甫蓋尼・瓦西里耶伊奇。」

「那可不是我的習慣。你難道不知道，你看得極重的優雅生活跟我完全不相關嗎？」

奧金佐娃咬著手帕一角。

「隨你怎麼想都好，不過你走後我就煩悶了。」

「阿爾卡季會留下。」巴扎洛夫說。奧金佐娃夫人微微聳了聳肩。「我會煩悶的。」她又說了一遍。

「當真嗎？無論如何這也不會久的。」

「你為什麼這樣認為呢？」

「因為你親口對我講過，只有在你的生活秩序被打破時才會感到煩悶。你把生活安排得如此無懈可擊，不可能有空閒來煩悶或者憂心……或感覺任何不愉悅。」

「你果真認為我安排得無懈可擊嗎……也就是說，我把生活打理得非常有規則？」

「自然是。舉例來說，再過幾分鐘就十點了，我預先知道，你會把我趕走。」

「不，我不會趕你走，葉甫蓋尼．瓦西里耶伊奇。你可以留下來。請打開那扇窗子……我覺得有些透不過氣。」

巴扎洛夫站起身，推了那扇窗。窗子砰的一聲便打開了……他沒料到開得如此輕易，而且，他的手也有些發抖。柔和的暗夜帶著它幾近墨黑的天空，伴著樹木枝葉輕碎的婆娑聲與純淨空氣的清涼芬芳，探進房內。

「請把窗幔放下來，我們坐坐。」奧金佐娃夫人說，「我想在你離開前跟你聊聊。說說你自己的事；你從沒談過自己。」

「我更想談一些有用的事情，安娜．謝爾蓋耶夫娜。」

「你太謙虛了……可是我很想了解一點你的事，關於你的家庭，你的父親，你是為了他才要離開我們。」

「她為什麼講這樣的話呢？」巴扎洛夫暗忖道。

「那些都是枯燥無趣的，」他大聲說，「特別對你而言，我們是平淡無奇的平民……」

「那麼你把我看作一位貴族了？」

巴扎洛夫抬眼望著奧金佐娃夫人。

「是的。」他刻意尖聲說道。

她笑了。「我看你對我所知甚淺，雖然你斷定所有人都是一樣的，不值得花時間研究。以後我會找機會把我的故事講給你聽……不過請你先聊聊你自己吧。」

「我對你所知甚淺，」巴扎洛夫重複道，「或許你說得對；或許真的每個人都是一個謎。譬如你，你躲避社交，認為它是個麻煩事，卻邀請了兩個大學生到你這裡作客。以你的才智、美貌，究竟為何要住在鄉下呢？」

「什麼？你剛剛說了什麼？」奧金佐娃夫人熱切地插嘴道，「以我的美貌……」

巴扎洛夫皺皺眉頭。「不要管那個，」他說道，「我想說的是，我不太明白你為何要留居鄉間？」

「你不明白……不過你對此有所解釋？」

「是的……我認為你之所以長住在一個地方，是因為你沉溺於自我，喜歡舒適與安閒，對其他一切都漠不關心。」

奧金佐娃又笑了。「你絕對不相信我也有動真感情的時候嗎？」

巴扎洛夫斜睨了她一眼。

「可能出於好奇；但不會是別的原因。」

「真的嗎？好吧，現在我明白為何我們這麼要好；你瞧，你跟我是同一類人。」

「我們這麼要好……」巴扎洛夫悶聲說道。

「是啊！唉，我都忘了你打算離開了。」

巴扎洛夫站起身。燈火在昏暗、奢華而孤獨的屋子中央燃著，陣陣清涼的夜風穿過不時搖動的窗幔透進屋內，傳來神祕夜晚的喁喁低語。奧金佐娃夫人一動也不動；可是有種隱密的情感正漸漸地占據了她的全部。

這種情感也感染了巴扎洛夫，他突然意識到自己正和一位年輕嬌媚的女人單獨待在一起……

「你要去哪裡？」她慢吞吞地問道。

他沒搭話，坐進一張椅子。

「那麼，你認為我是個貪圖安逸，養尊處優，嬌養慣了的人，」她用同樣的語調繼續說道，雙眼仍望向窗口，「然而我是深知自己的，我並不幸福。」

「你不幸福？為什麼？你難道真把那些閒言閒語當一回事嗎？」

奧金佐娃皺了皺眉，對他這樣理解她的話很是惱怒。

「那些流言對我毫無影響，葉甫蓋尼・瓦西里耶伊奇，我的驕傲亦不允許它們攪擾我。我不幸福是因為……我對生活沒有慾望，沒有激情。你用不相信的眼光這樣看著我；你在想這是一個滿身華麗蕾絲、坐在天鵝絨扶手椅上的『貴族』講的話。我並不隱瞞這個事實，我喜愛你所說的舒適，但同時我對生活又沒什麼慾望。盡你所能地理解我所言之矛盾吧。可是在你眼裡，這些都是浪漫主義。」

巴扎洛夫搖搖頭。「你身體健康，獨立而富有；你還要什麼呢？你想要什麼呢？」

「我想要什麼？」奧金佐娃夫人重複了一遍，嘆了口氣說，「我很疲倦，我老了，我覺得彷彿活了很久。是啊，我老了，」她補充道，輕輕地拉下蕾絲邊緣遮住裸露的手臂。她的目光跟巴扎洛夫的眼睛相遇，臉微微泛起紅暈。「在我身後已經拖了這麼多的過往：聖彼得堡的生活、財富，之後是貧窮，後來是父親過世，結婚，接著去國外遊歷……太多過往，卻沒有什麼值得回憶；而在我面前，在我面前的……是條很長，很長的路，沒有目標……我真不想走下去了。」

「你如此看破了一切嗎？」巴扎洛夫問道。

「不，可是我不感到滿足，」奧金佐娃夫人一字一頓地回答，「我想，如果我能對某件事情產生強大的興趣……」

「你想談戀愛，」巴扎洛夫打斷了她的話，「卻又不能戀愛；這就是你不幸福的所在。」

奧金佐娃夫人打量起自己的蕾絲衣袖來。

「我真的不能談戀愛嗎？」她說。

「想必如此吧！只是我不應當稱之為不幸福。相反，這樣的不幸降臨在誰身上，倒更值得同情。」

「不幸，什麼事？」

「戀愛。」

「你怎麼知道？」

「聽說的。」巴扎洛夫生氣地答道。

「你在挑逗我，」他心想，「你感到無聊，沒事做便來戲弄我，可我……」他的心好像真的要被扯碎了似的。

「而且，也許你太苛求了。」他說著把整個身子俯下去，玩起椅子上的綴穗。

「也許是吧。我認為要麼全部，要麼全無，以命換命。取我的去，拿你的來，不後悔，不回頭。否則不如不要。」

「哦？」巴扎洛夫說，「這條件倒是公平，我很詫異怎麼直到現在你……還沒找到你想要的？」

「你以為把自己全心全意地交出去是件容易事嗎？」

「倘若你左思右想，一味等待，待價而沽又自視甚高的話，那就不容易了；若不思慮便會容易很多。」

「人怎麼能不看重自己呢？如果我一文不值，誰還用得著我的獻出呢？」

「那不是他本人的事；發現一個人價值多少是別人的事。重要的還是能獻出自己。」

奧金佐娃夫人挺身離開椅背，向前微傾著。「你說的話，」她說，「好像你全都經歷過。」

「隨口說說罷了，安娜．謝爾蓋耶夫娜；你知道那些全與我無關。」

「可是你能夠獻出自己嗎？」

「我不知道。我不願妄言。」

奧金佐娃夫人沒有說話，巴扎洛夫也不作聲。客廳傳來琴聲。

「怎麼卡奇婭這麼晚還在彈琴？」奧金佐娃夫人說。

巴扎洛夫站起身，「是的，現在的確很晚了；你該睡了。」

「等一等，你為什麼這麼急？……我還有一句話要和你說。」

「什麼話？」

「請等一等。」奧金佐娃夫人悄聲說。她的目光定在巴扎洛夫身上，好像在對他仔細端詳。

他在房間裡踱了幾步後突然走至她身邊，匆匆地說了句「再見」，緊握住她的手，大力到她幾乎叫出聲來，然後便離開了。她把被攥成一團的手指舉到唇邊吹了吹，霍然從扶手椅中站起身，疾步向房門走去，彷彿要把巴扎洛夫追回來……女僕用銀盤托著一只長頸玻璃瓶走進房間。奧金佐娃夫人定住腳步，吩咐女僕出去，然後又坐了下來，陷入沉思。她的髮辮鬆散開來，像條黑蛇般垂在肩上。之後安娜・謝爾蓋耶夫娜房間裡的燈久久地點燃著，她也久久地坐在那裡，只不時地用手指摩挲一下被夜的寒氣略微刺痛的裸露手臂。

兩個鐘頭後，巴扎洛夫回到自己的臥房，靴子被露水打濕了，頭髮蓬亂，臉色陰沉。他看到阿爾卡季正坐在書桌前，手中拿著一本書，禮服的鈕子一直扣到喉頭處。

「你還沒睡？」他似乎有些惱火地說。

「你今天晚上和安娜・謝爾蓋耶夫娜待了好久。」阿爾卡季答非所問地說。

「是的，你和卡奇婭・謝爾蓋耶夫娜一同彈琴時，我都跟她在一起。」

「我沒有彈……」阿爾卡季才開口便止住了。他覺得淚水湧入了眼眶，不願在他那愛嘲諷的朋友面前哭出來。

18

翌日，奧金佐娃夫人來喝早茶時，巴扎洛夫只是埋頭看著茶杯坐了很久，然後突然朝她瞥了一眼……她轉過頭，彷彿被他打了一下似的。他覺得她的臉色比昨晚還要更加蒼白。不一會兒，她便回去自己的房間，直到中飯時才露面。從清晨起就下起雨，外出散步是不可能的了，大家都聚在客廳裡。阿爾卡季拿起一本最新的期刊讀物，大聲唸了起來。女大公照例先是一臉驚訝，好像他做了什麼不得體的事，接著她又惱怒地瞪著他看；不過他對她毫不理睬。

「葉甫蓋尼．瓦西里耶伊奇，」安娜．謝爾蓋耶夫娜說，「請到我房裡來……我想要問你……昨天你提到一本教科書……」

她站起身，朝門口走去。女大公環視了四周，那神情彷彿在說，「瞧瞧我，看我有多震驚！」她又瞪著阿爾卡季；可是他反而提高了聲音，並且跟坐在近旁的卡奇婭交換了幾個眼色，繼續往下唸。

奧金佐娃夫人急急地走進書房。巴扎洛夫也快步跟在她身後，沒抬眼，只用耳朵捕捉她絲質衣裙的窸窣聲。奧金佐娃夫人坐進前晚所坐的安樂椅中，巴扎洛夫也坐回原位。

「那本書叫什麼名字？」她靜默了片刻問道。

「佩洛茨和弗雷米合著的《化學概論》，」巴扎洛夫說，「不過還可以推薦你加諾[46]著的《實驗物理學初階》，這本書的插圖比較清晰，而且總的來說，算是一本教科書。」

奧金佐娃夫人伸出手來。「葉甫蓋尼·瓦西里耶伊奇，請原諒，其實我請你來並不是為了討論教科書，我想繼續昨晚的談話，你走得太突然了……這不會令你厭煩吧……」

「我聽從你的吩咐，安娜·謝爾蓋耶夫娜。可是我們昨晚在談論什麼呢？」

奧金佐娃夫人斜睨了巴扎洛夫一眼。

「我想我們在談論幸福。我對你講述了自己的事情。既然提到了『幸福』這個字眼，請告訴我，為什麼我們，譬如說在聆聽音樂，欣賞美景或跟有共鳴的人談話時，這一切似乎只是一種對存在於他處的無量幸福的暗示，而非實在的幸福……我是說我們真實擁有的幸福呢？這是什麼緣故？還是你未曾有過那樣的感覺？」

46 阿道夫·加諾（Adolphe Ganot，1804-1888），法國物理學家、教育家。

「你知道俗話說『這山望著那山高』，」巴扎洛夫回答道，「並且你昨晚還說過你感到不滿足。我腦子裡確實也沒出現過這種想法。」

「也許你覺得這個想法很可笑？」

「不，只是它們不會鑽進我的腦子裡。」

「真的？你知道嗎，我很願意了解你在想什麼？」

「什麼？我不明白。」

「請聽我說，我早就想和你推誠相見地交談了。無須告訴你……你自己也意識到……你不是一個普通人；你還年輕……整個生命在你的面前。你在預備些什麼呢？怎樣的前程在等待你呢？我想問的是……你想達成什麼目標？你前進的方向為何？你內心抱持著什麼？簡而言之，你是誰？你要成為什麼樣的人？」

「你的話令我有些吃驚，安娜．謝爾蓋耶夫娜。你知道我研究的是自然科學，而我……」

「嗯，你是誰？」

「我已經對你講過，我預備要做鄉村醫生。」

安娜．謝爾蓋耶夫娜顯露出不耐煩的神情。

「你為何要說這話呢？連你自己也不相信。阿爾卡季可以這樣回答我，可是你不成。」

「可是，為什麼阿爾卡季……」

「別講了！你難道能滿足於如此卑微的前程嗎？你不是常常強調你不信醫學嗎？你……以你的抱負……一個鄉村醫生！你這樣回答無非是在敷衍我，因為你對我不信任。可是，你知道嗎，葉甫蓋尼·瓦西里耶伊奇，我能夠理解你，我也像你一樣，曾受過窮，也很高傲，我也許還經受過跟你一樣的考驗呢。」

「這樣很好，安娜·謝爾蓋耶夫娜，可是請你原諒我……我向來不習慣談自己的事情，而且你我中間還隔著這麼一條溝……」

「什麼樣的溝？你又要說，我是個貴族嗎？得了吧，葉甫蓋尼·瓦西里耶伊奇；我以為我已經向你證明了……」

「就算撇開那一點不說，」巴扎洛夫打斷她的話，「又有什麼必要討論與思索將來呢？將來的事情十之八九都由不得我們。到時倘使我們有機會做些事……最好不過了；倘使沒有機會……至少可以慶幸沒有信口說了閒話。」

「你把友好的談話稱為信口說的閒話嗎？……還是你也許把我當作一個不值得信任的女人？我知道你瞧不起我們。」

「我沒有瞧不起你，安娜·謝爾蓋耶夫娜，這你知道。」

「不，我一點也不知道……姑且假設如此吧。我理解你不願談論前程，但至於現在你心中正發生的念頭……」

「正發生著！」巴扎洛夫重複了一遍，「好像我是一個政府或一個社會似的！無論怎樣，這都是毫無趣味的；而且，難道一個人總能將心中『正發生著』的事情完全說出來嗎？」

「怎麼，我不明白你為什麼不能坦然地將心中所想的一切說出來。」

「你能嗎？」巴扎洛夫問。

「能。」安娜．謝爾蓋耶夫娜稍遲疑了一下，答道。

巴扎洛夫低下頭，「你比我幸福多了。」

安娜．謝爾蓋耶夫娜疑惑地看著他。「隨你怎麼說，」她接著說，「可是我仍覺得我們的相識並非無緣無故，我們將成為好朋友。我很確信你身上的……該如何說，拘謹與緘默終會消失。」

「你看出我的緘默……還有你說的……拘謹了嗎？」

「是的。」

巴扎洛夫站起來走到窗前。「你想知道這種緘默的緣由嗎？你想知道我內心發生了什麼嗎？」

「是的。」奧金佐娃夫人又說了一次，帶著一種她自己也不理解的莫名驚懼。
「你不會生氣吧？」
「不會。」
「不會？」巴扎洛夫背對著她站著，「那麼我告訴你，我像一個傻瓜般瘋狂地愛著你……你終於逼我說出心裡話了。」
奧金佐娃夫人向前伸出雙手，巴扎洛夫卻將額角緊貼上窗玻璃。他大力地喘息著，渾身戰慄。可是這並不是年輕人膽怯的戰慄，也不是初次求愛時甜蜜的驚慌；這是在他心中掙扎的強烈而苦痛的激情……類似於憤恨或同憤恨一樣……奧金佐娃夫人感到既害怕又憐憫。
「葉甫蓋尼．瓦西里耶伊奇！」她說，聲音裡有一種不自覺的溫柔。
他驀地轉身，用一種探究的眼光望向她，然後一把抓起她的雙手，猛地將她拉到胸前。
她沒有即刻掙脫他的懷抱，但過了一會兒，她便遠遠地站到牆角望著巴扎洛夫。他又向她撲去……
「你誤會我的意思了，」她驚慌地連忙低聲說道，彷彿他再往前跨出一步，她就要發出驚叫了……巴扎洛夫咬了咬嘴唇，走了出去。

半個鐘頭後，女僕給安娜．謝爾蓋耶夫娜送來巴扎洛夫的字條，上面只有一行字「我是否應該今天就走，還是可以留到明天？」

「你為什麼要離開？我對你尚未了解……你亦未了解我。」安娜這樣回應他，但她卻在心中暗自思忖：「我對自己也不了解。」

直到午飯前，她都未露面，只是在自己的房間裡不停地踱步，偶或停在窗邊，偶或立於鏡前，緩緩地用手帕拭著頸項，總覺得那裡有一處在發熱。她問自己，為什麼會「逼」他吐露那些話，那些他心底的祕密，她是不是事先一點也沒猜到……「這該怪我，」她大聲說道，「可是我當時也無從預料。」她又陷入沉思，記起巴扎洛夫向她衝過來時近似野獸般的神情，不由得臉漲得通紅……

「或者？」她突然高聲說出但又立刻止住，甩了甩頭上的鬈髮……她看見鏡中的自己；向後仰著的頭，半開半闔的眼睛和嘴唇上沾著神祕的微笑，彷彿剎那間對自己講述了一件連自己也感到迷亂的事情……

「不，」她最後決然說道，「天知道這樣下去會走到什麼地步；這不是輕易可以玩弄的；世上最好的還是寧靜。」

她寧靜的心境沒有破損，可是她感到抑鬱，甚至還哭了幾聲，她自己也不明白是為了什麼——絕非是為了她受著侮辱。她並不感覺自己受了侮辱，而更覺得自己有罪。在各種模糊情感的影響下——生命流逝之感以及對新奇之渴望，她迫使自己走到了某處邊緣，迫使自己回頭看。她看到的不是深淵，卻是空虛……或者醜惡。

19

奧金佐娃夫人雖然有著強大的自制力，而且超脫於任何偏見，可當她來到飯廳吃午飯時，依舊感覺窘迫。不過這餐飯還是平靜地吃完了。波爾菲力・卜拉托尼奇來訪，講了許多故事；他剛從城裡回來。他說起那位省長命令負責辦理特別差使的屬員們都要在靴上裝好馬刺，以便隨時差遣他們出去辦事。阿爾卡季低聲同卡奇婭交談，一面又敷衍地做出恭聽女大公說話的樣子。巴扎洛夫沉著臉，默不作聲。奧金佐娃夫人望向他兩次，不是偷瞄，而是坦然地正視他的臉，只見他臉色難看而嚴厲，眼眉低垂，整張臉都露出堅決、輕蔑的神情。她暗忖：「不……不……不。」午飯後，她和大家到花園散步，見巴扎洛夫有話要說，便走到一旁停下腳步。他走到她面前，但依然垂著眼簾，聲音嘶啞地說：

「我得向你道歉，安娜・謝爾蓋耶夫娜。你一定很生我的氣。」

「不，我並不生你的氣，葉甫蓋尼．瓦西里耶伊奇，」安娜．謝爾蓋耶夫娜回道，「可是我很難過。」

「這更糟了。無論如何，我已經受夠懲罰。你一定會同意，我的處境十分愚蠢。你在字條中問我：『為什麼要離開？』可是我不能住下去，也不想住下去了。明天我便要走了。」

「葉甫蓋尼．瓦西里耶伊奇，為什麼你……」

「我為什麼要走嗎？」

「不，我要說的不是這個。」

「過去是無法挽回的，安娜．謝爾蓋耶夫娜……這件事遲早都會發生。因此，我必須離開。我只能想到一個可以讓我留下的條件，不過這個條件將永遠無法成立。請寬恕我的無禮，可是你並不愛我，也永遠不會愛我，是吧？」

巴扎洛夫的眼睛在黑色眉毛下閃動了一下。

安娜．謝爾蓋耶夫娜沒有回答他。「我害怕這個人。」她腦子裡掠過這個想法。

「那麼，再見。」巴扎洛夫說道，像是猜到她的想法似的朝屋子走去。

安娜．謝爾蓋耶夫娜緩緩地跟在他身後，並喚來卡奇婭，挽住她的手臂，直到傍晚都沒有和她分開。安娜沒有打牌，老是笑個不停，跟她蒼白且悵然的臉色十分不相稱。阿爾卡季感到納悶，用一般年輕人看人的眼光望著她——即他不斷地問自己，「那是什麼意思？」巴扎洛夫則把自己關在房裡，不過晚茶時他還是來了。安娜·謝爾蓋耶夫娜想對他講幾句親切的話，卻無從說起……

一件出人意料的事情使她擺脫了困境；僕人稟報說西特尼科夫到訪。

這個年輕進步分子竄進客廳時的古怪樣子很難用言語形容。儘管他仗著自己厚顏無恥，打定主意到鄉間拜訪這位他根本不熟且從未邀請過他的夫人——只是因為他打聽到他那兩個有才華的親密朋友正在她家作客，他還是打骨子裡感到害怕，把預先背熟的道歉與恭維話忘得一乾二淨，只是喃喃地講了些不知所云的話，說葉芙多克西婭·庫克申娜派他向安娜·謝爾蓋耶夫娜問安，她也問候阿爾卡季·尼古拉維奇，說她常常對他稱讚有加……他說到這裡便結結巴巴講不下去了，慌得坐在了自己的帽子上。不過，並沒有人把他攆出去，安娜·謝爾蓋耶夫娜甚至還把他介紹給姨母和妹妹，他很快就恢復過來，口若懸河地大談起來。在生活中，庸俗的介入往往是有益的，它能使過度緊繃的弦放鬆下來，它能提醒那種過度自信及忘我情緒與它同出一轍，從而使之得到清醒。西特尼科夫到來後，一切都變得遲鈍了，也簡單了；大家甚至連晚飯也多吃了一些，並且比以往早睡了半個鐘頭。

「我現在可以用你之前問過我的話來問你了，」阿爾卡季躺到床上對著正在脫衣服的巴扎洛夫說，「你為什麼這樣鬱悶？莫非是剛盡了什麼神聖的義務嗎？」不知從何時起，這兩個青年朋友之間產生了一種假裝隨意的談笑與揶揄，這往往是暗中不悅或內心猜疑的徵兆。

「我明天要回父親那裡去了。」巴扎洛夫說。

阿爾卡季欠起身，用手肘支著。他一面感到驚訝，一面又莫名地感到高興。

「啊！」他說，「你是為了這個難過嗎？」

巴扎洛夫打了個呵欠，「要是你知道得太多，你就會變老了。」

「那麼安娜．謝爾蓋耶夫娜呢？」阿爾卡季追問。

「安娜．謝爾蓋耶夫娜怎麼樣？」

「我是說，她願意讓你走嗎？」

「我又不是她僱來的人。」

阿爾卡季沉思著，巴扎洛夫則躺下來，把臉向著牆壁。

靜默中過去了幾分鐘。「葉甫蓋尼？」阿爾卡季突然喊道。

「怎麼？」

「我明天也同你一塊走。」

巴扎洛夫不搭話。

「不過我回我家去，」阿爾卡季接著說，「我們可以同路到霍洛夫斯基村，在那裡你可以向費多特僱馬。我倒願意認識你的家人，可是怕這樣做會讓你和他們有所不便。你之後還會再來我家的，是不是？」

「我的東西還留在你家呢。」巴扎洛夫說，沒有轉過身來。

「他怎麼不問我為什麼也要走呢？並且同樣走得那麼突然？」阿爾卡季心想。「到底我為什麼要走，他又為什麼要走呢？」他思索著。他對自己的問題找不到滿意答覆，心裡充滿了苦悶。他捨不得告別已經習慣的生活，可是一個人單獨留下又未免太過古怪。「他們之間一定發生了什麼，」他推測著，「那麼他走後我繼續待下去又有什麼好處呢？她只會徹底厭煩我，我便連最後的那一點也失去了。」他想起安娜．謝爾蓋耶夫娜，後來這位年輕寡婦的美麗容貌漸漸地被另一張面孔所掩蓋。

「也捨不得卡奇婭呢！」阿爾卡季對著枕頭喃喃自語，上面已經滴落了一顆淚珠……忽然他把頭髮往後一甩，高聲說道：

「西特尼科夫這個傻瓜到這裡來幹什麼啊？」

巴扎洛夫先是在床上動了一下，然後說出了如下的回答：「老弟，我看你也還是個傻瓜。西特尼科夫這種人對我們而言是不可或缺的。我……你明白嗎？我需要他那樣的笨蛋。事實上，燒瓦罐可不是天神要做的事……」

「唔！」阿爾卡季心中暗忖，巴扎洛夫無盡的傲慢在那一瞬間都顯露在眼前。「那麼你同我是天神嗎？至少你是一尊天神，而我是不是一個傻瓜呢？」

「是的，」巴扎洛夫重複道，「你還是一個傻瓜。」

第二天，阿爾卡季對奧金佐娃夫人說他打算同巴扎洛夫一起離開時，她並未表現出特別的驚訝；她似乎很疲憊，又有點心不在焉。卡奇婭默默地、嚴肅地看著他；女大公甚至在披肩下面畫了一個十字，他並沒錯過。可是西特尼科夫卻著實驚惶。他才剛換了一套簇新的時髦衣服來吃飯——這次不是斯拉夫國民服了；昨天晚上，派去伺候他的僕人看到他帶了那麼多件襯衣還嚇了一跳，現在他的兩位朋友卻突然要撇下他走了。他在屋裡匆匆邁了幾小步，像是被追趕到灌木叢邊的野兔那般跳來跳去，然後突然發出沮喪得快哭的聲音宣布他也打算走了。奧金佐娃夫人並不挽留他。

「我的馬車輕便舒適，」這位不走運的青年轉身對阿爾卡季說，「你可以坐我的車走，葉甫蓋尼．瓦西里耶伊奇可以坐你的車，這樣倒更方便些。」

「可是，你並不順路，而且到我那裡還遠得很呢。」

「那不要緊，不要緊；我時間多得很；並且我也有事情要到那邊辦。」

「賣酒嗎？」阿爾卡季十分輕蔑地問道。

然而，西特尼科夫正處於絕望中，以至於一反常態地沒有堆出笑容來。「我向你保證，我的馬車極為舒服，」他嘟囔著，「容得下三個人。」

「不要拒絕西特尼科夫先生，免得使他傷心。」安娜・謝爾蓋耶夫娜說道。

阿爾卡季看了她一眼，別有深意地點了點頭。

早飯後，客人們便動身啟程。奧金佐娃夫人同巴扎洛夫臨別時，向他伸出手，並且說道：「我們還會見面的，是嗎？」

「聽你的吩咐。」巴扎洛夫回答。

「既然如此，我們還會見面。」

阿爾卡季第一個走下台階，他鑽進西特尼科夫的馬車。管家恭敬地扶著他，可是他卻想揍對方一頓，或是痛哭一場。巴扎洛夫也在四輪馬車裡坐定。他們到達霍洛夫斯基村後，阿爾卡季等驛站主人費多特套好馬，便走到四輪馬車跟前，帶著平素的笑容對巴扎洛夫說，「葉甫蓋尼，帶我走吧，我想到你那裡去。」

「上來吧。」巴扎洛夫從牙縫裡說。

西特尼科夫正輕快地吹著口哨，在他的馬車輪旁繞來兜去，聽了這話不由得瞠目結舌。阿爾卡季則冷靜地從馬車上取下行李，坐到巴扎洛夫身旁，對他先前的同車夥伴彬彬有禮地點點頭，喊了一聲：「趕馬吧！」四輪馬車便跑了起來，不一會兒便從視野中消失了……西特尼科夫十分狼狽，望了自己的車夫一眼，但見車夫正揮舞鞭子抽打拉邊套的馬尾巴。西特尼科夫跳上馬車，衝著兩個路過的農人咆哮道：「把你們的帽子戴上，笨蛋！」他往城裡駛去，很晚才到。第二天，在庫克申娜夫人家裡，他把那兩個「討人厭的傲慢鄉巴佬」痛罵了一頓。

在馬車裡，阿爾卡季坐在巴扎洛夫身邊，緊緊地握著巴扎洛夫的一隻手，沉默了許久。巴扎洛夫似乎對這種握手和沉默很能了解並且感到欣慰。昨晚他一夜不曾闔眼，也好幾天沒抽菸，幾乎沒吃什麼東西。那頂拉低至眉間的帽子下面，瘦削的側臉更顯得陰沉與尖銳。

「喂，老弟，」他終於開口道，「給我一根菸。瞧瞧我的舌頭是不是發黃了？」

「是黃色。」阿爾卡季回答。

「嗯……連菸都嚐不出味道來。機器出毛病了。」

「你近來的確有些變化。」阿爾卡季說。

「不要緊！我們很快就會恢復。只有一件事有點麻煩，我母親心腸太軟；要是你不能把肚皮撐得圓鼓鼓，一天不吃上十頓飯，她就會急壞了。我父親倒是沒有什麼，他自己經歷過很多。不，我抽不下去了。」他又補了一句，然後便把菸擲到大道上的塵土當中。

「到你家還有二十五俄里嗎？」阿爾卡季問。

「是的，可以問問這位聰明人。」他指著坐在車座上的那個農人說道，對方是費多特的傭工。

但是聰明人回答說，「誰知道呢……這條路又沒被量過。」然後繼續低聲咒罵著那匹轅馬「拿腦袋踢人」，也就說總是低下頭甩動。

「是的，是的，」巴扎洛夫開口道，「這對你是一個教訓，我年輕的朋友，一個有教益的例子。天知道，這有多麼荒唐！每個人都吊在一根線上，深淵隨時都可能在腳下裂開，可他仍要給自己製造各種煩惱，毀掉自己的生活。」

「你在暗指什麼？」阿爾卡季問。

「我並沒有暗指什麼；我直截了當說明咱倆行為之愚蠢。再講它還有什麼意義呢？不過，我在醫院實習時發現，氣惱自己病痛的人……肯定會戰勝這個病。」

「我不太明白你的意思，」阿爾卡季說，「我覺得你沒有什麼可抱怨的。」

「既然你不太明白我的意思，讓我來告訴你……依我看，寧可在大路上敲石頭也好過被一個女人管住，哪怕只是一個小指尖。這都是……」巴扎洛夫差一點就脫口而出他最喜歡的「浪漫主義」了，但是他制止了自己，改口說，「廢話。你現在不相信我，不過我對你說，你和我都置身於女人社交圈，我們覺得這很愉悅；可是人離開這種交際就像大熱天浸了冷水澡那般。男人沒時間理會這樣的瑣事；西班牙有句俗語說得好：男人不該被馴服。喂，你這個聰明人，」他扭頭對坐在駕車座位上的農人說，「我想你大概有老婆吧？」

「老婆？有，每個人都有老婆。」

「你打她嗎？」

「打我老婆？那得看情況，我可不會無緣無故打她。」

「很好。那麼，她會打你嗎？」

農人猛地扯了下韁繩。「老爺，你的話可真怪。你真愛開玩笑……」他顯然有些不高興。

「聽到了吧，阿爾卡季·尼古拉維奇！可是咱們卻挨了揍……這就是受過教育的人的下場。」

阿爾卡季勉強笑了笑，巴扎洛夫把頭別了過去，一路上再沒開口。

二十五俄里對阿爾卡季而言簡直有五十俄里那麼長。不過最後總算在一個微微隆起的高崗斜坡上出現了巴扎洛夫父母居住的小村莊。村莊旁的幼嫩白樺林中能看到一處茅草結頂的小莊宅。兩個戴帽子的農人正站在第一間農舍門前對罵。一個罵道：

「你是頭大豬，比小豬崽子還壞。」

「你老婆是個巫婆。」另一個回敬道。

「從他們這種不受拘束的舉動以及戲謔的語調來看，」巴扎洛夫對阿爾卡季說，「就能猜到我父親的農人並沒受什麼壓迫。啊，從屋裡出來走上台階的那個不就是他嗎？他們一定聽到了車鈴聲響。是他；是他……我認得出他那樣子。唉，唉！他的頭髮都這樣花白了，可憐的人！」

20

巴扎洛夫從馬車裡探出身子，阿爾卡季也從朋友的背後伸出頭張望，看到小莊宅前面台階上有個身材瘦長的人，頭髮蓬亂，細小的鷹勾鼻，身上敞著一件舊軍服，雙腿叉開站在那裡，嘴裡含著一根長菸管，兩隻眼睛被陽光照得瞇成一條縫。

馬車停了下來。

「到底回來了，」巴扎洛夫的父親說，他仍抽著菸管，菸袋在手指間不住地跳動，「來，下車，下車吧，讓我抱抱你。」

他擁抱起兒子……「葉紐沙，葉紐沙，」傳來一個女人發顫的聲音。房門猛地打開，門口出現了一個矮胖的老婦人，頭上戴著一頂白帽，身上穿著一件條紋短布衫，抽噎著蹣跚走來，若不是巴扎洛夫及時攙扶，她準會跌倒了。她那肥圓的雙手立刻摟住他的脖子，頭緊緊地靠在他的胸前，周圍頓時安靜下來，只聽見她斷斷續續的啜泣聲。

老巴扎洛夫喘著粗氣，眼睛瞇得比之前更厲害了。

「好了，夠了，夠了，阿里夏！別這樣了，」他說著，一面同站在馬車旁一動也不動的阿爾卡季交換了一瞥，連那個坐在車座上的農人也把頭扭開了，「完全沒這個必要，請別這樣。」

「啊，瓦西里．伊凡內奇，」老婦人囁嚅道，「多少年沒看見我的心肝寶貝了，我親愛的，葉紐沙……」她並沒放手，只是從巴扎洛夫胸前稍稍移開那張被淚水潤濕、布滿了慈愛和皺紋的臉，用喜悅又略帶滑稽的眼光打量了他一下，然後又撲在他胸前。

「好吧，是的，這也是自然而然的，」瓦西里．伊凡內奇說，「不過最好還是進屋去吧。還有和葉甫蓋尼一塊來的客人呢。請你務必原諒，」他轉向阿爾卡季，腳跟刮著地面，「你明白的，這是女人的弱點；嗯，還有一顆做母親的心……」

他的嘴唇和眉毛不停地抽搐，連鬍子也在抖動……但是他顯然在竭力控制自己，勉強露出一副無動於衷的樣子。

「我們進去吧，媽媽，真的。」巴扎洛夫說，然後把這個無力的老婦人攙扶進屋。把她安置在一張舒適的扶手椅中，又匆匆地同父親擁抱了一下，再把阿爾卡季介紹給他。

「很高興認識你，」瓦西里．伊凡內奇說，「不過還請原諒，我們這裡一切都很簡陋，就像在兵營裡那樣。阿里夏．弗拉西耶夫娜，請定定神吧，怎麼這麼軟弱！這位訪客先生會看輕你了。」

「親愛的少爺，」老婦人抹著淚說，「我還沒來得及請教你的名字和父名……」

「阿爾卡季．尼古拉維奇。」瓦西里．伊凡內奇恭敬地低聲對她說。

「請原諒我這個傻老太婆，」老婦人擤了擤鼻涕，把頭垂下，先向右歪，再向左歪，拭了拭雙眼，「請原諒我。你知道我以為再也等不到我的好……好兒子了。」

「現在我們不是看見他了嗎，夫人，」瓦西里．伊凡內奇插嘴道。「塔尤莎卡，」他轉身喚著一個十二、三歲身穿印花紅布裙的赤腳小女孩，她正怯生生地從門外往屋裡張望，「給太太倒杯水……用托盤端來，聽見沒有？——至於兩位先生，」他帶著一種舊式的詼諧腔調補充道，「請允許我邀請你們到一位退伍老兵的書房裡坐坐吧。」

「讓我再抱一回，葉紐沙，」阿里夏．弗拉西耶夫娜呻吟著。巴扎洛夫俯下身子湊近她。「嗯，你長成一個漂亮少年了！」

「哦，我倒不知道他漂不漂亮，」瓦西里．伊凡內奇說，「但他是個大人了，就是人們所說的男子漢[47]了。不過阿里夏．弗拉西耶夫娜，既然你已經滿足了慈母心，現在我希望你可以滿足一下貴客的肚子吧。你也知道，就算是夜鶯也不能單靠神話充飢的。」

老婦人從椅子上站起來，「桌子即刻就可以擺好，瓦西里．伊凡內奇，我親自去廚房，吩咐送上茶炊；一切都會有的，都有。唉，我三年沒看到他了，沒給他張羅吃喝了；這可不容易啊！」

「好了，留神點，快去弄吧；別給我們丟臉啊！先生們，請跟我來。季莫費伊奇來跟你問安了，葉甫蓋尼，我敢說他也很高興，那老狗。喂，你很高興吧，老狗？請跟我來吧。」

於是瓦西里．伊凡內奇急忙向前走去，腳上後跟磨損的拖鞋踢踏踢踏地響著。

宅子共有六個小房間。其中一間——他領我們的朋友進去的那一間——被稱為書房。一張粗腿桌子占據了兩扇窗戶之間的全部空隙，桌上散亂地擺放著一堆積滿灰塵的文件，彷彿煙燻過一般。牆上掛著幾支土耳其火槍，幾根馬鞭，一把軍刀，兩幅地圖，幾張解剖圖，胡佛蘭的肖像[48]，一幅用髮絲編織的首字母縮寫花字，和一張鑲嵌在玻璃框裡的文憑；一張破爛不堪、四處破洞的皮沙發擺在兩個高大的櫸木櫥櫃之間；架子上凌亂地堆著書籍、盒子、雀鳥標本、罐子、藥瓶子；角落裡放著一個已壞掉的電療電池。

「親愛的阿爾卡季．尼古拉維奇，我已經有言在先，」瓦西里．伊凡內奇說，「我們這裡過的是兵營般的生活……」

「得啦，別說了，您有什麼可道歉的呢？」巴扎洛夫打斷他的話，「基爾沙諾夫很了解我們不是克羅索斯[49]，你也沒有宮殿。眼下的問題是，我們要把他安頓在哪裡呢？」

「的確如此，葉甫蓋尼；小廂房裡有間挺好的房間，他住在那裡一定舒服。」

「你現在修了一排廂房？」

---

47 原文是ommfay，是法語homme fait（真正的男子漢）的俄國腔說法。

48 克裡斯托弗．威廉．胡佛蘭（Christoph Wilhelm Hufeland，1762-1863），德國醫生。

49 Croesus（前595－前546），小亞細亞西部呂底亞王國（Lydia）的國王，戰功赫赫，在古希臘被稱為最富有的國王。

「啊，就在浴室那邊。」季莫費伊奇插嘴道。

「我是說浴室旁邊的那一間，」瓦西里．伊凡內奇趕忙補充道，「現在是夏天……我馬上去吩咐。那麼你，季莫費伊奇，把他們的行囊搬進來吧。而你，葉甫蓋尼，我當然會把書房讓給你。各得其所。」

「瞧見了吧！一個很有趣的老頭子，他的心腸很好，」瓦西里．伊凡內奇剛一出門，巴扎洛夫便說，「像你父親一樣古怪，不過是另一種怪。他太嘮叨。」

「你母親看來也是極好的人。」阿爾卡季說。

「是的，她是個老實人。待會兒你看看她給我們弄了一頓怎樣的午飯吧。」

「他們沒料到你今天回來，少爺；家裡沒買牛肉。」季莫費伊奇說。他正拖著巴扎洛夫的行李走進來。

「沒有牛肉我們也可以對付，沒有也就罷了。俗語說，貧窮無罪。」

「你父親有多少農奴？」阿爾卡季突然問。

「田莊不是他的，是母親的；農奴嘛，沒記錯的話，有十五個。」

「總共二十二個。」季莫費伊奇不滿地更正他。

這時傳來拖鞋的踢踏聲，瓦西里．伊凡內奇又回來了。「再過幾分鐘，你的房間便能接待你了，」他揚揚得意地宣布。「阿爾卡季……尼古拉維奇？我沒講錯吧？我派了個僕人伺候你，」他補充道，指了指一道進屋的短髮男孩，那男孩穿著一件肘部破爛的藍色長外衣，腳上套著一雙不合腳的靴子。「他叫費特加。唔，雖然我兒子要我不要再提，我還是想請你包涵。這孩子做不了什麼事，不過裝裝菸斗還是可以的。自然你是抽菸的吧？」

「我大半時候抽雪茄。」阿爾卡季回答。

「這是很有道理的，我自己也更喜歡雪茄，只是我們這種窮鄉僻壤，要得到雪茄實在非常困難。」

「好了，謙卑的話到此為止吧，」巴扎洛夫打斷他，「你最好還是坐到沙發上來讓我們好好瞧瞧你。」

瓦西里．伊凡內奇笑著坐了下來。他的相貌很像兒子，只不過前額低些窄些，嘴又闊些。而且他總是動個不停，不是彷彿衣服在腋下勒得很不舒服似地聳動肩膀，就是眨眨眼睛，清清喉嚨，動動手指；他兒子的特徵卻是漠不關心，鎮靜自若。

「謙卑的話！」瓦西里．伊凡內奇又說，「葉甫蓋尼，不要以為我在客人面前宣稱我們住得如此荒涼偏僻是要引發他的同情心。恰恰相反，我認為對一個有思想的人來說，沒有什麼地方算是荒涼偏僻。至少，我竭盡所能不讓自己的腦袋生鏽，也就是不讓自己落後於時代。」

瓦西里．伊凡內奇從口袋裡掏出一塊新的黃色絲質手帕，這是他剛去阿爾卡季的房間時順便拿來的，他揮動著手帕說，「這話並不是指，譬如說，我犧牲了自己不少的利益對我的農人實施代役租制，把我的田地分給他們，只收取半數的收益。我認為那是我的責任；常識也要求我這麼做，雖然別的地主甚至對此還不敢想像。我指的是科學，是文化。」

「是的，我看到你有一本一八五五年的《健康之友》。」巴扎洛夫說。

「那是一位老朋友出於交情寄給我的，」瓦西里．伊凡內奇說，「可是我們，多少也知道一些骨相學。」他急忙補充道，不過主要是對阿爾卡季說，他指著櫃子上一個畫有編號小方格的小型石膏頭像說，「我們連舍恩來因[50]和拉德馬赫[51]都不陌生。」

「這省的人仍相信拉德馬赫嗎？」巴扎洛夫問。

瓦西里．伊凡內奇乾咳了一聲，「在這省裡……自然，先生們，你們知道得最清楚，我們怎麼趕得上你們呢？你們是來取代我們的。在我那個時代，也有一些體液學說[52]派比如霍夫曼，還有布朗和他的生機論[53]……我們覺得他們很可笑，但是他們在某段時期也曾名噪一時。在你們那裡，已經有新的人物取代了拉德馬赫；你們對那人頂禮膜拜，但是二十年後，就會輪到他被嘲笑了。」

「說句安慰你的話吧，」巴扎洛夫說，「現在我們根本連醫學都嘲笑，不向任何人頂禮膜拜。」

「怎麼會這樣？你不是要成為醫生嗎，不是嗎？」

「不錯，但兩者並不衝突。」

瓦西里．伊凡內奇把中指戳進菸斗，撥了撥裡面還微微冒煙的菸灰。「好吧，也許是的，也許是的……我沒打算爭辯。我算什麼？一個退職的軍醫，如此而已[54]；現在命運又讓我從事農業。我曾在你祖父的旅團裡服務過，」他扭頭對阿爾卡季說，「是的，是的，我當年也見過不少世面。什麼場合沒經歷過，什麼人沒見過！我，就是眼下站在你面前的這個人，曾經替維根斯坦親王和茹科夫斯基診過脈！他們在南方同盟，參加過十四日起義，你懂的。（說到這裡，瓦西里．伊凡內奇意味深長地努了

50 約翰．盧卡斯．舍恩來因（Johann Lukas Schönlein，1793-1864），德國醫生。

51 約翰．喬治．拉德馬赫（Johann Georg Rademacher，1772-1850），德國醫生，醫學作家，主要從事生理學和解剖學的研究。

52 Humoralism，起源於古希臘的醫學理論，認為人體是由血液、黏液、黃膽汁和黑膽汁構成，這四種體液在人體內失去平衡就會造成疾病。

53 Vitalism，認為生命是由某種特殊的力量或物質，稱為生命力或生命能量，所驅動或支配。支持者認為生命現象不能完全用物理和化學過程來解釋。

54 volla-too，是法語 voila tout（如此而已）的俄語腔說法。

努嘴。）唉，好吧，但我的事情是另一回事，只管捏緊你的柳葉刀，別的事情隨它去吧！你祖父是個令人尊敬的人，一個真正的軍人。」

「你得承認，他有點愚笨。」巴扎洛夫懶洋洋地說道。

「啊，葉甫蓋尼，你怎麼說出這種話！你要考慮一下……當然，基爾沙諾夫將軍並不屬於……」

「算了，不要提他了，」巴扎洛夫打斷道，「在來時路上，我看到那片小白樺林感到很高興；長勢真好。」

瓦西里．伊凡內奇馬上歡喜起來，「你得去看看我現在那個小花園！每棵樹都是我親手栽種的。還有水果、覆盆莓和各種各類的藥草。不管你們年輕人怎樣聰明，老帕拉賽爾蘇斯[55]畢竟講出了神聖的真理：在藥草、言語和石頭裡面……[56]自然，你知道我已經不再行醫了，但是每個星期總有兩三次得重溫舊業。人們來請教，我也不能把他們趕走。有時候一些窮人來找我幫忙。而且這裡實在沒有一個醫生。鄰近有位退伍少校，你想想看，他竟也給人看病。我問旁人：他學過醫沒有？他們告訴我：沒，他沒學過，他只是為了行善……哈！哈！哈！為了行善！你覺得怎麼樣？哈！哈，哈！」

「費特加，給我裝好菸斗！」巴扎洛夫粗魯地說。

「這裡還有一個醫生，他去看一個病人，」瓦西里．伊凡內奇有些無趣地繼續說下去，「那時候病人已經去見祖先了[57]；僕人不等醫生講話就告訴他：現在用不著你了。醫生沒料到這一點，感到非常難堪，便問道：『那你家老爺臨死前打呃了沒？』『打了。』『打得厲害嗎？』『厲害。』『啊，好的，這樣很好。』然後他就轉身回去了。哈！哈，哈！」

老人兀自笑了起來，阿爾卡季勉強露出些笑容，巴扎洛夫只是伸了個懶腰。談話就這樣持續了約莫一個鐘頭。阿爾卡季趁機跑去探看自己的房間，原來是浴室的前廳，不過十分舒適整潔。終於，塔尤莎卡進來稟告午飯已經備妥。

瓦西里．伊凡內奇第一個起身，「來吧，先生們，要是我說了太多讓你們厭煩的話，還請你們寬恕。也許我那位太太會讓你們滿意。」

午飯雖是匆匆準備的，卻非常可口，而且很豐盛。只是酒不佳，是季莫費伊奇從城裡一家相熟的鋪子裡買來的一種近乎黑色的西班牙葡萄酒，帶著些許黃銅和樹脂

55　帕拉塞爾蘇斯（Paracelsus，1493年-1541），中世紀德意志文藝復興時的瑞士醫生、煉金術士和占星師。

56　原文為拉丁文，in herbis verbis et lapidibus。

57　原文為拉丁文，ad patres。

味；蒼蠅也是多到惱人。平日會有個農奴小孩拿一大根綠樹枝揮趕蒼蠅，這一回瓦西里·伊凡內奇因為擔心遭到年輕人的指謫，把他打發掉了。阿里夏·弗拉西耶夫娜已經換好衣服，她戴了一頂鑲絲帶的高帽，披上一條淡青色印花肩巾。她一見到葉紐沙，忍不住又哭了起來，不過這次不用丈夫勸誡便趕忙把眼淚揩乾，深怕弄髒了肩巾。只有年輕人吃東西，這家的主人和主婦已經用過午飯。費特加站在桌邊伺候，他因為第一次穿靴子，顯得很是不適。另有一個男人相貌的獨眼婦人在旁邊幫忙，她名叫安菲蘇什卡，既是管家，又兼做飼禽和洗衣。年輕人吃飯的時候，瓦西里·伊凡內奇一直在房間裡來回踱步，臉上帶著極為愉悅、甚至是幸福的神情，談論的卻是拿破崙三世的政策以及錯綜複雜的義大利問題所引發他的嚴重焦慮。阿里夏·弗拉西耶夫娜對阿爾卡季簡直視而不見。她並沒有催促他吃；只是把她的圓臉靠在握緊的小拳頭上，豐潤的櫻桃紅色嘴唇，臉頰和眉毛上的幾顆小黑痣讓她的神情顯得格外慈祥。她始終目不轉睛地盯著兒子，不住地嘆氣；她迫不及待地想知道他會住多久，但又害怕問他。

「要是他說只待三兩天呢？」她尋思著，心便沉了下去。烤肉端上桌子後，瓦西里·伊凡內奇走開片刻，回來時帶著半瓶開了塞子的香檳。「瞧，」他高聲說道，「我們雖然住得偏僻，但在隆重場合也有一些東西可以助興！」他往三只高腳杯和一個小酒杯裡斟滿香檳，舉杯祝「我們的貴客」健康，然後便依軍中規矩把酒一飲而盡。他還催促阿里夏・弗拉西耶夫娜喝乾她的酒。蜜餞端上來時，阿爾卡季雖然素來不喜甜食，但認為自己有義務把那四種新鮮做好的蜜餞各嚐一口，尤其當他看到巴扎洛夫一口也不吃就抽起菸時。接著又上了茶及乳酪、奶油及脆餅。之後瓦西里・伊凡內奇便領著眾人去花園裡欣賞黃昏美景。走過一條園中長凳時，他輕聲對阿爾卡季說：

「我最愛坐在這裡對著落日冥思，很適宜一個隱士。那邊稍遠的地方，我種了幾棵賀拉提烏斯[58]喜愛的樹木。」

「是什麼樹？」巴扎洛夫在一旁聽到，便問。

「哦……金合歡。」

巴扎洛夫打了一個呵欠。

「我想現在該是我們的旅客擁抱摩耳甫斯[59]的時候了。」瓦西里・伊凡內奇說。

58 昆圖斯・賀拉提烏斯・弗拉庫斯（Quintus Horatius Flaccus，前65－前8），奧古斯都時期的著名詩人、批評家、翻譯家。

59 摩耳甫斯（希臘語：Μορφέας）是希臘神話中的夢神。

「那是說，該去睡覺了，」巴扎洛夫接口道，「這話倒不錯，的確是時候了。」

他跟母親道晚安，親吻她的額頭，她擁抱了他，還偷偷地在他背後畫了三次十字。瓦西里．伊凡內奇將阿爾卡季領到他的房間，並祝他「睡得好像我在你這個幸福年歲時那般好」。果然，阿爾卡季在這個房間裡的確睡得很好，有股薄荷味道，兩隻蟋蟀在爐子後面競相發出催人入眠的鳴叫聲。瓦西里．伊凡內奇走出了阿爾卡季的房間後回到書房，蜷著身子坐在兒子腳畔的沙發上，他想同兒子談一會兒。巴扎洛夫說自己很睏，立刻打發他走了，事實上直到天明才睡去。他睜大雙眼怒視著黑暗，童年回憶在他心中沒留下什麼痕跡，況且他還沒來得及擺脫新近的苦痛情緒。阿里夏．弗拉西耶夫娜先是盡情禱告了一番，然後和安菲蘇什卡談了好久。安菲蘇什卡一動也不動地站在主人面前，用她的獨眼注視著主人，鬼祟地悄聲講述了她對葉甫蓋尼．瓦西里耶伊奇的觀察和揣測。老婦人被喜悅、酒精還有菸草的味道弄到頭昏腦脹，她丈夫想跟她說話也沒有辦法，只好揮揮手作罷。

阿里夏．弗拉西耶夫娜是個真正的舊式俄羅斯婦女，她應當早生兩百年，活在舊莫斯科時代。她非常虔誠，感情豐富；相信各種占卜、符咒、夢境以及各種預兆；相信瘋修士的預言，相信家靈、樹靈，相信不吉的遇合、凶眼、流行的丹方；她吃聖週四那天特製的鹽，相信世界末日即將降臨；相信若是復活節晚禱的燭光不滅，蕎麥就會有好收成；相信若是被人看過了，蘑菇便不會繼續生長；相信魔鬼喜歡在有水的地方出沒，而每個猶太人胸口都有一塊血印；她害怕老鼠，害怕蛇，害怕青蛙，害怕麻雀，害怕水蛭，害怕打雷，害怕冷水，害怕穿堂風，害怕馬，害怕山羊，害怕紅頭髮的人，害怕黑貓；她認為蟋蟀和狗都是不乾淨的畜牲；她從來不吃小牛肉、鴿子肉、小龍蝦、乳酪、蘆筍、朝鮮薊、兔子肉；她也不吃西瓜，因為切開的西瓜使她想到施洗約翰的頭顱；她談起牡蠣就全身發抖；她好吃——可是也嚴格齋戒；她每天睡十個小時，可是如果瓦西里・伊凡內奇有一點頭痛，她就不去睡覺；她除了《阿列克西斯或林中小屋》之外沒讀過別的書；她一年寫一封信，至多兩封；可是對於家務，製作蜜餞和果醬十分擅長，雖然她從不親手做任何事情，而且通常一旦坐下便不太願意挪動。阿里夏・弗拉西耶夫娜的心腸很好，就其本身而言也並不愚笨。她知道世上的人分為兩類，一類是主人，他們的職業是指揮別人，另一類是尋常平民，他們的責任是聽從使喚——因而她並不反感卑躬屈膝和行禮跪拜；但她對於比她低下的人十分仁慈，從不讓一個乞丐空手而回，儘管她也喜歡聽些閒話，但從沒講過誰一句壞話。她年輕時相貌姣好，會彈翼琴，還講得幾句法語；不過，自從她違了自己的意願與丈夫結了婚，跟他東飄西泊多年後，她變胖了，也忘了音樂和法文。她深愛著兒子，卻對他也有種無法言說的害怕；她把田產完全交給瓦西里・伊凡內奇管理——現在一點也不再過問。每當她的老伴跟她談起即將實施的政府改革和自己的計畫時，她便驚懼地把眉毛愈挑愈高，不住地搖著手中的手帕，連聲嘆起氣來。她心懷憂慮，總覺得大難將至，只要想起一丁點悲傷的事情，便會失聲哭泣……這樣的女人現今已不常見了。我們是否應該為此感到歡喜，也只有天知道。

21

阿爾卡季清晨起來，打開窗，第一眼看到的便是瓦西里·伊凡內奇。老人身穿一件東方式長袍，腰間束著一方手帕，正勤快地在菜園裡翻土。他發現了他的年輕訪客，便支著鋤頭嚷道：

「祝你健康！夜裡睡得可好？」

「非常好。」阿爾卡季答道。

「你瞧，我就像那個辛辛納圖斯[60]一樣，在翻土刨地種晚蘿蔔呢。現在時候到了……感謝上帝……人人都應當用自己的雙手來謀生；指望他人是沒有用的；一個人總得親自勞動。說到底讓-雅克·盧騷[61]是對的。要是在半個鐘頭前，我親愛的先生，你便會看見我在做一件完全不同的事情。一個鄉下婦人過來抱怨說她瀉肚子……那是他們的說法，我們把這個叫做痢疾，我……怎麼說才好呢？我給她服了鴉片。我還給另一個婦人拔了顆牙齒，我勸她先上麻藥……但她不肯。我做這些事情都是免費的[62]……業餘愛好[63]。其實我已經習慣了，你看，我只是個平民，新人[64]……不像舊家出身，像我妻子那樣……你要不要在喝茶前到這片陰涼處來呼吸一下早晨的清新空氣呢？」

阿爾卡季便走出去，走到了他跟前。

「再次歡迎，」瓦西里・伊凡內奇說，行軍禮似的把手舉到頭上那頂油膩膩的小圓便帽旁。「我知道，你過慣了奢闊的愉悅生活，不過即便是世間的偉大人物也不至於不屑到茅屋裡住上幾天的。」

---

60 盧修斯・昆特修斯・辛辛納圖斯（Lucius Quinctius Cincinnatus，前519－前430），是羅馬共和國時期的元老院成員，軍事領袖。戰爭結束後放下權力，回到田園從事農耕。

61 讓-雅克・盧梭（Jean-Jacques Rousseau，1712-1778），啟蒙時代的法國與日內瓦哲學家、政治理論家、文學家和音樂家。

62 原文為拉丁語，gratis。

63 原文為anamatyer，是法語 en amateur 的俄國腔。

64 原文為拉丁語，homo novus。

「啊呀，」阿爾卡季反駁道，「好像我也是個當代偉人似的！我也沒有過慣闊綽的日子！」

「請原諒，請原諒，」瓦西里．伊凡內奇客氣地笑笑說，「雖然我已經退隱了，但我也曾見識過世面的……我瞧見鳥飛就知道它是什麼鳥。我也算得上是心理學家，觀相家。如果沒有這點兒本事，我敢說，我早就完了。像我這樣的小人物，哪裡會有什麼機會。我不是對你說恭維話，我對你和我兒子之間的友誼感到由衷高興。我剛剛見到他了；他跟往常一樣起得很早……你一定也知道他的這個習慣……他到附近散步去了。請容許我問一句……你和我兒子認識很久了嗎？」

「從去年冬天起。」

「哦，容我再多問一句……不如我們坐下來談？請允許我這個做父親的直言相問，你覺得我的葉甫蓋尼怎麼樣？」

「您兒子是我所遇過最了不起的人物之一。」阿爾卡季果決答道。

瓦西里．伊凡內奇的眼睛突然睜得很大，兩頰微微發紅。鋤頭從他手裡滑落。

「那麼你認為……」他開口說。

「我確信，」阿爾卡季接口道，「您兒子的前程是遠大的，他會光耀您的家門。第一次和他見面時，我就這樣斷定。」

「怎麼……這是為什麼呢？」瓦西里．伊凡內奇費力地一字一頓問道。他的闊嘴咧開了興奮的笑容，而且一直掛在唇邊。

「要不要我告訴你，我們是怎樣認識的？」

「要的……並且大概的……」

阿爾卡季開始講起他的故事來，他這次談巴扎洛夫的事情比跟奧金佐娃夫人跳瑪祖卡舞的那晚還要熱情、激動。

瓦西里．伊凡內奇聽著，眨著眼睛，雙手把手帕搓成一團，時而清清喉嚨，時而搔搔頭髮，最後實在按捺不住把身體探向阿爾卡季，在他的肩頭吻了一下。「你讓我感到非常愉快，」瓦西里仍笑容滿面地說，「我應該告訴你，我……崇拜我的兒子；老妻自不比說了……大家都知道她是個母親……不過我不敢在兒子面前流露太多情感，因為他並不喜歡。他反對任何形式的情感表達；許多人甚至因為他的堅定而責備他，認為他傲慢或無情。不過像他這樣的人不應當用尋常標準來判斷，不是嗎？譬如說，許多人處在他的情況下，就會成為父母的負擔；可是他，你相信嗎，從出生那天起，就沒多要過一分錢，上帝可以證明！」

「他是個無私、誠實的人。」阿爾卡季說。

「正是，他毫無私心。我不僅崇拜他，阿爾卡季．尼古拉維奇，我還以他為傲，我最大的渴求便是有朝一日在他的傳記裡會寫上這樣一行字：『他是一個普通軍醫的兒子，然而他的父親很早就看出他的不尋常之處，並且不遺餘力地完成他的教育……』。」老人說不下去了。

阿爾卡季捏了捏他的手。

「你的意思如何，」瓦西里．伊凡內奇沉默了片刻，問道，「他在醫學領域能夠取得你所預期的名聲嗎？」

「當然不會是在醫學領域，雖然在那個領域他也會成為第一流的科學家。」

「那麼是在哪種領域呢，阿爾卡季．尼古拉維奇？」

「現在還很難說，不過他一定會揚名立萬的。」

「他會揚名立萬的！」老人跟著重複了一遍，隨即陷入沉思。

「阿里夏．弗拉西耶夫娜叫我來請你們用早茶，」安菲蘇什卡捧著一大盆熟透的覆盆莓走過來說。

瓦西里．伊凡內奇一驚。「有沒有涼奶油拌覆盆莓？」

「有。」

「要冰涼的，記得！別客氣，阿爾卡季．尼古拉維奇；多拿一些。葉甫蓋尼怎麼還不來呢？」

「我在這裡。」從阿爾卡季房中傳來巴扎洛夫的聲音。

瓦西里・伊凡內奇連忙轉過身去。「啊哈！你想拜訪你的朋友，可是你來得太晚了，朋友[65]，我已經同他聊了好一會兒了。現在得去喝茶啦，你母親喚我們呢。我正好有幾句話想和你談談。」

「關於什麼？」

「這兒有個農人，他害了伊克托爾[66]……」

「你是說黃疸症嗎？」

「是的，慢性黃疸，非常頑強的伊克托爾。我給他開了矢車菊和金絲桃，叮囑他多吃胡蘿蔔，還給了他蘇打；但這些都只是緩和治療，還得給他用更有效的藥方才行。你雖然嘲笑醫學，但我仍相信你可以給我一點切實的建議。不過我們待會再談吧，現在先進去喝茶。」

瓦西里・伊凡內奇迅速從花園長凳上跳起來，哼起了《惡魔羅伯特》[67]裡的句

---

65 原文為拉丁文，amice。
66 原文為拉丁文，icterus，是黃疸症的醫學術語。
67 *Robert le Diable*，德國猶太裔作曲家梅耶貝爾（1791-1864）創作的第一部法語歌劇。

子：

「規則，規則，我們自訂規則，

活著，活著，活著就來享樂！

「真是奇異的活力！」巴扎洛夫說著離開了窗口。

晌午時分，火辣辣的太陽透過薄紗般的整片淺白雲層灼燒著大地。萬籟俱寂，只有村莊裡的公雞不耐煩地你鳴我啼，每個聽見的人都產生了一種莫名的睡意和倦怠；不知什麼地方的樹頂上有隻雛鷹在那裡連聲悲鳴著。阿爾卡季和巴扎洛夫躺在一個小草垛的背蔭處，身下墊了兩把沙沙作響卻仍青翠芳香的乾草。

「那株白楊樹，」巴扎洛夫說，「讓我想起了童年時代；它生長在一個土坑邊緣，那地方原來是燒磚用的，當時我堅信土坑和白楊樹具有一種獨特的魔力，在它們旁邊，我從來不覺得無聊。那時我不明白之所以不覺得無聊是因為我是個孩子。嗯，現在我長大了，魔力也就消失了。」

「你在這裡一共住了多久？」阿爾卡季問。

「連續住了兩年，後來我們不時地四處旅行，過著遊蕩式的生活，總是從一個城市遷移到另一個城市。」

「這宅子老早就蓋了嗎？」
「是的，我外祖父蓋的……就是我母親的父親。」
「他是什麼人……你的外祖父？」
「鬼才知道。大概是個什麼准校吧。他在蘇沃洛夫[68]的軍隊裡服務過，所以後來老是講翻越阿爾卑斯山的故事……說不定是吹牛。」
「怪不得客廳裡掛著一幅蘇沃洛夫的畫像。我喜歡你們這種可愛的小房子，古雅溫暖，而且裡面有種特別的氣味。」
「那是燈油和三葉草混合的氣味，」巴扎洛夫打了個呵欠，說道，「還有些混在可愛小房子裡的蒼蠅……呸！」
「告訴我，」阿爾卡季停頓了一下，又問道，「你小時候接受的管束嚴厲嗎？」
「你瞧見我父母是怎樣的人了。他們不是嚴厲的人。」
「你愛他們嗎，葉甫蓋尼？」
「愛，阿爾卡季。」

68 亞歷山大・瓦西里耶維奇・蘇沃洛夫（Алекса́ндр Васи́льевич Суво́ров，1729-1800），俄羅斯大元帥。

「他們多麼愛你啊！」

巴扎洛夫沉默了一會。「你知道我現在想什麼嗎？」他突然發問道，雙手托著後腦勺。

「不知道。在想什麼？」

「我在想，我父母的生活是幸福的。我父親已年屆六十，還在忙忙碌碌，四處奔波，談論著『緩和』療法，醫治病人，對待農人慷慨厚道……總之，他很快樂；我母親也是幸福的，她的生活被各種事務充斥著，還要忙著嘆氣和呻吟，她連想到自己的工夫都沒有；可是我……」

「你怎麼了？」

「我想，我躺在這個乾草垛底下……我的身體所占據的這一小塊地方跟其餘沒有我存在、與我不相關的空間相比較是多麼狹小；我所生活的這一小段時間跟我存在於這世上之前以及不再存在之後的永恆相比較，又是多麼地短促……然而在構成我的這一個原子裡，在這個數學的點裡，血液在循環，頭腦在運轉，還希冀著什麼東西……多麼可厭？多麼荒唐？」

「請容我指出，你這番話適用於所有人。」

「你說得對，」巴扎洛夫插嘴道，「我想說的是他們現在……我是指我父母……

他們忙著生活，並不關心自身的無足輕重，也不因此而感到難受……可是我……我只感覺到厭倦與憤怒。」

「憤怒？為何憤怒？」

「為何？你怎麼會問為何？你已經忘了嗎？」

「我什麼都記得，可是我仍不認為你有憤怒的權利。你是不幸，我承認，可是……」

「欸！你呀，阿爾卡季·尼古拉維奇，我看你對愛情的想法跟一般時髦的年輕人一樣；你咯、咯、咯地喚著母雞，可是當牠走近時，你卻跑開了。我不是這樣的。不過這已經說得夠多了，談那些沒有辦法的事是可恥的。」他翻了個身。「啊哈！這有一隻勇猛的螞蟻在拖一隻半死的蒼蠅。拖走他，兄弟，拖走他！別理會他的抵抗；作為動物，你有不承認憐憫心的特權……盡情享用這個特權吧……別像我們這些受著良心驅使而自毀的動物。」

「你不該說這樣的話，葉甫蓋尼！你什麼時候毀滅自己了？」

巴扎洛夫抬起頭來，「這是我唯一感到驕傲的事。我還沒毀掉自己，所以一個女人也不能毀掉我。阿門！現在了結了！這事你再也不會聽到我提一個字了。」

兩個朋友靜靜地躺了一陣。

「不錯，」巴扎洛夫又說，「人是一種奇怪的生物。若是從遠處的側面視角來看我們的『父輩』在這裡過著死氣沉沉的生活，人們會想，還有什麼比這樣更好的？你吃啊，喝啊，並認為你的舉止行動最合理，最明智。若非如此，你就會被無聊吞噬。你想要跟別人打交道，哪怕只是為了責罵他們。」

「一個人應當妥善安排生活使得生命的每一刻都富有意義。」阿爾卡季沉思著回答。

「我敢說！有意義的事情即使錯誤，也是甜美的；再沒有意義的事情也受得了。可是瑣碎，瑣碎卻是難以忍受的。」

「只要一個人不承認瑣碎，瑣碎也就不存在了。」

「哼……你只不過把一句老生常談倒過來講罷了。」

「什麼？你那句話是什麼意思？」

「我跟你講，譬如說教育是有益的，這是老生常談；可是若說教育是有害的，這就是老生常談倒過來講。它聽起來似乎更漂亮些，其實是一回事。」

「究竟真理……在哪兒，在哪一邊？」

「哪一邊？我的答案好像你的回聲，在哪兒？」

「今天你心情鬱悶，葉甫蓋尼。」

「當真？我想一定是太陽把我的腦子曬融了，或許是覆盆莓吃得太多。」

「那麼睡一會兒午覺倒是不壞。」阿爾卡季說。

「不錯；但別看我，每個人的睡相都很蠢。」

「可是別人怎麼看你，對你而言不都一樣嗎？」

「我不知道要怎麼說。一個真正的人不應當關心這些；對於一個真正的人，人們無須議論他，對他要麼服從要麼憎恨。」

「這倒有趣！我誰也不恨。」阿爾卡季思考片刻後說道。

「我恨的人非常多。你心腸軟又感情脆弱；你怎麼會恨人呢？……你膽子小，對自己又不太相信。」

「那麼你呢？」阿爾卡季打斷他的話，「你對自己很有信心嗎？你把自己看得很重嗎？」

巴扎洛夫停頓了一下。「等我遇到一個可以與我比肩的人，」他字斟句酌地說，「那時我再來改變對自己的看法。不錯，我恨！譬如說，我們今天經過總管菲力普的小屋時……就是那座漂亮乾淨的小屋，你說要是連最貧窮的農人也能有這樣一所房屋，俄國就健全完善了，而我們每個人都應當努力使之實現……但我恨透了這個最貧窮的農人，叫菲力普也好，叫西多爾也好，為了他我要拚命幹，他卻連一句謝謝也不會對我說一聲……而且他為何要謝我呢？嗯，就算他住在一間乾淨的小屋裡，而我卻滿身長起刺來……於我又有什麼益處呢？」

「別說了，葉甫蓋尼……要是有人聽見你今天這番話，不免要同意那些指責我們沒有原理的人了。」

「你講的話跟你伯父講的一樣。一般原理是不存在的……你至今還不知道嗎？只有感覺，萬事萬物都取決於感覺。」

「怎麼會這樣呢？」

「就是如此，例如我對一切都抱持消極否認的態度，因為我感覺如此；我喜歡否認——我的大腦就是這樣的構造，如此而已！我為什麼喜歡化學？你為什麼喜歡蘋果？……都是由於我們的感覺。所有的都一樣。人們永遠不能再深入了。這話不是人人都肯對你說，事實上，我下次也不會再對你說了。」

「什麼？連誠實也是一種感覺嗎？」

「我正是如此認為。」

『葉甫蓋尼！……』阿爾卡季用沮喪的聲音開口說道。

「啊？怎麼？這話不合胃口嗎？」巴扎洛夫打斷道，「不，兄弟，若是你下決心把所有東西都割捨，也就不要顧惜你的兩條腿了。不過這些形而上的東西我們也談夠了。普希金說：『大自然呼吸著睡夢的寧謐。』」

「他從沒說過類似的話。」阿爾卡季抗議道。

「好吧，即便他沒說過，作為一個詩人他有可能……也應該這麼說。而且，他一定也在軍隊服務過。」

「普希金從來沒當過兵！」

「怎麼？他的書上每一頁都寫著：『戰鬥去！戰鬥去！為了俄羅斯的榮光！』」

「啊，你在胡扯什麼！我要說這實在是誹謗！」

「誹謗？這可真嚴重！他倒是想用這話來嚇唬我！無論你為一個人加諸多大的罪名，都可以相信他實際上比你講得還要壞二十倍。」

「我們還是睡覺的好。」阿爾卡季懊惱地說。

「非常樂意。」巴扎洛夫回答。但是他們誰也沒睡著，有一股近乎仇視的情感充斥了兩個年輕人的心。五分鐘之後，他們都張開眼睛，默默地彼此對望了一下。

「看，」阿爾卡季突然嚷道，「一片乾枯的楓葉正飄落下來，就好像一隻飛舞的蝴蝶。這不是很奇怪嗎？悲戚與衰敗……像極了有活力的生命。」

「呵，我的朋友，阿爾卡季．尼古拉維奇！」巴扎洛夫大聲說道，「我求你一件事，不要再用那些華麗的辭藻了。」

「我盡力把話講得好……我說，你這完全是專制。我有個想法，為什麼我不該說出來呢？」

「不錯；那麼為什麼我又不該講出自己的想法呢？我覺得那些附庸的風雅實在不好聽。」

「那麼什麼話才好聽呢？辱罵嗎？」

「哈！哈！我看你果真想步你伯父的後塵呢。要是那個可敬的傻子能聽到你這話該多麼喜出望外啊。」

「你把帕威爾．彼得洛維奇叫做什麼？」

「我叫他，再恰當不過，一個傻子。」

「這實在讓人難以忍受！」阿爾卡季叫出聲來。

「啊哈！家族情感在講話了，」巴扎洛夫冷冷地說道，「我早就發現這種情感在人心的根深柢固了。一個人願意放棄一切，摒棄一切偏見，可是要他承認那個偷竊別人手帕的兄弟是個賊，我只是這樣舉例……那他可就難辦了。一個人要是想到，我的兄弟，我的……不是天才……這想法任誰也無法下嚥。」

「我說那話純粹出於公義感，跟家族情感絲毫不沾邊，」阿爾卡季忿然反駁道，「不過你既然不了解那種感覺，也沒有那種感覺，你就不能夠評判它。」

「換句話說，阿爾卡季・基爾沙諾夫實在高深，已超出我的理解範圍。我要在他面前俯首，不再出聲。」

「請別這樣，葉甫蓋尼；我們最後真會吵嘴的。」

「啊，阿爾卡季！賞我一個恩典吧。我請求你，讓我們痛快地吵一次……」

「那麼我們也許會……」

「打起架來？」巴扎洛夫插嘴道，「怎麼樣？就在這裡，在乾草垛上，在這田野風光裡，遠離塵世，遠離眾人，打一架也無妨。不過你不會是我的對手，我一下子便會掐住你的脖子。」

巴扎洛夫張開長而粗壯的手指……阿爾卡季玩笑似地轉過身子，做出防禦的姿勢……但是他朋友的臉色看上去是如此地懷有敵意……嘴角掛著扭曲的笑容，眼睛裡閃著咄咄逼人的光，阿爾卡季本能地害怕起來。

「啊！原來你們跑到這地方來了！」就在那一瞬間，傳來了瓦西里・伊凡內奇的聲音，這位老軍醫出現在兩個年輕人面前，身上穿著一件家織的亞麻布衫，頭戴著自編草帽，「我到處找你們……你們確實挑了個好地方，做的事也很好。『背向大地仰望天空』，你們知道嗎，這句話有種特別的意味？」

「我除了要打噴嚏的時候，從不仰望天空，」巴扎洛夫嘟囔著，然後扭頭對阿爾卡季低聲說，「可惜被他打攪了。」

「得了，算了吧！」阿爾卡季悄聲說，偷偷地捏了一下他朋友的手，「沒有什麼友誼能長久經得起這樣的衝突。」

「我看著你，我年輕的朋友，」瓦西里·伊凡內奇此刻也說道，他雙手交叉按在一根角度彎曲得相當巧妙的手工手杖上，手杖頂端有一個土耳其人雕像，「我看著你們，不由得羡慕，你們有著這樣大的力量，這樣的青春正茂，這樣的能力，這樣的才華！簡直就是卡斯托和波路克斯[69]！」

「走開吧……研究你的神話學去！」巴扎洛夫說，「你一聽就知道他以前是個了不起的拉丁語學者！啊，我好像還記得你曾經獲得拉丁語散文的銀獎章……對吧？」

「狄奧斯庫洛伊兄弟，狄奧斯庫洛伊兄弟！」瓦西里·伊凡內奇反覆說著。

「夠了，父親，別說了，不要再賣弄了。」

「偶爾一次不礙事的，」老人喃喃地說，「不過先生們，我來不是為了恭維你們，而是，第一，知會你們快要吃午飯了；第二，我想預先通知你一聲，葉甫蓋尼……你是個明白人，通曉世事，了解女人，所以你一定會諒解……你母親想趁你回家時唱一次讚美頌。你不要以為我是來邀你參加感恩祈禱的……它已經結束了；不過阿列克謝神父……」

「村裡的牧師嗎？」

「嗯，是的，那個教士；他……會來我們這裡……吃飯……我沒料到，也並不贊成……但不知為何就成了現在的情況……他誤會了我的意思……嗯，再說阿里夏．弗拉西耶夫娜……不過，他倒是個好人，明白事理。」

「我想，他不至於把我的那份午飯也吃掉吧？」巴扎洛夫問道。

瓦西里．伊凡內奇大笑起來，「這是怎麼說呢！」

「好啦，我就只問這一句。我和誰同桌吃飯都可以。」

瓦西里．伊凡內奇正了正頭上的帽子。「我開口前就知道你不受任何偏見的拘束，」他說，「我是個六十二歲的老頭子了，也是沒有偏見的。（瓦西里．伊凡內奇不敢承認這場感恩祈禱是他自己想做的。他的虔誠並不亞於妻子。）不過阿列克謝神父很想認識你。你會喜歡他的，瞧著吧。他連打牌都不反對，有時甚至……這話就在我們之間說說……還抽上一袋菸。」

「好吧。我們吃過午飯就來打一輪惠斯特，我準能贏他。」

69 希臘神話中斯巴達王后所生的一對異父孿生兄弟，經常被合稱為下文中的狄奧斯庫洛伊兄弟。

「呵！呵，呵！我們走著瞧！這可很難說。」

「我知道你是個老手。」巴扎洛夫特別加重語氣地說。

瓦西里．伊凡內奇青銅色的面頰泛起一層侷促的紅暈。

「羞愧啊，葉甫蓋尼……過去的事就讓它過去吧。是的，我願意在這位紳士面前承認我年輕時候有過這種嗜好，我也受夠它的苦頭了！啊，天氣真熱啊！讓我跟你們坐一會兒。我不會妨礙你們吧？」

「唔，一點也不會。」阿爾卡季回答。

瓦西里．伊凡內奇在乾草垛上坐下，喘了口氣。「親愛的先生們，」他說，「你們現在這個睡鋪讓我想起從前在軍隊的紮營生活，那些包紮所也是設在這種乾草垛旁邊，而且能有這樣的地方得謝天謝地了。」他嘆了一口氣，「我這一生也有過不少經驗。比方說吧，要是你們願意聽，我可以跟你們講講比薩拉比亞大瘟疫的奇事。」

「你就是因為那件事獲得了弗拉狄米勛章吧？」巴扎洛夫插嘴道，「我們知道，我們知道……你怎麼不把它掛在身上？」

「啊，我跟你講過我是沒有偏見的，」瓦西里．伊凡內奇嘟囔著（他在前一個晚上才吩咐僕人把那條紅色緞帶從衣服上拆下來），接著他便講起關於瘟疫的故事。

「哦，他睡著了，」他突然指著巴扎洛夫對阿爾卡季說，並且隨和地使了個眼色。

「葉甫蓋尼！起來了，」他提高嗓門喊道，「我們去吃飯吧。」

阿列克謝神父相貌端正，身形結實，一頭濃髮梳得整齊，淡紫色絲質教士袍上束了條繡花腰帶，看上去是個圓滑、識時務的人。他搶先向阿爾卡季和巴扎洛夫伸出手，彷彿早料到他們倆並不需要他的祝福似的。總體而言，他的舉止是沒有拘束的。他既不降低自己的尊嚴，也不冒犯別人；他聽到神學學校裡的拉丁語也會微微一笑，對他的主教卻極力護衛；他喝了兩杯葡萄酒，第三杯便婉拒了；他接下阿爾卡季遞過去的一根雪茄，卻沒有抽，說要帶回家。只有一件事讓人不太愉快，就是他不時慢條斯理、小心翼翼地舉起手去捉臉上的蒼蠅，有時竟能把牠們壓扁。他在牌桌旁坐下時並不顯得過分高興，結果卻從巴扎洛夫手中贏走了兩個半盧布的紙幣；阿里夏・弗拉西耶夫娜家的人不會用銀子換算價值……她照舊坐在兒子身邊（她是不打牌的），照舊用她的小拳頭支著面頰，只有在吩咐人端上新的菓點時才站起身來。她不敢親吻巴扎洛夫，而他也沒有鼓勵她、不叫她這樣做；瓦西里・伊凡內奇也勸過她不要過分「煩憂」他。「年輕人不喜歡那種行為。」瓦西里對她說明。（自不用說那天的午飯是多麼豐盛；季莫費伊奇拂曉時便親自騎馬去買牛肉；總管趕去另一個方向添購比目魚、鱸魚及小龍蝦；單是蕈菇就付給那位鄉下女人四十二個戈比。）不過，阿里夏・

弗拉西耶夫娜的眼睛牢牢盯著巴扎洛夫，流露出的不僅是盡心與慈愛，還透著一種摻著懼怕與好奇的悲傷；亦可以看出一種卑微的責備。

巴扎洛夫卻無心分析他母親的眼神；他很少扭頭看她，只偶爾問上一兩句簡短的問題。有一回他要借她的手來換換手氣，她便輕輕地把柔軟的小手放在他粗大的手掌上。

「怎樣？」她等了一陣，問道，「有用嗎？」

「運氣更壞了。」巴扎洛夫漫不經心地笑著說。

「他打的牌太冒險了，」阿列克謝神父好像很惋惜似的捋著鬍子說。

「拿破崙的方式，好神父，這是拿破崙方式。」瓦西里．伊凡內奇插嘴說，打出了一張愛司。

「可是這方式把他送去了聖赫勒拿島。」阿列克謝神父說著，打出一張王牌吃掉了愛司。

「要不要喝一點醋栗茶，葉紐沙？」阿里夏．弗拉西耶夫娜問道。

巴扎洛夫只是聳了聳肩。

「不成！」第二天巴扎洛夫對阿爾卡季說，「明天我就得走。我煩透了；我想工作，但這裡不能工作。我還是回你家去；我的儀器也都留在那裡。在你那裡至少可以一個人關上房門。但在這兒，父親雖然一直對我說，『我的書房供你使用……沒有人會打擾你，』可他自己就始終沒有離開過一步。我又羞愧於關門把他趕走，母親也是這樣。我隔著牆聽見她在隔壁唉聲嘆氣，可是去看她時，又對她無話可說。」

「她一定會非常傷心，」阿爾卡季說，「他也會。」

「我還會回來探望他們。」

「幾時呢？」

「哦，等我去聖彼得堡的時候。」

「我特別可憐你的母親。」

「為什麼呢？她用莓果贏得了你的心嗎，還是有別的緣故？」

阿爾卡季垂下眼睛。「你不懂你母親，葉甫蓋尼。她不僅是個極好的女人，還非常聰明。今天早晨她跟我聊了半個鐘頭，講話非常明理，非常有趣。」

「想來你們始終都在談我吧？」

「我們談論的也不盡是你。」

「也許是吧；旁觀者清。如果一個女人能夠交談上半個鐘頭的話，那可是好兆頭。不過我還是要走。」

「要把這個消息告訴他們可不太容易。他們一直在議論我們兩個星期後要做什麼。」

「是的，這不容易。我今天鬼迷心竅地奚落了我父親一番；前幾天他把一個佃農鞭打了一頓，但他也沒做錯……是的，是的，你別用那種驚恐的眼神看我……他做得很對，因為那個佃農是個可惡的小偷加酒鬼；不過我父親並沒料到我知道這件事。他心緒不寧，而現在我又要去火上添油了……不要緊！他不久就會好了。」

巴扎洛夫嘴裡雖說「不要緊」，可是一整天過去了他還遲疑著未能將自己的打算告知瓦西里．伊凡內奇。直到夜晚他在書房裡要跟父親道晚安時，才假裝打呵欠的樣子說：

「對了……我差點忘記告訴你……明天請差人把我們的馬送去費多特換班。」

瓦西里．伊凡內奇驚呆了。「是基爾沙諾夫先生要離開嗎？」

「是的；我也跟他一塊兒離開。」

瓦西里．伊凡內奇連腳跟都立不穩了。「你要走了？」

「是的……我必須走。請吩咐人把馬安排好。」

「很好……」老人結結巴巴地說，「去費多特換班……很好……只是……只是……這是怎麼回事？」

「我得到他那裡住一些時日。之後我會再回來的。」

「啊！住一些時日……很好，」瓦西里．伊凡內奇掏出一塊手帕擤了擤鼻子，身子差點就俯到地上去了，「好吧……都會辦妥的。我還以為你會和我們……住久一些。三天……別了三年，太短了些，太短了些，葉甫蓋尼！」

「可是我已經對你說了，我很快就會回來的。我不能不去。」

「不能不……好吧！盡責任是先於一切的。馬我會送過去。很好。阿里夏和我當然完全沒有預料到。她才剛從鄰居那裡討了些花打算裝飾你的房間呢。（瓦西里．伊凡內奇根本沒有提起自己每天早晨天剛亮便赤腳趿著拖鞋和季莫費伊奇計議，用顫抖的手指掏出一張又一張皺巴巴的鈔票，讓對方去採辦各色物品，特別強調要買好的食物和一種紅葡萄酒，因為據他觀察，這兩個年輕人是極喜歡紅酒的。）自由……是很重要的東西；這是我的原則……我不想束縛你……不……」

他突然頓住了，朝門口走去。

「我們不久後就會再見面的，父親，真的。」

但是瓦西里．伊凡內奇沒有回頭，只是擺了擺手便走了出去。他回到寢室，看見妻子已經睡下，便輕輕地唸起晚禱詞，免得把她驚醒。不過她還是醒了。「是你嗎，瓦西里．伊凡內奇？」她問道。

「是我，孩子的媽。」

「你從葉紐沙那兒來嗎？你知不知道，我生怕他睡在沙發上不舒服，吩咐安菲蘇什卡給他鋪上你的旅行被子，換上新枕頭；我原本還打算把我們的羽毛被給他的，但我彷彿記得他不喜歡床太軟……」

「不要緊的，孩子的媽；你不要擔心，他很好。上帝啊，請憐憫我這個罪人。」他繼續悄聲禱告。瓦西里．伊凡內奇可憐他的老妻；他不想當下就告訴她明天有件多麼悲哀的事情在等著。

巴扎洛夫和阿爾卡季第二天便走了。從清早起全家便籠罩在沮喪之中。安菲蘇什卡失手打翻了托盤；連費特加也困惑不已，只好把靴子脫掉。瓦西里．伊凡內奇比平時更為忙亂，顯然他竭力想擺出笑容，大聲講話，用力走路，可是面容看起來非常憔悴，眼睛不時地避開兒子。阿里夏．弗拉西耶夫娜輕聲啜泣著；她完全被悲痛壓倒了，要不是丈夫一早花了兩個多小時勸慰她，她定然會無法控制自己。巴扎洛夫一再許諾不出一個月便會回來，好不容易才從他們挽留的擁抱中掙脫出來坐進馬車；當馬跑起來，車鈴響起來，輪子開始滾動時；當他們的影子從視野中消失了，塵土落了下來，季莫費伊奇也佝僂著身子，蹣跚地晃回他的小房間時；當這小宅子裡只剩下兩位老人時，這座宅子彷彿也突然萎縮老朽了，頭先還站在台階上努力揮舞了一陣手帕的瓦西里．伊凡內奇坐進椅子，把頭垂到胸前。「他丟下我們了；他拋棄我們了，」他囁嚅著，「拋棄我們走了；他厭煩我們。孤獨，孤獨！」他連著重複了好多遍。之後阿里夏．弗拉西耶夫娜走到他身旁，把她灰白的頭靠上他灰白的頭，說，「這有什麼法子呢，瓦夏！兒子是切下來的一片肉。他就像一隻鷹，隨他高興飛回飛走；你和我就像是樹洞裡的兩朵蕈子，並排坐在一起，不會再移動一下。只有我對你永遠不變，你對我也是一樣。」

瓦西里．伊凡內奇把手從臉上移開，摟住他的妻子，他的朋友，摟得比年輕時還要緊些；她撫慰了他的悲痛。

22

我們的兩個朋友除了偶爾交換幾句瑣碎話以外，一路默然不語地坐車到了費多特的驛站。巴扎洛夫對自己不是很滿意，阿爾卡季也對他有些不快。而且，他心中感覺到一種只有非常年輕的人才知曉的無名憂傷。車夫換過馬，爬回座位上問，「向右走還是向左走？」

阿爾卡季一驚。向右，是經省城回家；向左，則通向奧金佐娃夫人的莊園。

他望著巴扎洛夫。

「葉甫蓋尼，」他問，「往左嗎？」

巴扎洛夫別過臉去。「這太愚蠢了吧？」他嘟囔著。

「我知道這很愚蠢……」阿爾卡季回答，「可是有什麼要緊呢？又不是第一次。」

巴扎洛夫把帽子拉下來遮住前額。「隨你便吧。」他末了說道。

「往左去。」阿爾卡季嚷道。

四輪馬車朝著尼克爾斯科耶村的方向駛去。這兩個朋友已經決定了這個愚蠢的舉動，卻誰也不講話，甚至好像在生氣。

奧金佐娃夫人家的管事站在宅子的台階上迎接他們，這兩位朋友從他的態度便覺察到他們順從了一時衝動的突訪是欠審慎的。顯然這裡沒人料到他們會來。兩人面面相覷地在客廳裡坐了大半天。終於，奧金佐娃夫人走了進來。她像平素那般客氣有禮地接待他們，對他們這麼快就回來感到驚訝；而且從她舉止和言辭的緩慢審慎程度可以斷定，她是不怎麼高興的。他們連忙聲明只是路過這裡拜訪她，四個鐘頭之後他們就得動身進城去了。她只略微感嘆了一聲，請阿爾卡季代她向他父親致意，然後就派人請出了姨母。女大公走進來時滿臉睡容，顯得那張布滿皺紋的老臉更凶惡。卡奇婭身體有些不適，待在自己的房間沒有出來。阿爾卡季突然意識到自己想見卡奇婭的心至少和想見安娜・謝爾蓋耶夫娜的心一樣迫切。四個鐘頭在瑣碎的閒談中消磨掉了；安娜・謝爾蓋耶夫娜無論聽人講話還是自己開口，始終沒有露出一絲笑容。直到他們要告別，她似乎才恢復了早先的那種親切感。

「我此刻心緒不佳，」她說，「不過請你們別介意，過幾天再來吧⋯⋯這話我是對你們兩位說的。」

巴扎洛夫和阿爾卡季誰也沒作聲，默默鞠了個躬，便坐進馬車，一路不再停留地直向瑪麗因諾駛去，第二天傍晚便平安抵達。在路上他們誰也沒再提到奧金佐娃夫人的名字，尤其是巴扎洛夫，幾乎沒再開口，他露出憤怒又緊張的神情，眼睛始終盯著路旁。

瑪麗因諾的每一個人看見他們回來都非常歡喜。尼古拉・彼得洛維奇因為兒子離家太久，心裡開始有些焦慮；因此當費尼奇佳兩眼閃爍地跑來告知他「先生們」回來了時，他高興地大叫一聲，搖擺著雙腿從沙發上跳了起來；就連帕威爾・彼得洛維奇也感染到一些喜悅和激動，他握著歸來遊子們的手，露出謙和的笑容。接著便是交談，詢問；阿爾卡季談得最多，尤其是在晚飯時，這頓飯一直吃到了半夜。尼古拉・彼得洛維奇吩咐人拿出幾瓶剛從莫斯科運來的黑啤酒，自己也舉杯共飲，直喝得臉頰通紅，還不時地發出半似孩童半似神經質的笑聲。這種歡樂的氣氛也感染了僕人們。

杜尼亞莎著魔似的跑上跑下，把房門關得砰砰作響；彼得到了凌晨三點鐘還拿出三弦琴想彈上一曲哥薩克旋舞曲。琴弦在靜寂的空氣中撥出柔婉而哀淒的音調；不過除了開頭的幾下裝飾音以外，這位文明的僕人便彈不下去了；大自然沒有賦予他音樂的才能，猶如它也沒賦予他其他的才能一樣。

然而此時，瑪麗因諾的生活並不十分美滿和諧，可憐的尼古拉·彼得洛維奇處境艱難。田莊上的麻煩事每天都在湧現——盡是些雜亂無章，令人苦惱的麻煩事。僱工們鬧得令人無法忍受。有些人要求結清或增加工錢，有些人拿著預支的工錢跑掉了；馬匹生病，馬具損毀，好像被火燒過似的；差事幹得馬虎粗心；從莫斯科訂購的兩架打麥機，一架因為太重不合用，另一架用過一次便壞了；牛舍被燒掉了一半，因為田莊上有個瞎眼老太婆在颳風天燒了一塊木頭去燻她自己的奶牛……那個老太婆一口咬定說這場災禍是因為她主人想做幾種新式乾酪和奶製品。管家突然變懶了，身材開始發福，每個俄國人都是如此，一旦得到一份安逸的差事，就會變胖。要是他遠遠看到尼古拉·彼得洛維奇，便會對著身邊經過的小豬擲一塊木片，或者朝赤裸上半身的小孩叱罵幾句，以此表示他在賣力工作，其實，他大半時間都在睡覺。那些租地耕種的農人不但不按時繳租，還常常偷盜樹林裡的木材；守夜人幾乎每個晚上都會在田莊的牧地上捉到幾匹農人的馬，有時還要爭奪一番才能把馬帶走。尼古拉·彼得洛維奇原本規定必須繳一筆罰金作為損失賠償，但結果往往是扣下的馬匹白白吃了主人家幾天飼料後，仍由原飼主領回去。更糟的是，農人們彼此之間發生了爭執；兄弟們鬧著分家，妯娌不肯同住；突然間村子裡又打起架來，全村人好像聽到號令般一窩蜂地擠到帳房前的台階上，有人鼻青臉腫，有人醉醺醺，都圍著主人要求公正裁斷；接著就是喧鬧，叫喊，女人的哭鬧混雜著男人的咒罵。自然要詢問爭鬧的原因，把嗓子都叫啞了，雖然明知道沒辦法有什麼公平裁斷……收割時人手不夠，鄰近的一個小地主擺出樂善好施的姿態，說定了以一俄畝兩個盧布的代價提供人手，結果卻極為無恥地欺騙了尼古拉．彼得洛維奇。農婦們漫天開價，麥子已經爛在田裡；收割的工作不能進行，管理局卻在威脅他，要求他把借款的利息付清……

「我實在無能為力了！」尼古拉．彼得洛維奇不止一次地絕望喊道，「我自己不會打人；叫警察來吧，又違背我平素的原則，可是對這班人若不懲罰的話，是毫無其他辦法的。」

「安靜，安靜[70]。」帕威爾．彼得洛維奇會這樣勸他，可是連自己也不免要哼上

70　原文為法文，Du calme。

幾聲，皺皺眉頭，扯扯唇髭。

巴扎洛夫對這些事情漠不關心，並且作為客人，也無須干涉別人的事務。抵達瑪麗因諾的第二天，他便著手研究他的青蛙，他的纖毛蟲，他的化合物，整天都在忙這些。相反，阿爾卡季則認為自己有責任至少要表現出願意幫助父親的樣子，即使不是真的有幫助。他耐心聽父親講述，甚至有次還提出了自己的建議，他並沒有想要父親採納他的建議，不過是藉此表示關心罷了。農務上的瑣事他並不反感，甚至以前還常常愉快地夢想著在田地裡工作，不過此時，他的腦海裡充滿了其他想法。阿爾卡季對於尼克爾斯科耶村念念不忘，連他自己也覺得驚訝。若是早前有人告訴他，他跟巴扎洛夫同住一處會感到厭煩——而且是住在自己父親家裡，他鐵定只會聳聳肩。可是現在他覺得厭倦，只想離開。他試著出去散步，走到筋疲力盡，但是沒有用。有一天與父親談話時，他發現尼古拉．彼得洛維奇那裡有幾封很有趣的信，是奧金佐娃夫人的母親寫給阿爾卡季母親的，於是他便纏著父親非看不可，尼古拉．彼得洛維奇最後只得翻遍了二十個箱子和抽屜，把信找出來交給他。阿爾卡季拿到這些快解體的信件後，感到一種寬慰，似乎已經瞥見自己現在應該前往的目的地一般。「這話是我對你們兩位說的。」他不斷地喃喃低語——這是她自己說出來的！「我要去，我要去，管它的！」可是他回想起上次造訪時的情形，見面時的冷淡與自己的狼狽讓他不由得害怕起來。到底年輕人的冒險精神，碰運氣的心，和想單槍匹馬證明自我的願望占了上風。回到瑪麗因諾尚未滿十天，他便藉著考察主日學校機構的名義又進城去了，從那裡又轉向尼克爾斯科耶村。他一路催促車夫快馬加鞭，就像年輕將官奔赴戰場般。他感到既害怕又高興，急得險些喘不過氣來。「最要緊的是……別亂想。」他反覆對自己說。他的車夫恰好是個嗜酒的小夥子，每經過一家酒館，他都停下來問：「要喝一杯嗎？」不過為了彌補，他喝過之後便完全不體恤他的馬了。終於那個熟悉的高大屋頂出現在視野中……「我該怎麼辦？」這個想法在阿爾卡季的腦中一閃而過，「好吧，現在已經不能回頭了！」三匹馬齊整地奔馳；車夫對牠們大聲吆喝，吹著口哨。小橋在馬蹄和車輪下轔轔作響，修剪統一的縱樹林蔭道似乎正向他們迎來……一抹女人的粉紅裙裝在深綠樹叢中閃過，一張年輕的面孔從一把陽傘的淺色墜子下探出……他認出是卡奇婭，她也認出了他。阿爾卡季吩咐車夫勒馬停車，然後跳下車，走到她跟前。「是你啊！」她叫道，臉上漸漸布滿紅暈；「咱們去找姊姊吧，她就在花園裡；她一定很高興見到你。」

卡奇婭領著阿爾卡季走進花園。他覺得遇到她是個美好的預兆；他很高興見到她，彷彿她是自己的妹妹一般。一切都進行得如此順利；不用管家，不用通報。在一條小徑的轉彎處他看見了安娜·謝爾蓋耶夫娜。她正背對著他站著，聽到腳步聲時，她緩緩地轉過身來。

阿爾卡季又慌亂起來，可是她開口的第一句話立刻使他心安下來。「歡迎回來，逃亡的人！」她用平靜而輕柔的聲音說道，笑著向他走來。她一邊微笑，一邊皺起眉頭，避開陽光及迎面的風。「你在哪裡尋到他的，卡奇婭？」

「我給你帶了一件東西，安娜．謝爾蓋耶夫娜，」他說，「你一定料不到。」

「你把自己帶來了；這比什麼東西都好。」

23

巴扎洛夫帶著譏誚的憐憫送別了阿爾卡季，讓對方知曉此次出行的真正目的一點也沒有瞞過他。之後巴扎洛夫便閉門不出，他被一股工作的熱情所占據。現在不再跟帕威爾．彼得洛維奇爭辯，尤其是後者在他面前擺出傲視一切的貴族氣派，並且表達意見時只是用些含糊的聲音而非詞句。只有一次談到當時備受爭議的關於波羅的海沿岸各省貴族的權利問題時，帕威爾．彼得洛維奇跟這個「虛無主義者」發生了爭執；不過他突然自己打住了，有禮貌地冷冷說道：「不過，我們是不能了解彼此的；至少我沒有了解你的榮幸。」

「我倒不這麼認為！」巴扎洛夫喊道，「一個人能了解一切……以太如何震顫，太陽上發生了什麼……卻無法了解其他人怎麼會用不同的方式擤鼻子。」

「什麼，這是一句警語嗎？」帕威爾・彼得洛維奇帶著詢問的口吻說，然後便走開了。

然而，他有時也要求巴扎洛夫讓他去旁觀實驗，有一次，帕威爾竟然把自己那張用上等肥皂洗淨，灑了香水的臉湊近顯微鏡，去觀察一隻透明的纖毛蟲怎樣吞下一顆綠色小粒，又怎樣用喉嚨裡一對快速靈活類似舌頭的小東西咀嚼它。尼古拉・彼得洛維奇去看巴扎洛夫的次數比他哥哥頻繁得多；倘若沒有田莊的事情讓他操心，他便會每天如自己所說的那樣去「學習」。他不打擾這位年輕人的科學研究，總是坐在房間的某個角落，專注地觀察，偶爾才謹慎地發出一句疑問。午飯和晚飯時分，他竭力把話題轉向物理學、地質學，或者化學，因為其他方面甚至包括農業，更不用說政治話題都可能引發衝突，或至少是引起彼此的不快。尼古拉・彼得洛維奇猜測他哥哥對巴扎洛夫的厭惡絲毫沒有減弱。種種事件中的一件小事便可證明他所估不錯。附近一些地方發生了霍亂，連瑪麗因諾也被「帶走」了兩個人。一天夜裡，帕威爾・彼得洛維奇突然出現相當嚴重的病癥，一直折騰到天明，但他並沒有向巴扎洛夫求治。第二天，他遇見巴扎洛夫時被問及為何不派人叫他去看看，面色仍很蒼白但頭髮鬍子已經梳理齊整的帕威爾·彼得洛維奇回答道，「啊，我好像記得你說過你不相信醫學。」日子就這樣一天天過去，巴扎洛夫毫不懈怠、冷酷地繼續他的工作……在此期間，尼古拉·彼得洛維奇家裡還有一個人，巴扎洛夫雖然並未對她袒露心聲，至少樂意跟她交談……那個人便是費尼奇佳。

他多半都是清早在花園或院子裡遇見她；他從沒有到她的房間裡去看她，她也僅有一次走到他的房門口——詢問能否幫米嘉洗澡。她不單信任他，不懼怕他——在他面前反而比在尼古拉·彼得洛維奇面前更自在，更安適。箇中緣由很難說清，或許因為她無意識地覺得巴扎洛夫身上完全沒有那種貴族習氣，沒有那種既讓人神往又令人畏懼的優越派頭。在她眼中，他是一個出色的醫生，是個樸實的人。她當著他的面可以毫無拘束地照顧孩子；有次她突然頭痛到暈眩，還喝下了一湯匙他餵的藥水。在尼古拉·彼得洛維奇面前，她會迴避巴扎洛夫，她這樣做並非掩飾，而是出於禮節。她對帕威爾·彼得洛維奇的懼怕更甚從前；近來他開始盯著她，像從地底下冒出來般地突然出現在她身旁，穿著他那英式套裝，臉上一副冰冷警覺的神情，雙手插在口袋裡。「就像是被當頭澆了一桶冰水似的。」費尼奇佳對杜尼亞莎抱怨說，杜尼亞莎聽了只是嘆口氣，她心裡想著另一個「冷酷無情」的人。巴扎洛夫絕沒有料到自己居然成為杜尼亞莎心中「殘酷的暴君」。

費尼奇佳喜歡巴扎洛夫，巴扎洛夫也喜歡她。他跟她談話的時候，面容都起了變化，流露出一種明朗，近乎和善的表情，他慣常的冷漠態度被一種戲謔的關切所替代。費尼奇佳一日漂亮過一日。年輕女子的一生中有段時期會突然如夏日玫瑰般綻蕊吐芳，費尼奇佳現在就到了這個時期。一切都為她增添美麗，連七月的溽暑也不例外。她穿著一件白色薄衫，益發顯得輕逸白淨；太陽沒有把她曬黑，但熱浪依舊無法避免地在她的面頰和耳朵上染上一層紅暈，使得她全身滲著一種綿軟的慵懶，漂亮的眼睛裡透著睡夢般的倦意。她簡直不能做事了；兩隻手彷彿自然而然地垂到膝頭，也不太走路了，只是整天可笑而無助地唉聲嘆氣。

「你應該常常去洗澡。」尼古拉．彼得洛維奇對她說。他在一個尚未完全乾涸的水塘上架了一張亞麻布篷子，把它改造成了浴池。

「啊，尼古拉．彼得洛維奇！等你走到池子那裡，就快沒命了，再走回來，便又死一次。你瞧，花園裡一塊蔭涼地都沒有。」

「的確如此，沒有蔭涼的地方。」尼古拉．彼得洛維奇回答道，揉了揉額頭。

一天早晨七點鐘，巴扎洛夫散步回來，在丁香涼亭裡遇到了費尼奇佳，丁香花早就謝了，但是枝頭依舊繁茂，一片濃綠。她坐在一張長凳上，照舊在頭上包了一條白色頭巾；身邊放著一大堆還沾著露水的紅白兩色玫瑰花。他跟她道了早安。

「啊！葉甫蓋尼．瓦西里耶伊奇！」她說，略微掀起頭巾一角望向他，這樣一來，她的袖子便滑到了手肘。

「你在這裡做什麼呢？」巴扎洛夫坐到她旁邊問，「你在紮花球嗎？」

「是的，準備早餐時擺在桌上。尼古拉．彼得洛維奇很喜歡。」

「可是現在離早餐時間還早呢。好大一堆花啊！」

「我先把花採下來了，不然過一會兒天就熱起來不好出去了。只有現在還能透口氣。天一熱我就一點力氣也沒有了。我真擔心自己是不是病了。」

「哪裡的話啊！讓我來摸摸你的脈，」巴扎洛夫抓過她的手，按著她那跳動均勻的脈搏，不過他連搏動次數都還沒數便放開她的手說，「你會活到一百歲呢！」

「啊，上帝不容的！」她喊道。

「怎麼？你不想長壽嗎？」

「唔，可是一百歲！我們家親戚裡有位老太太活到了八十五歲……她受夠了罪！又髒、又聾，又駝背，成天咳個不停，連自己都覺得是個累贅。那種日子太可怕了！」

「那麼年輕還是更好了？」

「是啊，不是嗎？」

「不過好在哪裡呢？請告訴我！」

「你怎麼會這麼問呢？比方說我吧，現在我還年輕，我什麼都能做……來來去去，肩挑手提，也不用求著別人什麼……還有比這更好的嗎？」

「可是在我看來，年輕年老都一樣。」

「你怎麼說……都一樣呢？這話怎麼可能。」

「那麼，你自己評斷一下吧，費多西婭・尼古拉耶夫娜，我的青春於我何用。我孤獨地生活，形單影隻……」

「這完全取決於你自己。」

「那完全由不得我！至少我希望有個人可憐我。」

費尼奇佳斜睨了巴扎洛夫一眼，不過什麼也沒說。「你手裡拿著本什麼書？」過了一會兒她問道。

「這本嗎？這是本學術的書，很難讀。」

「你還在學習嘛？不覺得沉悶嗎？我得說，你已經什麼都知道了。」

「看起來並不是什麼都知道。你試著讀幾行。」

「可是我什麼都不懂。這是俄文嗎？」費尼奇佳雙手接過這本厚重的書，「真厚啊！」

「是的，是本俄文書。」

「一樣的，我還是一點也不懂。」

「好吧，我並不是要你讀懂。我想看一下你讀書時的樣子。你讀書的時候，小小的鼻尖一動一動的，非常可愛。」

費尼奇佳才隨手翻到〈雜酚油〉那一章，正打算小聲拼讀，這時大笑起來，把書丟開……書從凳子上滑落到地上。

「我也喜歡看你笑的模樣。」巴扎洛夫說。

「不要亂說！」

「我也喜歡聽你說話，就好像小澗的流水淙淙聲。」

費尼奇佳把頭扭開。「你在說什麼呢！」她說，又動手挑揀起花來，「你怎麼會要聽我說話呢？你是習慣跟那些聰明的太太小姐們說話的。」

「啊，費多西婭．尼古拉耶夫娜！請相信我，世上所有的聰明太太、聰明小姐也抵不上你的一個小胳膊肘。」

「得啦，盡編出這些話！」費尼奇佳嘟囔著，雙手扣在一起。

巴扎洛夫從地上拾起書。

「這是一本醫書；你幹嘛把它丟開？」

「醫書？」費尼奇佳重複了一遍，又轉過頭看他，「你知道嗎，自從你給了我那些藥水……還記得嗎？……米嘉睡得很安穩！我真不知道該怎樣感謝你才好；你實在太好了，真的。」

「那麼你應當酬謝醫生，」巴扎洛夫微笑著說，「醫生嘛，你自己也知道，都是些貪心的人。」

費尼奇佳抬起眼望向巴扎洛夫，她臉孔的上半部被白光映著，襯得一雙眼睛益發烏黑。她不知道他是不是在說笑話。

「如果你願意，我們很高興……我得先問過尼古拉．彼得洛維奇……」

「怎麼，你以為我要錢嗎？」巴扎洛夫打斷她的話，「不，我並不要你的錢。」

「那麼要什麼呢？」費尼奇佳問。

「要什麼？」巴扎洛夫跟著問了一遍，「你猜猜！」

「我是最不會猜東西的了！」

「好吧，讓我告訴你吧；我想要……一朵這裡的玫瑰。」

費尼奇佳又大笑起來，甚至拍起了手，巴扎洛夫的要求似乎有趣極了。她笑著，同時又有點受寵若驚。巴扎洛夫目不轉睛地看著她。

「好吧，好吧，」她終於說道，隨即俯下身子挑選起凳子上的花來。「你要什麼顏色……紅的還是白的？」

「紅的，不過不要太大朵。」她直起腰來。「這朵，拿去吧。」她說，但立刻又把伸出去的手縮了回來，咬了一下嘴唇，朝涼亭入口張望了一眼，側耳細聽。

「怎麼了？」巴扎洛夫問，「尼古拉．彼得洛維奇嗎？」

「不是……老爺去田裡了……我也不怕他……不過帕威爾．彼得洛維奇……我覺得……」

「怎麼呢？」

「我覺得他往這邊過來了。不……並沒有人。拿去吧。」費尼奇佳把玫瑰遞給了巴扎洛夫。

「你為何要害怕帕威爾．彼得洛維奇呢？」

「他老是嚇到我。他倒是不說什麼話，卻總是古怪地望著我。我知道你也不喜歡他。我記得你以前常常跟他爭論？我不知道你們爭論的是什麼，可是我看得出來，你把他弄得又是這樣，又是那樣的。」

費尼奇佳用手勢比劃出巴扎洛夫是怎樣把帕威爾．彼得洛維奇弄得團團轉。

巴扎洛夫微微一笑。「如果他把我打敗了，」他問，「你會幫我嗎？」

「我怎麼幫呢？並且，也沒有人打得過你。」

「你這樣想嗎？可是我知道有一隻手只要它願意，便可以將我打倒。」

「那是什麼樣的手？」

「怎麼，你真的不知道嗎？聞聞，你給我的這朵玫瑰多麼芳香啊。」

費尼奇佳伸長她小小的脖頸，把臉湊近那朵花……頭巾從她的頭頂滑到肩上；露出柔軟、烏黑、閃亮又略微蓬鬆的濃髮。

「等一下；我要和你一塊聞。」巴扎洛夫說。他俯下身，用力地在她開啟的雙唇上吻了一下。

她吃了一驚，用雙手抵住他的胸口往後推，可是力氣太微弱，他又吻了她一下，時間還要更久些。

丁香叢後傳來一聲乾咳。費尼奇佳立即挪身至長凳的另一端。帕威爾·彼得洛維奇出現了，他微微點了點頭，用一種類似惡毒的哀傷聲調說，「你們在這裡。」然後便走開了。費尼奇佳立刻把花全數拾起，走出了涼亭。臨走時她悄聲說道，「這是你的不對，葉甫蓋尼·瓦西里耶伊奇。」她的低語中帶著真正的責備之意。

巴扎洛夫記起了不久前的另一幕情景，對自己有些惱怒，感到既羞愧又輕蔑。不過他馬上搖了搖頭，嘲諷地慶賀自己「串演了快活的洛塔里奧[71]這個角色，」隨後便回自己的房間裡去了。

帕威爾．彼得洛維奇步出花園，慢慢踱步到林邊。他在那裡站了好久；回來吃早飯時，尼古拉．彼得洛維奇關切地問他是不是身體有恙——他的臉色看上去非常陰鬱。

「你知道，我有時候是會動肝火的。」帕威爾．彼得洛維奇安靜地答道。

24

兩個鐘頭後，帕威爾．彼得洛維奇去敲巴扎洛夫的房門。

「請原諒我打擾了你的科學研究，」他說道，在窗邊的一把椅子上坐下，雙手撐著一根精緻的象牙柄手杖（他平常散步是不帶手杖的），「不過我請求你給我五分鐘的時間……不會再久。」

「我的所有時間都聽憑你支配。」巴扎洛夫回答。他看見帕威爾．彼得洛維奇跨進門檻時，臉上掠過一絲變化。

「只消五分鐘就足夠了。我來向你請教一個問題。」

「一個問題？關於什麼？」
「倘使你肯聽我說完，我自然會告訴你。你初來我弟家的時候，我那時還未放棄與你交談的榮幸，很愉悅地可以聽到你對許多問題的見解；不過就記憶所及，我們之間，或是在我面前，從不曾提到單打獨鬥和決鬥這一類話題。容許我請問你對這個問題有什麼樣的看法？」
巴扎洛夫先前站起身迎接帕威爾・彼得洛維奇，這會兒坐到桌沿上，雙臂交叉起來。
「我的看法是，」他說，「從理論方面講，決鬥是荒謬的；可是從實際角度看，嗯……便是另一回事。」
「那麼如果我的理解沒錯，你是想說，不管你在理論上如何看待決鬥，在事實上你若受到侮辱是不會不要求對方滿足你來洗刷恥辱了？」
「您完全猜對我的意思了。」
「很好。聽你這麼說，我感到非常高興。你的話使我免去了疑惑。」

71 Lothario，英國劇作家、詩人尼古拉斯・洛（Nicholas Rowe）的作品*The Fair Penitent*中的角色，喜歡誘惑、追求女人。

「您是想說，免去了猶豫吧？」

「都是一樣的！只要講得讓別人能明白就好了；我……不是神學院裡的老鼠。你的話使我可以避免做出令人不快的舉動。我決定跟你決鬥。」

巴扎洛夫瞪大了眼睛，「跟我？」

「毋庸置疑。」

「可是為什麼？請說明。」

「我可以對你說明理由，」帕威爾．彼得洛維奇說，「但我覺得還是不說的好。依我所見，你在這裡是多餘的。我對你無法忍受，我瞧不起你，如果你認為這些還不足夠……」

帕威爾．彼得洛維奇的眼睛閃閃發亮……巴扎洛夫的眼睛也冒著光。

「很好，」他說，「不必做更多解釋了。您心血來潮想要在我身上試試您的騎士精神。我本可以拒絕給你這種滿足的，不過……就照您的意思辦吧。」

「我很感激，」帕威爾．彼得洛維奇回答道，「現在我可以指望你接受我的挑戰，而不必逼迫我採取激烈的手段了。」

「那就是，無須諱言地說，用那根手杖嗎？」巴扎洛夫冷冷地說，「完全正確。您根本沒有必要對我加以侮辱，事實上，那種方式也不是很安全。您仍可繼續做一個紳士……我接受您的挑戰，也像個紳士那樣。」

「非常好，」帕威爾・彼得洛維奇說道，然後把手杖靠在角落裡，「讓我們簡要地談幾句決鬥的條件；不過我首先想要了解，你是否認為有必要進行一場形式上的爭吵以作為我挑戰的藉口呢？」

「不；最好不要那些形式上的東西。」

「我也這樣想。我認為我們不必要去尋求衝突的真正原因。我們彼此不能相容。還需要其他什麼嗎？」

「的確，還需要其他什麼嗎？」巴扎洛夫譏諷地重複了一遍。

「至於決鬥的條件，考慮到我們不會有公證人……因為我們要從哪裡去找公證人呢？」

「一點也沒錯，我們要到哪裡去找他們呢？」

「那麼請容許我向你提出下面的建議：決鬥在明天清晨進行，時間定在六點鐘，地點就在小樹林後面，武器是手槍，距離為十步……」

「十步？好吧，在那個距離裡我們還是會互相憎恨的。」

「八步也可以。」帕威爾・彼得洛維奇說。

「自然可以。」

「每人開兩槍；預防起見，各自口袋裡要放一封信，說是自尋短見。」

「唔，最後這一點我不同意，」巴扎洛夫說，「有點法國小說的味道，聽起來不太可信。」

「也許是吧。不過你得承認，被懷疑殺了人是件不太愉快的事吧？」

「這我倒是同意。可是還有一個辦法可以避免這種令人難堪的嫌疑。我們不要公證人，但可以找一個人來作見證。」

「請問要找誰呢？」

「那麼，彼得吧。」

「哪個彼得？」

「你弟的貼身僕人。他已經達到現代文化的巔峰，他會在這種情況下以所需的任何『科米爾伕』[72]方式來履行他的職責。」

「我想你是在開玩笑，先生。」

「一點也沒有。你只要仔細考慮一下我的建議，就會相信它既合理又簡單。紙是包不住火的。不過我要去幫彼得準備一下，明天把他帶去決鬥地點。」

「你仍在開玩笑，」帕威爾．彼得洛維奇站起身說道，「可是，既然你已經很周到地做了安排，我也沒有權利再來計較……這樣一切就都講定了……順便問一句，也許你沒有手槍吧？」

「我哪裡會有手槍呢，帕威爾．彼得洛維奇？我又不是在軍隊裡。」

「那麼我的手槍給你用。你可以放心，我已經五年沒有使用它們了。」

「這真是個令人寬慰的消息。」

帕威爾．彼得洛維奇拿起手杖……「現在，親愛的先生，我唯有向你表示謝意了，請繼續你的研究吧。容我告辭了。」

「到我們有幸再碰面的時間再見吧，親愛的先生。」巴扎洛夫一邊說，一邊送客。

帕威爾．彼得洛維奇走了，巴扎洛夫在門口站立了片刻，忽然嚷起來，「呸，好吧，見鬼去吧！多麼文雅，多麼愚蠢！我們演了一齣多麼漂亮的鬧劇！就像是訓練過的狗用後腳站立跳舞一樣。但拒絕是不可能的。是啊，我相信他準會打我，那麼我……（巴扎洛夫一想到這裡，臉色都白了；自尊心立刻掌控了他。）那麼我會掐死他，好像掐死一隻貓那樣。」他回到顯微鏡前，但心跳得厲害，觀察時所需要的平靜心境已然消失。「他今天看見我們了，」他思忖著，「不過他真是為了弟弟的緣故才

72 原文為 comilfo，法語 comme il faut「適當地」的俄式發音。

這樣行事嗎？而且一個吻算得上一件大事嗎？這其中一定另有隱情。啊！也許他自己也愛上她了？確實，他愛上她了，這是明擺的事！太複雜了！討厭至極！」他最後拿定了主意，「這件事情糟透了，從任何方面看都是如此。第一，冒著腦袋挨一顆子彈的風險，而且無論結果怎樣都得離開；然後還有阿爾卡季……和那個可愛天真的小貓尼古拉．彼得洛維奇。這事糟透了，非常之糟。」

這一天過得特別安靜，特別倦怠。費尼奇佳彷彿不存在於這世上似的，像隻小老鼠守在洞裡一般，整天坐在她的小房間裡。尼古拉．彼得洛維奇一副憂心忡忡的神情，剛得知田裡他寄予特別厚望的麥子開始出現病害了。帕威爾．彼得洛維奇那種冷冰冰的禮貌讓所有人都很壓抑，甚至包括普洛科菲奇。巴扎洛夫打算寫一封信給父親，但只寫了幾句便把信撕了，丟到了桌子下面。

「倘使我死了，」他思考著，「他們會明白；不過我並不會死。不，我還要在這個世界上好好地活一陣呢。」他交代彼得第二天天一亮就到他房裡來辦一件重要的差使。彼得還以為巴扎洛夫想帶他去聖彼得堡。巴扎洛夫睡得很遲，整夜做著雜亂無章的夢……奧金佐娃夫人老是在他面前晃動，一陣是他的母親，身後跟著一隻黑鬍鬚小貓，而這隻小貓又好像是費尼奇佳；帕威爾．彼得洛維奇變身成一座大樹林，不過仍得和他交戰。四點鐘時彼得叫醒了他；他立刻穿好衣服跟著一起出去了。

這是一個可愛、清新的早晨；魚鱗般的雲片浮在淺藍明淨的天空中，像海浪泛起的細碎泡沫；晶瑩的露珠散落在樹葉、草地和蛛網上，閃著銀燦燦的光；濕潤的黑土地上似乎還留著玫瑰色晨曦的印記；雲雀的歌聲驟雨般傾落。巴扎洛夫走到小樹林前，在林邊的樹蔭裡坐下，這時才向彼得講明該辦的事。這個文明的聽差驚駭不已，但巴扎洛夫安慰他，向他保證除了站在遠處觀望以外，絕不需要承擔任何責任。「而且，」他補充說道，「你想想，你將扮演多麼重要的角色！」彼得兩手一攤，低下頭，靠在一棵白樺樹上，嚇得臉色發青。

從瑪麗因諾過來的路繞過了小樹林，路面上覆著一層薄塵，自前一天起還未曾有車輪或路人經過。巴扎洛夫怔怔地望著這條路，拔了一根草在嘴裡咬著，不住地對自己重複道，「這是何等的愚蠢！」清晨的寒氣使他打了兩個寒顫……彼得神情沮喪地看著他，但巴扎洛夫只是一笑，並不害怕。

路上揚起一陣馬蹄聲……一個農人從樹林後轉了出來，他趕著兩匹拴在一起的馬，經過巴扎洛夫時，奇怪地打量了他一下，也沒有脫下帽子。彼得見到覺得很不安，認為這是一個不祥的兆頭。「也是一個起身很早的人，」巴扎洛夫想，「可是他至少是為了工作，而我……」

「我想大老爺來了。」彼得突然聲音顫抖地說道。

巴扎洛夫抬起頭望見了帕威爾．彼得洛維奇。他穿著一件淺色方格短上衣和一條雪白褲子，腋下夾著一個包裹著綠呢布的匣子。

「請原諒，大概讓你們久等了，」帕威爾．彼得洛維奇說，先向巴扎洛夫鞠了一躬，然後又對彼得鞠了一躬，他現在對彼得行禮致意，是視彼得有幾分公證人的性質，「我不想叫醒我的僕人。」

「不要緊，」巴扎洛夫說，「我們也剛到。」

「啊！那再好不過了！」帕威爾．彼得洛維奇環顧著四周，「這裡沒有人，沒人會妨礙我們。我們可以動手了？」

「我們動手吧。」

「我想，你不需我再重新說明了吧？」

「不，不需要。」

「你願意裝子彈嗎？」帕威爾．彼得洛維奇把手槍從盒子中取出來，問道。

「不，你裝，我來量步數。我的腿長些，」巴扎洛夫笑了一下，「一、二、三……」

「葉甫蓋尼．瓦西里耶伊奇，」彼得吃力地擠出話來（他渾身顫抖得好像打擺子一樣），「不管你怎麼樣，我要走開了。」

「四……五……好。退後吧，好夥計，退後；你還可以退到一棵樹後面去，摀住耳朵，只要不閉起眼睛就成了。要是有誰倒下，你就跑過去把他扶起來。六……七……八……」巴扎洛夫收住腳。「夠了嗎？」他轉身問帕威爾．彼得洛維奇，「或者要我再多加兩步？」

「聽你的便吧。」帕威爾．彼得洛維奇答道，把手裡的第二顆子彈也裝進彈匣。

「好吧，我們再加上兩步吧。」巴扎洛夫用靴子的尖部在地上劃了一條線，「這便是界線了。還要問一下，我們每人從這條線後要倒退多少步？這也是個重要問題，昨天沒有討論過。」「我想，十步吧，」帕威爾．彼得洛維奇答道，把兩支手槍都遞到巴扎洛夫手上，「請你費神挑一支吧。」

「恭敬不如從命。不過，帕威爾．彼得洛維奇，你得承認我們這次決鬥真是古怪到有些荒唐了。不妨看看咱們見證人的臉色。」

「你對什麼事都愛開玩笑，」帕威爾．彼得洛維奇回答道，「我不否認我們的決鬥的確奇怪，可是我認為應當警告你，我是認真打算和你對決的。明白的人自會明白[73]！」

「啊！我並不疑惑我們兩個都是橫了心來打倒對方的；不過為什麼不笑一笑，把

73　原文為法文，A bon entendeur, salut。

有益與愉快[74]聯想在一起呢？你對我講法語，我就對你講拉丁語。」

「我會很認真地跟你對決。」帕威爾·彼得洛維奇又說了一次，然後朝自己的位置走去。巴扎洛夫也從他那側的界線走開了十步，然後停住。

「你準備好了嗎？」帕威爾·彼得洛維奇問。

「好了。」

「我們可以向前走了。」

巴扎洛夫緩緩地向前邁步，帕威爾·彼得洛維奇把左手插在口袋裡也朝著他走去。他漸漸地抬起槍口……「他直直地瞄準我的鼻子，」巴扎洛夫心想，「他還這麼用心地瞇起眼來，這個流氓！這種感覺可不舒服。我瞄準他的錶鏈吧。」

什麼東西從他耳邊嗖地擦過，同時聽見一聲槍響。「我聽到了，可見不要緊。」這念頭在他腦中閃過。他又走了一步，並不瞄準便扣動了扳機。

帕威爾·彼得洛維奇微微一晃，用手按住大腿。一股鮮血順著他的白褲子流淌下來。

巴扎洛夫丟開手槍，奔到對手身邊。「你傷到了嗎？」他問。

「你有權叫我回到界線那裡去，」帕威爾·彼得洛維奇說，「不過這傷不要緊。照協議，我們每個人還可以再補一槍。」

「不錯，可是，請原諒，下次再說吧，」巴扎洛夫回答道，一面撐住帕威爾．彼得洛維奇，他的臉色漸漸發白，「現在，我不是一個決鬥者，而是一個醫生。我得先驗驗您的傷。彼得！過來，彼得！你跑去哪裡了？」

「全是廢話……我不需要任何人的幫忙，」帕威爾．彼得洛維奇斷斷續續地說道，「我們……應當……再……」他想要拉拉唇髭，可是手卻無力地垂了下來，視線變得模糊，然後便失去了知覺。

「這下糟了！他暈過去了！接下來怎麼辦呢？」巴扎洛夫讓帕威爾．彼得洛維奇平躺在草地上。「讓我們看看傷勢如何。」他掏出一條手帕，揩去血跡，按了按傷口四周……「骨頭沒有傷到，」他咬著牙低聲說道，「子彈進去不深，只擦傷了一點肌肉，股外巨筋[75]。不消三個星期他便能起來跳舞了！……竟然暈過去了！欸，這些神經質的人啊，我可真討厭他們！天啊，他們的皮膚可真是嬌嫩！」

「他被打死了嗎？」他背後傳來彼得顫巍巍的聲音。

巴扎洛夫回過頭去，「趕緊弄點水來，老弟，他會比我們活得還久呢。」

74 原文為拉丁語，utile dulci。

75 原文為拉丁文，vastus externus。

可是這個文明的僕人似乎聽不懂他的話，一動也不動。帕威爾．彼得洛維奇慢慢地睜開了眼。「他快死了！」彼得低聲說，開始用手劃起十字來。

「你說得對……真是一副傻相！」這位受傷的紳士強笑著說。

「好吧，快去弄水來，見鬼！」

「不用了……只是一陣暈眩[76]……請扶我坐起來……好，就這樣……這點小擦傷用什麼東西包紮一下，我就可以步行回家了，不然你可以派輛馬車來接我。如果你同意，我們的決鬥到此為止了。你今天的行為正當體面……今天……請注意。」

「過去的事不必再提，」巴扎洛夫說，「至於未來，也不值得您費神，因為我已經打算離開這裡。現在等我把您的腿包紮好，您的傷不要緊，不過最好還是要止血。但我得先把這個死人弄醒了。」

巴扎洛夫抓住彼得的衣領推了他幾下，要他去叫馬車來。

「當心不要驚動我弟，」帕威爾．彼得洛維奇對他說，「不准對他講什麼。」

彼得飛奔而去；他跑去叫馬車的時候，兩個對手坐在地上，誰也不作聲。帕威爾．彼得洛維奇設法不看巴扎洛夫，他無論如何也不願意跟巴扎洛夫言歸於好。雖然他覺得這樣的結局再好不過，但他為自己的傲慢，為自己的失敗感到羞恥，為自己造成的這種局面感到羞恥。「至少，不會鬧出醜事，」他思忖著安慰自己，「這就謝天謝地了。」沉默持續下去，痛苦難耐。兩個人都很不自在，彼此都意識到對方看透了自己。這種感覺對於朋友來說是愉悅的，但作為仇敵而言卻是極不舒服的，尤其在他們既無法解決問題又無法分開的情況下。

「我沒有把您的腿綁得太緊吧？」末了巴扎洛夫問道。

「不，並不緊；綁得正好，」帕威爾．彼得洛維奇答道；停了片刻他又說道，「這件事是瞞不過我弟的，我們就說是為了政治上的意見不同爭執了起來。」

「很好，」巴扎洛夫表示贊成，「您可以說我侮辱了所有的親英派。」

「這樣好極了。你認為那個看見我們的人心裡在想什麼呢？」帕威爾．彼得洛維奇指著一個農人說道。那農人正是決鬥前幾分鐘趕著拴在一起的馬匹從巴扎洛夫面前經過的人，他此刻正順著原路往回走，一看見「老爺們」便把帽子取了下來。

「誰知道呢！」巴扎洛夫回答道，「很可能他什麼也沒在想。俄國農人是謎一般的未知數，雷德克里夫[77]夫人已經談得夠多了。誰會了解他呢？他連自己都不了解！」

「啊！你又來這套了！」帕威爾．彼得洛維奇正要說下去，忽然喊了起來，「瞧

76 原文為法文，vertigo。

77 Ann Radcliffe（1764-1823），英國作家，哥特小說先驅。

你那個傻瓜彼得幹了什麼！我弟現在坐車趕來了！」

巴扎洛夫扭過頭去，看到尼古拉．彼得洛維奇臉色蒼白地坐在馬車裡，車還沒停穩，他便跳了下來，直奔向他哥。

「這是怎麼回事？」他焦急地問，「葉甫蓋尼．瓦西里耶伊奇，請告訴我，這是為什麼？」

「沒什麼，」帕威爾．彼得洛維奇回答道，「他們白白驚動了你。我跟巴扎洛夫先生發生一點小爭執，為此我付出了一點小代價。」

「可是究竟是怎麼引起的呢？上帝憐憫我們吧！」

「怎麼對你說好呢？巴扎洛夫先生談到羅伯特．皮爾爵士[78]時出言不遜。但我要趕快聲明這全是我的過錯，巴扎洛夫先生的舉動是光明正大的。是我向他挑戰。」

「可是你一身都是血，我的天！」

「難道你以為我的血管裡淌的是水嗎？不過放一點血對我倒有些益處。對不對，醫生？把我扶到馬車上，不要再愁悶了。我明天就會好的。就這樣，很好。走吧，車夫。」

尼古拉．彼得洛維奇跟在馬車後面走著；巴扎洛夫本打算留在原地……

「在我們從省城請來醫生之前，」尼古拉．彼得洛維奇對他說，「我得請你看顧我哥。」

巴扎洛夫一言不發地點點頭。不到一小時，帕威爾·彼得洛維奇已經躺在床上，他的腿被仔細包紮過。全家人都被驚動了；費尼奇佳暈了過去。尼古拉·彼得洛維奇暗自搓著雙手，帕威爾·彼得洛維奇卻大笑著講著玩笑話，特別是跟巴扎洛夫；帕威爾穿著一身細薄麻布長睡袍，外面披了一件精緻晨袍，頭上戴一頂土耳其氈帽；他不許人拉下百葉窗，還用詼諧的口吻抱怨不能吃東西的必要性。

可是這天傍晚時分，他就發起燒來，頭也痛了起來。醫生從城裡趕到了。（尼古拉·彼得洛維奇沒有聽他哥的話，而且巴扎洛夫也希望他不要聽從；巴扎洛夫在自己的房間裡坐了一整天，臉色蠟黃還帶著一臉怒容，每次去病人的房間都只停留短短幾分鐘；有兩次他碰到了費尼奇佳，不過她總是驚恐地避開他。）新來的醫生建議喝些清涼的飲料，不過他也表達了跟巴扎洛夫相同的意見，認為不會有危險。尼古拉·彼得洛維奇告訴醫生，他哥是不慎自己傷到的，醫生聽到回了一聲「哼」，但是當二十五個銀盧布遞到他手裡時，他說：「是這樣嗎！好吧，這是常有的事，真的。」

78 Sir Robert Peel（1788-1850），出生於英國布拉克本附近，政治家，他被看作是英國保守黨的創建人，及蘇格蘭場的成立者。

那天晚上，誰也沒睡覺，甚至沒有寬衣。尼古拉．彼得洛維奇不時地踮著腳尖走進他哥的房間，再踮著腳尖走出來；而他哥迷迷糊糊地睡著，微微呻吟，對他說法語「睡吧[79]」，又向他要水喝。有一次尼古拉．彼得洛維奇讓費尼奇佳送了檸檬水給他，帕威爾．彼得洛維奇凝視了她一眼，把整杯水都喝光了，一滴也不剩。天快亮時，他又燒得略微厲害了些，還說起了譫語。帕威爾．彼得洛維奇起初講話顛三倒四的，後來突然睜開眼睛，看到他弟立在床前，正俯著身子焦慮地瞧著他，便說，「尼古拉，你不覺得費尼奇佳和內莉有些相像嗎？」

「哪個內莉，帕威爾？」

「你怎麼還要問？R公爵夫人啊……尤其是臉的上半部。如出一轍[80]。」

尼古拉．彼得洛維奇沒有回答，心裡則暗自驚歎一個人對舊情竟會如此纏綿繾綣。「這些事情在這種情況下就又浮現出來了。」他想道。

「啊，我是多麼愛那個輕佻的東西啊！」帕威爾．彼得洛維奇把雙手交叉至腦後悲傷地呻吟著，「我無法容忍哪個無賴膽敢去碰……」過了片刻他又嘟噥了一句。

尼古拉．彼得洛維奇只是嘆氣；他絲毫也沒有疑心這些話所指為誰。

翌日清晨八點鐘，巴扎洛夫來見尼古拉．彼得洛維奇。他已經整理好行裝，並且把青蛙、昆蟲和雀鳥都放走了。

「你是來向我辭行的吧？」尼古拉．彼得洛維奇站起身問道。

「是的。」

「我了解你，也完全贊同你。當然，錯在我那可憐的哥哥，他已經受夠了；他告訴我，是他逼你非這樣做不可。我相信你是沒有辦法避免這次決鬥的，那……那多半也因為你們平素的觀點總有分歧所致。（尼古拉．彼得洛維奇開始有些語無倫次。）我哥是個舊派人，脾氣急躁又固執……謝天謝地事情可以這樣結束了。我已經安排好，不要讓事情張揚出去……」

「我把我的住址留給你，萬一有什麼狀況……」巴扎洛夫隨意一說。

「我盼望不會有什麼狀況，葉甫蓋尼．瓦西里耶伊奇……很抱歉你在我家裡做客到頭來是這樣……這樣的結果。更讓我痛苦的是阿爾卡季他……」

「我會見到他的，」巴扎洛夫回答，他聽到「解釋」和「道歉」總是很不耐煩，「不然，就請您代我向他告辭，並且請您接受我的歉意。」

「我也請……」尼古拉．彼得洛維奇鞠了一躬，回答道，但巴扎洛夫不等他說完

---

79 原文為法文，Couchez-vous。

80 原文為法文，C'est de la même famille。

便走了出去。

帕威爾・彼得洛維奇聽聞巴扎洛夫即將動身，表示想跟他見一次面，握手道別。不過即便在這時，巴扎洛夫仍是態度冷淡，他明白帕威爾・彼得洛維奇想要顯示自己的寬宏大量。他未能和費尼奇佳告別，只是隔窗對望了一眼，他覺得她似乎有些黯然神傷。「她也許會傷心……」他暗自思忖著，「不過誰知道呢？她總會捱過去的，我敢說！」而彼得竟然難過到俯在巴扎洛夫肩上哭了，直到巴扎洛夫問他，他的眼睛是不是水做的，才平靜下來；杜尼亞莎不得不跑進樹林裡去掩飾她的感情。引發這一切悲痛的人坐進了輕便馬車，抽起雪茄。當馬車走了三俄里路，來到大路轉彎處時，基爾沙諾夫的田莊與他的新宅子一條線似的最後一次出現在眼前，巴扎洛夫只吐了一口唾沫，嘟囔了一句，「可惡的小貴族！」然後用外衣把身子裹得更緊一些。

帕威爾・彼得洛維奇的傷勢好轉得很快，可是他不得不在床上躺了一個星期，很有耐心地忍受了他所說的幽禁生活，雖然在裝扮上花費了很多心思，還把每一件物品都灑上了古龍水。尼古拉・彼得洛維奇常常為他讀報，費尼奇佳像從前一樣服侍他，給他送檸檬水，肉湯，煲雞蛋還有茶；不過她每次走進房間時，內心總覺得害怕。帕威爾・彼得洛維奇出其不意的舉動把宅子裡所有的人都駭到了；只有普洛科菲奇見怪不怪；他說在他年輕時紳士們是時常決鬥的，不過只有老爺與老爺對打；對那樣賤鄙的人，他們會叫人在馬廄裡抽一頓鞭子了事。

費尼奇佳似乎沒有受到良心的責備；但是她有時想起這場爭鬥的真正原因便覺得痛苦；帕威爾．彼得洛維奇看她的神情又是那麼古怪，甚至她轉身背向他時，也感覺得到他的目光。這種時時的不安使她漸漸消瘦了，卻又照例地讓她更楚楚動人。

一天——事情發生在一天清晨——帕威爾．彼得洛維奇覺得好多了，便從床上挪到沙發上，尼古拉．彼得洛維奇看見哥哥大有好轉便去了打麥場。費尼奇佳送來一杯茶，把它放在小桌上正打算退出去，帕威爾．彼得洛維奇叫住了她。

「你這樣匆匆地要去哪裡，費多西婭．尼古拉耶夫娜？」他說，「你很忙嗎？」

「……我得去斟茶。」

「你不去，杜尼亞莎也會斟的；陪我這個病人坐一會兒吧。我還有幾句話想和你說說。」

費尼奇佳挨著一張安樂椅的邊緣坐下來，默默不語。

「聽我說，」帕威爾．彼得洛維奇捋了捋他的小鬍子，說，「我早就想問你，你似乎有些害怕我？」

「我嗎？」

「是的，你。你從來不望我一望，好像有些良心不安似的。」

費尼奇佳紅了臉，不過她看了帕威爾．彼得洛維奇一眼。她覺得他的樣子有點奇怪，心不由得輕輕地顫動起來。

「你的良心安寧嗎？」他問她。

「我的良心為什麼不安寧呢？」她低聲說。

「誰知道！而且你會對不起誰呢？我嗎？不可能。這宅子裡的其他人？那也同樣不可能。會是我弟嗎？但你是愛他的，不是嗎？」

「我愛他。」

「用你整個靈魂，整個心愛嗎？」

「我用我整個心愛著尼古拉．彼得洛維奇。」

「真的嗎？望著我，費尼奇佳（他第一次這樣喚她）。你知道，說謊是一樁罪過。」

「我並沒有說謊，帕威爾．彼得洛維奇。若是我不愛尼古拉．彼得洛維奇……那我連活下去都不用了。」

「你絕不會為了別人而拋棄他吧？」

「我會為了誰而拋棄他呢？」

「真的會為了誰呢！那麼，剛離開這裡的那位先生怎麼樣？」

費尼奇佳站起身，「天哪，帕威爾．彼得洛維奇，你為什麼要折磨我？我做了什麼對不起你的事嗎？你怎麼會說出這樣的話？……」

「費尼奇佳，」帕威爾．彼得洛維奇用悲傷的語調說，「你知道我看見……」

「你看見了什麼？」

「好吧，在那裡……涼亭裡。」

費尼奇佳的臉一直紅到耳根。「那怎麼是我的過錯呢？」她費力地一字一頓說道。

帕威爾．彼得洛維奇支起身子，「你沒有過錯嗎？沒有？一點也沒有嗎？」

「我愛尼古拉．彼得洛維奇，這世上我只愛他一人，而且我永遠愛他！」費尼奇佳突然用力喊道，她的喉嚨好像被淚水塞住了似的，「至於你所見的，就是在最後審判日我也會說，那不是我的錯，現在不是，之前也不是。如果有人疑心我背棄了我的恩人尼古拉．彼得洛維奇，我寧可馬上死去。」

說到這裡，她的聲音啞了，與此同時她感覺到帕威爾．彼得洛維奇抓起她的一隻手緊緊握住……她看著他，怔住了。他的臉色比先前更蒼白了，他的眼睛閃著光，最令人驚奇的是，一顆大大的淚珠沿著他的面頰孤單地滾下。

「費尼奇佳！」他的聲音低得奇怪，「愛他吧，愛我弟吧！他是這麼一個善良的好人！不要為了世上其他人而背棄他；不要聽信任何人的話！想想吧，還有什麼比愛一個人卻不被人愛更可怕的呢！永遠不要拋棄我那可憐的弟弟尼古拉！」

費尼奇佳的眼睛乾了，驚懼消退了，取而代之是極大的驚異。但是，當帕威爾．彼得洛維奇把她的一隻手拉到自己的唇邊，不是親吻而似乎只是想看透它，還間或發出一陣陣痙攣式的嘆息聲時，不知她心裡會有什麼樣的感覺……

「天啊，」她思忖著，「他的病是不是又發作了？」

那一瞬間，他整個息毀的生命又在內心激盪了起來。

樓梯在急速的腳步下咯吱作響……他把她推開，頭仰靠回枕頭。門打開了，尼古拉．彼得洛維奇走進來，他神清氣爽，面色紅潤，一副興高采烈的神情。米嘉跟他父親一樣清新、一樣紅潤，只套了件小襯衣，在父親懷裡躍動著，用他光溜溜的小腳丫去搆父親那件粗布鄉下衣服的大鈕釦。

費尼奇佳趕忙撲向尼古拉，雙手把他和兒子都摟在懷裡，將頭靠在他的肩上。尼古拉．彼得洛維奇很是吃驚；費尼奇佳，素來內斂謹慎的費尼奇佳，從來沒有在第三者面前跟他這樣親熱過。

「怎麼了？」他說著瞥了他哥一眼，然後便把米嘉交給她。「你沒有不舒服吧？」他走到帕威爾．彼得洛維奇近前問。

帕威爾．彼得洛維奇把臉埋進一塊細麻布手帕裡，「不……一點也不……反而覺得好多了。」

「你太早移到這沙發上了。」尼古拉．彼得洛維奇說，他又轉過頭問費尼奇佳，「你要去哪裡？」不過她已經關上門走了。「我抱了我的小勇士過來給你看，他吵著要他伯伯。她為什麼把他抱走了？還是你怎麼了嗎？呵，你們兩個之間鬧了什麼事嗎？」

「弟弟！」帕威爾．彼得洛維奇鄭重地說。

尼古拉．彼得洛維奇一驚。他感到有些惶恐，但又說不出什麼緣故。

「弟弟，」帕威爾．彼得洛維奇又喚了一聲，「請答應我，依我的要求去做一件事。」

「什麼要求？你說。」

「這是很重要的；依我看來，你一生的幸福都取決於它。我此刻要對你說的話，我自己這幾天來反覆思量過……弟弟，履行你的責任吧，盡一個誠實、大度的人應盡的本分；讓流言中止，不要再做一個壞榜樣……你，是最好的人！」

「你這是什麼意思，帕威爾？」

「跟費尼奇佳結婚……她愛你；她是你兒子的母親。」

尼古拉．彼得洛維奇後退一步，揚起雙手，「你這樣說嗎，帕威爾？我一向以為你是最不贊成這類婚姻的！你這樣說嗎？你不知道我正是出於對你的尊重才沒有履行你剛才說得極對的責任嗎？」

「在那種事上尊重我可就錯了，」帕威爾．彼得洛維奇回答，臉上露出疲憊的笑容，「我開始覺得，巴扎洛夫指責我有貴族氣是對的。不，親愛的弟弟，別讓我們再去理會什麼體面和世俗的言論了；我們已到暮年，變得謙恭了；是時候把我們一切的虛榮心都丟開。讓我們，如你所言，履行我們的責任吧；瞧著吧，我們可以因此得到別的幸福呢。」

尼古拉．彼得洛維奇撲上去擁抱了他哥。

「你讓我的眼睛完全打開了！」他喊道，「我常常說你是世上最聰明、最好心的人，果然沒錯；現在又知道你知情達理，與你心地高貴的程度一樣大。」

「輕一點，輕一點，」帕威爾．彼得洛維奇打斷他的話，「別弄痛了你知情達理的哥哥的腿傷，他年近半百了還像少尉一樣去跟人家決鬥；那麼，這事就這麼定了；費尼奇佳將成為我的……弟媳[81]。」

「我最親愛的帕威爾！可是阿爾卡季會怎麼說呢？」

「阿爾卡季？他會喜出望外的，信我吧！結婚是違背他的原則，可是他的平等觀念可以得到滿足。而且畢竟，階級差異在十九世紀[82]還有什麼意義呢？」

「啊，帕威爾，帕威爾！讓我再親你一次吧！別擔心，我會留心的。」

兩兄弟又擁抱了一下。

「你覺得怎麼樣，要不要現在就把你的意思告訴她？」帕威爾．彼得洛維奇問。

「為何這麼著急？」尼古拉．彼得洛維奇回答說，「你們已經談過了嗎？」

「我們談過？想到哪裡去了[83]！」

「好吧，那就好了。第一，你得先把傷養好，時間多著呢。我們應當好好考慮一下，商量……」

「不過我想，你已經決心這麼做了？」

「自然是決心這麼做了，並且我由衷地感激你。我現在要離開了；你應當好好休息，任何激動的事都對你不好……我們以後再討論吧。好好睡一覺，親愛的好哥哥，上帝保佑你！」

「他幹嘛這麼感激我？」帕威爾．彼得洛維奇一人躺在那裡時暗想，「好像這件事不由他作主似的！等他一結婚我就立刻離開，到很遠的地方去……德勒斯登或是佛

81 原文為法文，belle soeur。

82 原文為法文，au dix-neuvième siècle。

83 原文為法文，Quelle idée。

羅倫斯，就住在那裡直到……」

帕威爾．彼得洛維奇在前額沾了些古龍水，然後閉上眼睛。白晝耀眼的日光中，他那美麗、消瘦的臉龐躺在白色枕頭上，如同一張死人的臉……事實上，他的確是個死人了。

25

在尼克爾斯科耶村，卡奇婭和阿爾卡季正坐在花園裡一棵高大梣樹下的草凳上，菲菲趴在他們近旁的草地上，瘦長的身子蜷成飼主們所謂「伏兔式」的漂亮曲線。阿爾卡季和卡奇婭都沒說話；他手裡拿著一本半開的書，她則從一只籃子裡撿起幾粒麵包屑丟給幾隻小麻雀，牠們既膽小又冒失地圍在她腳邊跳來跳去，嘰喳個不停。一陣微風吹過，點點淡金色的光斑隨著梣樹的樹葉輕輕搖曳，在小徑和菲菲的棕黃脊背間來回移動；一片濃密的樹蔭遮住了阿爾卡季和卡奇婭，偶爾有一道亮光在她髮上閃耀。兩人都不出聲，不過正是這種不出聲坐在一起的樣子，可以表示他們彼此之間的信任與親密；他們似乎也沒有注意對方，同時又為對方在自己身邊而暗自歡喜。他們的面容，自從我們上次跟他們分手後也有了改變；阿爾卡季顯得愈加平靜，而卡奇婭則愈加活潑大膽。

「你不覺得嗎，」阿爾卡季開口說，「在俄語中，梣樹[84]的名字取得很好？沒有其他樹的樹葉映在空中會像它這般輕盈、這般鮮明了。」

卡奇婭抬眼向上望了望，說：「是的。」阿爾卡季想，「好吧，她倒是不責備我講了華麗的辭藻。」

「我不喜歡海涅，」卡奇婭瞥了一眼阿爾卡季手中的書說道，「無論是他笑時還是哭時；只有他沉思和憂鬱的時刻，我才喜歡他。」

「而我喜歡他笑的時候。」阿爾卡季說。

「那是你昔日留下愛嘲諷的痕跡（「痕跡！」阿爾卡季想，——「要是巴扎洛夫聽到會怎樣？」）等等吧，我們會改造你。」

「誰來改造我？你嗎？」

「誰？……我姊；還有波爾菲力・卜拉托尼奇，你現在已經不跟他吵了；以及姨

84 梣樹的俄語為ясень，表示透亮、清澈。

母，你前天還陪她去教堂。」

「唔，我不能拒絕啊！至於安娜．謝爾蓋耶夫娜，她對很多事情的看法都與葉甫蓋尼一樣，你記得嗎？」

「我姊那時是受了他的影響，就跟你那時一樣。」

「跟我那時一樣？那麼請問，你發現我現在已經擺脫了他的影響嗎？」

卡奇婭不作聲。

「我知道，」阿爾卡季接著說，「你從來就不喜歡他。」

「我不能夠評論他。」

「你知道嗎，卡捷琳娜．謝爾蓋耶夫娜，每次我聽到這樣的回答都不相信……沒有一個人是我們不能評論的！那不過是一種託辭罷了。」

「好吧，那麼我就告訴你……不能說我不喜歡他，只是感到他和我彼此不是同一類人……而你也和他不同。」

「怎麼樣呢？」

「怎樣跟你說呢……他是頭野獸，而你和我是馴養的。」

「我也是馴養的？」

卡奇婭點點頭。

阿爾卡季搔搔耳根，「告訴你吧，卡捷琳娜．謝爾蓋耶夫娜，你可知道這是一種侮辱？」

「怎麼，你想要成為野……」

「不是野，而是強壯，充滿力量。」

「這個不是想就能得到的……你看你朋友並沒有盼望如此，但他就是這樣。」

「嗯！所以你認為安娜．謝爾蓋耶夫娜受他影響很大？」

「是的。不過沒有人能長久支配她。」卡奇婭低聲補充道。

「你為何這麼想？」

「她非常驕傲……我的意思不是這樣……她把獨立看得極重。」

「誰不看重呢？」阿爾卡季說，這時他腦中閃過一個念頭，「它有什麼好處？」

「那有什麼好處？」卡奇婭也這樣想著。彼此投契的年輕人一旦相處久了，往往會有所共鳴。

阿爾卡季笑了笑，湊近卡奇婭的身邊小聲說，「得承認你有一些怕她。」

「誰？」

「她。」阿爾卡季意味深長地又說了一遍。

「那你呢？」卡奇婭反過來問他。

「我也有些怕，聽到我說的，我是說我『也』。」

卡奇婭伸出一根手指嚇唬了他一下。「奇怪的是，」她說道，「我姊從來都沒有像現在這樣對你好；比你第一次來時好多了。」

「真的！」

「怎麼，你難道沒覺察嗎？你不覺得高興嗎？」

阿爾卡季沉思了一陣。

「我憑什麼獲得了安娜·謝爾蓋耶夫娜的好感呢？是不是因為我把你們母親的信帶來了？」

「這是其一，也還有其他原因，我不告訴你。」

「為什麼？」

「我不說。」

「啊！我知道；你非常固執。」

「是的，我很固執。」

「而且觀察敏銳。」

卡奇婭瞟了阿爾卡季一眼。「也許是；這讓你生氣了嗎？你想到了什麼？」

「我好奇你從哪裡學會這樣觀察人的。你這麼害羞，這麼內斂；你與所有人都保持距離。」

「我一向獨來獨往；不自覺地便思前想後起來。不過，我真的和誰都保持距離嗎？」

阿爾卡季對卡奇婭投以感激的一瞥。

「這樣固然不錯，」他接著說，「但是處在你位置上的人們……我是說處在你這種環境中的……通常不具備這種能力；他們就像君主一樣，很難了解真相。」

「可是，你知道，我並沒有錢。」

阿爾卡季吃了一驚，沒有立刻聽懂卡奇婭的話。「哦，的確，財產都是她姊的！」他突然明白了；這個想法並沒有使他不高興。「你這麼說真好！」他說。

「什麼？」

「你說得好，直率簡單，並不會不好意思或者強加掩飾。我得說，照我的想法，一個知道並且公開承認自己貧窮的人，內心深處一定有某種特殊的東西，一種驕傲吧。」

「承蒙姊姊的關照，我從沒有那樣的經驗。剛才提到我的地位，只是順口講出來罷了。」

「好吧，可是你得承認你也有一點我剛才所說的那種驕傲。」

「譬如說？」

「譬如，你……請饒恕我問這話……你不會嫁給有錢人，我想是不會吧？」

「倘使我非常愛他的話……不，我想即便如此，我也不嫁。」

「啊！你看！」阿爾卡季喊道，停了片刻他又問道，「你為什麼不嫁給他？」

「因為連歌謠裡都在唱啊，不平等的婚姻往往是不幸的。」

「也許你想支配別人，或者……」

「噢，不！我為什麼要這樣呢？恰恰相反，我願意順從；只有不平等是無法忍受的。一個人尊重自己，順從別人，那是我能理解的，是幸福；可是依附於別人的生活……不，我已經過夠了。」

「過夠了，」阿爾卡季跟著卡奇婭說了一遍，「是的，是的，」他接著說，「你不愧是安娜．謝爾蓋耶夫娜的妹妹；你跟她一樣獨立；不過你更內斂。我相信不論你的感情多麼強烈，多麼神聖，你也不肯首先表現出來……」

「那麼你以為應當怎樣呢？」卡奇婭問。

「你們同樣聰明；而且你的性格即使不強於你姊，至少也跟她一樣。」

「請不要拿我跟我姊相比較，」卡奇婭趕忙打斷他的話，「這對我太不利了。你似乎忘了我姊漂亮又聰明，而且……尤其是你，阿爾卡季．尼古拉維奇，不應當說這種話，還做出這麼嚴肅的表情。」

「你說『尤其是你』是什麼意思？……你何以認為我在開玩笑？」

「自然，你是在開玩笑。」

「你這樣想嗎？可是如果我當真相信自己所說的呢？如果我相信自己甚至還沒把意思充分表達出來呢？」

「我不明白你的意思。」

「真的嗎？好吧，現在我知道了，我的確高估了你的觀察力。」

「怎麼說呢？」

阿爾卡季沒有回答，只是轉過頭去，卡奇婭則在籃子裡又找出幾粒麵包屑，一點一點地向麻雀拋去；不過她揮手時用力過猛，那些麻雀沒去啄食便嚇飛了。

「卡捷琳娜．謝爾蓋耶夫娜！」阿爾卡季突然說，「也許在你看來，結果都一樣；我要讓你知道，我不僅把你看得比你姊高，而且比世界上任何一個人都高。」

他站起身快步走開了，好像被自己脫口說出來的話嚇跑了一般。

卡奇婭的雙手連同籃子都掉落到膝上，她垂下頭，久久地盯住阿爾卡季的背影。她的雙頰漸漸地泛起紅暈；不過嘴角並沒有笑意，烏黑的眼睛流露出一種困惑的神情和某種無法言說的感覺。

「你一個人嗎？」她聽到身側響起了安娜．謝爾蓋耶夫娜的聲音，「我以為你是和阿爾卡季一同到花園裡來的。」

卡奇婭慢慢地抬起眼睛望著她姊（她穿得那麼優雅，甚至是很講究，她站在小徑上，正用那把撐開的陽傘傘尖搔著菲菲的耳尖），慢慢地回答，「是的，我一個人。」

「這我瞧見了，」安娜．謝爾蓋耶夫娜笑著說，「我想他是回去自己房間了吧。」

「是的。」

「你們剛才一起唸書嗎？」

「是的。」

安娜．謝爾蓋耶夫娜用手托著卡奇婭的下巴，把她的臉抬起來。

「我希望你們沒有拌嘴吧？」

「沒有。」卡奇婭說著，輕輕地把姊姊的手推開。

「你回答得多麼嚴肅啊！我以為能在這裡找到他，想邀他跟我去散步。他向我提了很多次。城裡給你送來幾雙皮鞋，你去試試吧；我昨天就發現你那雙實在太舊了。你從來也不留心這個，其實你有一對這麼迷人的小腳！你的手也很好看……雖然略微大了些；你應當特別留意你的那對小腳。不過你卻一點也不打扮。」

安娜．謝爾蓋耶夫娜沿著小徑走了，漂亮的衣裙發出輕微的窸窣聲；卡奇婭從草坪上站起身，拿起海涅的詩集，也走了——並非去試鞋子。

「迷人的小腳！」她思忖著，一面輕巧緩慢地步上被太陽炙得滾燙的露台石階，「你說是迷人的小腳……嗯，他會為它們傾心的。」

不過她立刻感到一陣羞愧，飛速地跑上樓去了。

阿爾卡季沿著走廊回房時，一個管家追上來通報巴扎洛夫先生在他的房間裡。

「葉甫蓋尼！」阿爾卡季幾乎有些驚惶地嘟囔了一句，「他來很久了嗎？」

「巴扎洛夫先生剛到，他吩咐不用通報安娜·謝爾蓋耶夫娜，叫我領他來見你。」

「莫非家裡出了什麼事？」阿爾卡季想著，趕忙跑上樓，一把推開房門。看到巴扎洛夫的神態，他馬上安下了心，不過一個另有經驗的人就會辨識出這位不速之客依舊精神抖擻略微消瘦的面孔中隱含著內心的不安。他肩上披著一件滿是塵土的大衣，頭上戴著一頂帽子，正在窗前坐著；連阿爾卡季大聲歡叫著撲上去摟住他脖子時也沒站起來。

「真想不到！是什麼風把你吹來了！」阿爾卡季反覆說著，在房間裡兜來轉去，自以為是地表現出高興的樣子，「家裡一切都順利吧？每個人都好吧，嗯？」

「家裡一切順利，但不是每個人都好，」巴扎洛夫說，「不過長話短說，你叫人拿一杯克瓦斯給我，坐下來聽我說，我希望簡單扼要地把話講明白。」

阿爾卡季安靜下來，巴扎洛夫把他和帕威爾．彼得洛維奇決鬥的事情講給他聽。阿爾卡季吃驚極了，甚至感到悲痛，不過他認為不必流露出來；他只是詢問了伯父的傷勢是否真不嚴重；當聽到回答是「這傷倒是有趣，不過不是從醫學角度來看」時，他勉強一笑，不過心裡覺得既難過又羞愧。巴扎洛夫好像明白他的心事。

「是的，兄弟，」他說，「你瞧，這就是跟封建人物住在一起的後果。你也變成一個封建式人物，不知不覺還參加了他們的騎士比武。好吧，我現在要動身回我父親那裡去了，」巴扎洛夫結束說，「我順路彎進這裡……告訴你這件事。我應該說，如果不把無用之言當作一樁蠢事的話。不，我彎進來了……鬼知道為了什麼。你知道，人有時候可以抓住自己的脖子把自己像從菜田裡拔蘿蔔似地拔出來，這是件好事；這就是我最近做的事……但是我想再看一眼我捨棄的東西，看一眼我曾經生長的菜園。」

「我希望這些話不是指我而言，」阿爾卡季略顯激動地回答，「希望你不是要捨棄我吧？」

巴扎洛夫望了他一眼，目光專注，好像要看透他一般。

「這會讓你如此難過嗎？我覺得你早就捨棄我了，你看上去多麼清新，多麼活潑……你和安娜．謝爾蓋耶夫娜的事一定進行得很順利。」

「你說我和安娜·謝爾蓋耶夫娜的什麼事？」

「怎麼，難道你不是為了她才從城裡跑到這裡來的嗎，小雛？順便問問，那裡主日學校的調查如何了？難道你要對我說你並不愛她嗎？還是你已經到了應當審慎講話的階段了？」

「葉甫蓋尼，你知道我對你向來是很坦白的；我可以跟你保證，對你發誓，你弄錯了。」

「哼！那是另一回事，」巴扎洛夫低聲說道，「不過你不必煩惱，這事與我毫不相關。一個浪漫派會說，『我覺得我們開始要分道揚鑣了。』而我只說，我們厭倦了彼此。」

「葉甫蓋尼……」

「親愛的朋友，這不是什麼了不起的事，我們的生命中令人厭煩的東西還多得很。而現在，我們應該告別了，是不是？自從我到了這裡就覺得渾身不舒服，好像讀了果戈里寫給卡盧加總督夫人的信似的。哦，我還沒叫他們把馬解下來。」

「說實話，這未免太過了！」

「為什麼？」

「我不講自己；但這樣對安娜·謝爾蓋耶夫娜也太失禮了，她一定很想見你。」

「噢，那你錯了。」

「恰好相反，我相信我說對了，」阿爾卡季反駁道，「你何必假裝呢？既然講到這個，請問，你來這裡難道不是為了她嗎？」

「也許是，不過你還是錯了。」

然而阿爾卡季是對的。安娜·謝爾蓋耶夫娜果然想見巴扎洛夫，她派了一個管家請他去。巴扎洛夫見她前還換了衣服，原來他已經把新衣服備在手邊。

奧金佐娃夫人接待他的地方不是他上次突然對她告白的那個房間，而是在客廳。她誠懇地向他伸出指尖，不過卻露出一種不由自主的緊張神色。

「安娜·謝爾蓋耶夫娜，」巴扎洛夫趕忙說，「首先我得請你放心。你面前是一個早已恢復理性並希望別人也已忘了他蠢事的可憐人。我這次將離開很久；雖然，你也承認，我並不是一個軟弱的人，可是一想到你記起我時將仍心存厭惡，我便覺得很不舒服。」

安娜·謝爾蓋耶夫娜像是剛登上峰頂般深深地嘆了一口氣，臉上漾出一絲笑容。她再次向巴扎洛夫伸出手，並且回握了他的手。

「過去的事不必再提，」她說，「我也不願提它，因為憑良心講，我當時即使不是調情，也並非毫無過錯。簡言之，讓我們還是像從前那樣做朋友吧。那是一場夢，不是嗎？而誰還記得夢中的事呢？」

「誰還記得那些事呢？並且，愛情……你知道，只不過是一種想像的感情罷了。」

「真的？聽到這話我很高興。」

安娜．謝爾蓋耶夫娜這麼說，巴扎洛夫也這麼說；他們都認為自己在說真話。真話，所有的真相，果真如他們所言嗎？他們自己未必知道，作者更不知道。不過他們接下去的一番話，好像彼此完全信任似的。

安娜．謝爾蓋耶夫娜問了巴扎洛夫一些事，也問起他在基爾沙諾夫家做客的情形。他險些就講出跟帕威爾．彼得洛維奇決鬥的事了，可是轉念一想，擔心被她認為是在誇耀自己，便把話嚥了回去，只回她說這些時日都在做研究。

「而我，」安娜．謝爾蓋耶夫娜說，「起初感到很憂悶，天知道怎麼回事；甚至還打算出國，想不到吧！……後來事情過去了，你朋友阿爾卡季．尼古拉維奇來了，我又回到原先的軌道，扮演起真正的角色。」

「那是什麼角色呢，我可以問嗎？」

「作為姨母、監護人、母親……怎麼說隨你喜歡。順便提一下，你可知道我以前總不懂你為何會跟阿爾卡季．尼古拉維奇成為親密朋友；我覺得他實在太平庸了。不過現在我對他多了解了一些，並且相信他是聰明的……他還那麼年輕……那是最重要的事……不像你和我，葉甫蓋尼．瓦西里耶伊奇。」

「他跟你在一起時還那樣害羞嗎？」巴扎洛夫問。

「怎麼，是那樣的嗎？」安娜．謝爾蓋耶夫娜剛開口又停下想了想，才接著說道：「他現在對我比較信賴，時常與我交談。他以前總是避開我。可是其實那時我也沒想與他攀談。他跟卡奇婭更為相熟。」

巴扎洛夫覺得不耐煩。「一個女人總免不了要騙人！」他想道，「你說他之前總是避開你，」他冷笑了一下大聲說道，「可是也許你已經明白他是愛著你的吧？」

「什麼！他也？」安娜．謝爾蓋耶夫娜衝口而出。

「他也，」巴扎洛夫重複了一遍，恭敬地點點頭，「難道你並不知道？難道我說的於你而言是件新聞嗎？」

安娜．謝爾蓋耶夫娜垂眼回答：「你弄錯了，葉甫蓋尼．瓦西里耶伊奇。」

「我不這樣認為。不過我不應當提起這件事。」接著，他又在心裡對自己說了一句，「你往後都別想對我說謊。」

「為什麼不應當呢？可是我認為你把稍縱即逝的印象看得太重了。我開始懷疑你是喜歡誇大其詞的。」

「我們最好還是不談了吧，安娜．謝爾蓋耶夫娜。」

「呵，為什麼不？」她反問道；不過她自己也把話題岔到另一方面去了。她跟巴扎洛夫在一起時仍感到些許不自在，儘管她告訴他並讓自己相信一切都已經被忘卻了。她和他進行最簡單的交談時，甚至只是跟他開玩笑，她都有些餘悸猶存，好像那些搭乘輪船航海的人無憂無慮地談笑風生，跟在陸地上時完全一樣；可是只要有一點故障，只要有一絲異乎尋常的跡象，他們就會露出一種特別倉皇的神色，說明他們意識到危險隨時可能發生。

安娜．謝爾蓋耶夫娜和巴扎洛夫的談話沒有持續太久。她似乎開始陷入沉思，回答也是心不在焉，最後她提議可以到客廳，在那裡他們見到了老女大公和卡奇婭。

「阿爾卡季．尼古拉維奇到哪裡去了？」女主人問道；當她得知他們已經一個多鐘頭沒見到他了，便吩咐人去請他。他們費了些工夫才找到他；他躲進了花園深處，雙手支著下巴坐著出神。他的思緒深沉而嚴肅，不過並不憂傷。他知道安娜．謝爾蓋耶夫娜與巴扎洛夫單獨在一起，卻不像以往那般感到嫉妒；相反的，他的表情漸漸明朗起來；他似乎既驚奇又歡喜，同時做出了一個決定。

26

奧金佐娃夫人的亡夫不喜歡新奇事物，不過可以容忍「某種範圍內的藝術」，因此在他的花園裡，在溫室和池塘中間，用俄國磚修造了一座希臘神廟式建築。在這座神廟或者說柱廊後方的暗牆上，鑿有兩個壁龕，預備安置他從國外訂購的六尊雕像。這六尊雕像分別代表了孤獨、靜默、沉思、憂鬱、謙虛和敏感。其中那尊把手指放在嘴唇上的靜默女神已經運達並且安置妥當；可是當天她的鼻子就被幾個農家小孩打壞了；儘管鄰村一位泥水匠替她補上一個「比之前那個好上一倍」的新鼻子，奧金佐夫還是叫人移開了，於是之後的許多年，那尊雕像都立在打麥倉的角落裡，引發鄉下女人們諸多迷信的恐懼。神廟前面早已長滿茂密的灌木叢，只有那些圓柱頂的山形牆從濃綠中探出頭來。神廟裡，即使是正午時分也很涼爽。安娜·謝爾蓋耶夫娜自從見過一條蛇後便不喜歡來了；不過卡奇婭卻常坐在一個壁龕下的寬闊石凳上。在這裡，在綠蔭和涼意中，她或讀書，或幹活，或沉浸在完全寧靜的感覺裡，毫無疑問，每個人都感受過那種魅力——你在半意識中安詳地傾聽著生命洪流源源不竭地在四周和內心深處流淌。

巴扎洛夫到來的第二天，卡奇婭正坐在她最愛的石凳上，身邊又坐著阿爾卡季。

是他懇求她帶他來這座「神廟」的。

這時，離早飯還有一個鐘頭，朝露晶瑩的早晨已被窒悶的白日取代。阿爾卡季的臉上依舊是昨日的神情，卡奇婭則是一副心事重重的樣子。她姊姊在早茶後把她叫去房裡，先是親撫了一番，這種情況往往令卡奇婭感到害怕，接著姊姊便勸她要留意對待阿爾卡季的舉止，尤其避免與他單獨交談，免得引起姨母和全家人的注意。此外，即使是前一晚，安娜．謝爾蓋耶夫娜也舉止失常，而卡奇婭覺得很不安，彷彿自己做錯了似的。雖然她答應了阿爾卡季的請求，但對自己說這將是最後一次。

「卡捷琳娜．謝爾蓋耶夫娜，」他羞怯而從容地開口道，「自從我有幸和你同住在一個宅子以來，和你談論過許多事；不過有一個問題，非常重要……對我來說……有一個問題到現在我還不曾對你提過。昨天你提到我在這裡的改變，」他望到卡奇婭投來疑惑的一瞥，趕緊把目光別向他處，接著說，「我確實大大地改變了，而這一點你比任何人都清楚……因為你，我才有了如此的改變。」

「我？……是我嗎？」卡奇婭問。

「我現在不是初來時那個驕傲自負的孩子了，」阿爾卡季接著說，「我沒有白白活到二十三歲；我仍像從前那樣，願意做一個有用的人，願意把我的力量都獻給真理；不過我不再到從前尋求理想的地方去尋求了，理想就在眼前……近在咫尺。在此之前，我不了解自己，設定了超越自己能力之外的目標……最近，我的眼睛才打開來，依靠著某種感情……我沒有表達得很清楚，可是盼望你能懂得我。」

卡奇婭不回答，可是她不再望著阿爾卡季了。

「我認為，」他繼續說，這次聲音益發激動，一隻燕雀在他頭頂上方的白樺樹枝頭旁若無人地唱著歌……，「我認為，每個人都有責任對那些……對那些人坦誠相待……總之，對那些親近他的人，所以我……我決意……」

可是說到這裡，阿爾卡季突然笨嘴拙舌起來；他亂了套，講得結結巴巴的，不得不暫停片刻。卡奇婭依然沒有抬起眼睛，彷彿不太明白他究竟有什麼用意，似乎還在等待。

「我料到我所言會讓你感到驚訝，」阿爾卡季費了一番努力，終於擠出話來，「尤其因為這種感情在某種程度上……某種程度上，請注意……和你有關。你還記得吧，昨天你責備我缺乏嚴肅的態度，」阿爾卡季接著說，那樣子好像是一個陷入沼澤的人，明知每走一步都會愈陷愈深，但還是急急地向前邁步，希望能盡快渡過。「那種責難常常針對……常常落到……年輕人身上，即使他們已經不該再被指責了；若是我的自信多一些……（『來幫幫我吧，快來幫幫我！』阿爾卡季在內心絕望地想著；可是，像先前一樣，卡奇婭依舊沒有扭過頭來。）如果我能夠希望……」

「如果我能夠確實相信你所說的話。」安娜．謝爾蓋耶夫娜的聲音此刻清晰地傳了過來。

阿爾卡季立刻頓住了，卡奇婭的臉色刷白。這叢遮住神廟的灌木旁有條小徑，安娜．謝爾蓋耶夫娜正在巴扎洛夫的陪伴下沿著小徑走過來。卡奇婭和阿爾卡季看不到他們，但是可以聽到他們說的每一句話，衣衫的窸窣聲以及他們的呼吸聲。他們走了幾步，然後似乎有意在神廟對面站住了。

「你瞧，」安娜．謝爾蓋耶夫娜繼續說道，「你跟我都錯了；我們都不再年輕了，尤其是我；我們嚐過生活的滋味，都疲倦了；你和我……為何要裝作不知道呢？……你我都是聰明人；起初我們對彼此都有興趣，引發了好奇心……後來……」

「後來我就變得陳腐了。」巴扎洛夫插嘴道。

「你知道那並不是我們產生誤解的原因。可是不論怎樣，咱們彼此沒有需要，這才是主要的一點；我們身上有太多的……要怎麼說呢……相似之處。我們並沒有立刻意識到這一點。現在，阿爾卡季……」

「那麼你需要他了？」巴扎洛夫問。

「得了吧，葉甫蓋尼．瓦西里耶伊奇。你說他對我並非無意，而我也一向覺得他喜歡我。我知道論年紀我可以做他的姨母了，但是我不想隱瞞，我常常想他。在他那種青春的、鮮活的感情中有一種特殊的吸引力……」

「這種情況下通常用『魅力』這個字眼，」巴扎洛夫打斷道；他克制著，仍平穩的聲音裡可以聽出一股惱怒的怨氣，「昨天阿爾卡季似乎對我有些神祕，既不曾提起你也不曾提到你妹妹……那是個重要跡象。」

「他對卡奇婭就像是哥哥那樣，」安娜．謝爾蓋耶夫娜說，「我喜歡他這一點，也許我不應當讓他們倆這麼親近。」

「這話是你……做為姊姊的由衷之言嗎？」巴扎洛夫拖長了聲音問道。

「自然……不過為什麼我們站著不動呢？走吧。我們的談話多麼奇怪，是吧？我從沒想過會跟你談這些。你知道，我怕你……同時又信任你，因為你實在是個好人。」

「第一，我一點也不好；第二，我對你已經毫不重要，可是你卻說我是個好人……這好像是把一個花冠放在死人頭上一樣。」

「葉甫蓋尼．瓦西里耶伊奇，我們沒有責任……」安娜．謝爾蓋耶夫娜說道，不過這時吹來一陣風，吹得樹葉沙沙作響，把她的話也吹走了。「當然，你是自由的……」過了一會兒，巴扎洛夫說道。後來的話聽不清楚了，腳步聲遠去了……一切都歸於靜寂。

阿爾卡季轉向卡奇婭。她還是像先前那樣坐著，只是把頭垂得更低了。「卡捷琳娜．謝爾蓋耶夫娜，」他雙手緊緊地絞在一起，聲音顫抖地說，「我永遠愛你，永不變心，我只愛你一個人。我想告訴你這點，我想了解你對我的看法，並且向你求婚……因為我不是有錢人，而我預備為你做出任何犧牲……你不回答我嗎？你不相信我嗎？你以為我所言輕率嗎？可是請回想一下最近這些日子吧！你肯定好久以前就知曉一切……明白我說的……其他一切早已不留痕跡地消失了吧？看看我吧，對我說一個字也好……我愛……我愛你……相信我！」

卡奇婭用明亮又嚴肅的目光瞥了阿爾卡季一眼，沉思良久，才帶著一絲笑意，說：「是。」

阿爾卡季從石凳上跳起來。「是！你說是，卡捷琳娜．謝爾蓋耶夫娜！這個字是什麼意思？只是說我愛你，你相信我……還是……還是……我不敢說下去……」

「是。」卡奇婭重複了一遍，這一次他明白了。他一把抓住她美麗的雙手，把它們按在心口上，欣喜若狂得幾乎喘不過來。他險些站不穩，只能重複地喚著，「卡奇婭，卡奇婭……」她天真地哭了起來，又暗笑著自己的眼淚。凡是沒見過所愛之人眼中這般淚水的，就體會不到一個沉浸在羞愧和感激之中的人在世界上能夠幸福到何種程度。

第二天清晨，安娜・謝爾蓋耶夫娜派人把巴扎洛夫請到書房，她勉強微笑，把一張摺好的信箋遞給他。那是阿爾卡季寫的，內容是請求她答應與她妹妹的婚事。巴扎洛夫匆匆地把信讀了一遍，竭力抑制自己，免得把內心突然迸出的幸災樂禍流露出來。

「原來是這麼一回事，」他說，「可是你昨天還以為他對待卡奇婭・謝爾蓋耶夫娜是兄妹之情呢。你現在打算怎麼辦？」

「你有什麼主意嗎？」安娜・謝爾蓋耶夫娜依舊笑著問道。

「我認為，」巴扎洛夫也笑著回答，儘管他跟她一樣，感到很不高興，半點也不想笑，「我認為你應該給這兩個年輕人祝福。從各方面看他們都將是很好的結合；基爾沙諾夫家境不錯，又是獨子，而且他父親脾氣很好，不會反對他的。」

奧金佐娃夫人在房間裡來回踱步。臉色時紅時白。

「你這樣認為嗎？」她說，「好吧，我也看不出什麼妨礙……我替卡奇婭高興……也替阿爾卡季・尼古拉維奇高興。自然要等他父親的回覆。我會叫他親自去見他父親。不過，你瞧，這就證明我昨天所言非虛，我說我們都老了……我怎麼沒有早點發現呢？真是怪了！」

安娜・謝爾蓋耶夫娜又笑了起來，旋即把臉別開了。

「現在的青年都變得很狡猾，」巴扎洛夫說，然後他也笑了。「再見吧，」他停了一會又說道，「希望你可以讓這件事有最圓滿的解決；我在遠方也會高興的。」

奧金佐娃立刻轉過頭對他說，「你要走了嗎？為什麼不住下呢？留下吧……跟你聊天令人興奮……好像走在懸崖邊上一樣。起初提心吊膽，但愈走愈有勇氣。留下吧。」

「謝謝你的挽留，安娜．謝爾蓋耶夫娜，也謝謝你對我聊天本領的盛讚。不過我覺得已經在不屬於我的圈子裡耽擱得太久。飛魚能在空中停留一陣，不過牠們很快就得回到水裡去；請允許我也回到自己原本的環境裡去吧。」

奧金佐娃夫人看著巴扎洛夫，見他蒼白的臉上閃過一絲苦笑。「這個人確實愛過我！」她心想，不由得可憐起他，並同情地向他伸出手。

可是他也懂得她的用意。「不！」他退後一步說，「我是個窮人，不過我至今還未接受過別人的救濟。再見吧，祝你幸福。」

「我確信這不是我們最後一次見面。」安娜．謝爾蓋耶夫娜說著，不自知地做了一個手勢。

「任何事情都有可能！」巴扎洛夫答道，鞠了一躬便走出去了。

「那麼你打算給自己築個巢了？」同一天巴扎洛夫蹲在地上收拾行囊時對阿爾卡季說，「好吧，這是件好事，不過你沒必要這麼虛偽。我原本以為你打的是別的主意呢。也許連你自己也沒想到吧？」

「我跟你分別時，的確沒料到這一點，」阿爾卡季回答，「不過你自己又何必虛偽，稱說『這是件好事』呢，好像我不知道你對婚姻的看法似的。」

「啊，親愛的朋友，」巴扎洛夫說，「你怎麼這樣說！你看我在做什麼；我的箱子裡有個空位，所以我要填點乾草進去；我們的生命之箱也是如此，寧可隨便塞些什麼東西在裡面，也不願讓它空著。請你不要生氣；你必定還記得我對卡捷琳娜·謝爾蓋耶夫娜的一貫看法吧。許多年輕小姐得到聰明的名聲只因為她嘆氣嘆得聰明；可是你的那一位，她的聰明在於能夠把持自己，而且她的確是如此可以把持自己，以後她也會將你把持在指掌之間……不過這也是理所應當的。」他砰地蓋上箱蓋，從地上立起身來，「現在，我再說一遍吧，再見，我們也沒必要欺騙自己……我們將永遠地分別，這一點你也知道的……你做的事很明智；你不適合我們這種苦澀粗陋的寂寞生活。你身上沒有銳氣，沒有怨恨，只有年輕人的勇氣與熱情，這對我們的事業是不適宜的。你們這一類的貴族永遠至多做一些優雅的忍耐或是斯文的憤懣，那是沒有用的。你們不會戰鬥……卻自以為是勇猛之士……而我們卻要。呵！灰塵會迷痛你們的雙眼，汙泥會濺污你們的身體，然後你們還是長不到我們那樣高，你們情不自禁地自我陶醉，熱中於咒罵自我；可是我們厭倦這些……我們有別的事情要做！我們要打倒別人！你是個好人；不過你畢竟只是位軟綿綿、熱愛自由的少爺……也是如此而已[85]，借我父親的話來說。」

「你要跟我永別了嗎，葉甫蓋尼，」阿爾卡季悲傷地說，「你沒有別的話要對我說嗎？」

巴扎洛夫搔搔後腦勺，「有的，阿爾卡季，有，我還有別的話對你說，不過不打算說了，因為那些話多散發著浪漫氣息……也就是說有些善感。總之你盡快完成婚事吧；築好你的小巢，多生養幾個孩子。他們一定是聰明的，比你我都生逢其時。啊哈！我看到馬匹準備好了。時候到了！我跟大家都辭行過……怎麼樣？擁抱一下，嗯？」

阿爾卡季撲到他昔日導師兼朋友的面前，攬住他的脖子，淚水奪眶而出。「這就是年輕啊！」巴扎洛夫冷靜地說，「不過我寄望於卡捷琳娜．謝爾蓋耶夫娜。看著吧，她很快便能安慰好你的。」

「再見，兄弟！」他坐進輕便馬車時對阿爾卡季說，又指了指並排棲於馬廄屋頂上的一對寒鴉補充道，「那是你的榜樣，照做吧！」

---

85 原文為ay volla-too，是法語et voila tout（如此而已）的俄語腔說法。

「那是什麼意思？」阿爾卡季問道。

「怎麼？你對博物學的知識這麼淺薄嗎，還是你忘了寒鴉是一種最值得尊敬的家鳥？這就是你的榜樣啊！……再見！先生！」

馬車轔轔而去。

巴扎洛夫說對了。這天晚上，阿爾卡季和卡奇婭在一起時，早已把他從前的導師拋之腦後。他已經開始服從於她，而卡奇婭也察覺到這一點，她並不覺得訝異。阿爾卡季第二天就要動身回瑪麗因諾去見尼古拉·彼得洛維奇。安娜·謝爾蓋耶夫娜並不干涉這對年輕人，只是出於禮節才不讓他們長時間單獨待在一起。她很大度地支開女大公；老女大公聽聞他們即將結婚的消息，不住地哭鬧亂發脾氣。起初安娜·謝爾蓋耶夫娜擔心年輕人的幸福會讓自己看了不好受，但出於意外，她非但不難過，還感到很有興趣，最後甚至覺得感動。安娜·謝爾蓋耶夫娜對此喜憂參半。「顯然巴扎洛夫說對了，」她心中想，「那不過是好奇心，僅僅是好奇心，是對安逸的貪戀，以及自尊心……」

「孩子們！」她大聲說道，「你們覺得怎麼樣，愛情是一種純粹想像的情感嗎？」

可是，卡奇婭和阿爾卡季連她的問題都沒聽懂。他們有些躲避她；無意中聽到的她那談話總是在腦中縈繞。不過安娜·謝爾蓋耶夫娜很快就讓他們安下心來；這於她並非難事——她已經安心了。

27

巴扎洛夫年邁的雙親完全沒料到兒子的突然歸來，簡直喜不自勝。阿里夏·弗拉西耶夫娜興奮得在家裡跑來跑去，瓦西里·伊凡內奇把她比作一隻「母竹雞」；說真的，她身上那件短衫後襟的樣子看起來還真像隻鳥。瓦西里·伊凡內奇自己也只是嘴裡哼唱著，咬著菸斗的琥珀嘴，或者用手指抓住後頸，把頭轉來轉去，好像在確認腦袋是否裝得夠牢，然後又突然咧開嘴巴，發出一陣無聲的大笑。

「我回來要在你這裡住整整六個星期，老父親，」巴扎洛夫對他說，「我要工作，現在請你別來打擾我。」

「就算你把我的面貌都忘了，我也不會來妨礙你的！」瓦西里·伊凡內奇回答。

他果然遵守約定，照舊把兒子安頓在書房之後，就幾乎避而不見，並且阻止妻子對兒子展現不必要的慈愛。「我親愛的，」他對她說，「葉紐莎上次回來時，我們吵得他有些生厭；這次我們要聰明些。」阿里夏·弗拉西耶夫娜同意丈夫，可是這並沒有帶給她太多好處，因為她只有在吃飯時才見得到兒子，並且怕得連話也不敢對他說。「葉紐莎，」她有時候開口喚他，可是不等他回過頭，便已經慌忙撥弄起手提包上的墜子並支吾地說，「沒什麼，沒什麼，我只是……」。過後她會去找瓦西里·伊凡內奇，手支著下巴跟他商量：「親愛的，你知不知道葉紐莎今天午餐要吃些什麼……白菜湯還是紅菜湯？」——「你為什麼不自己去問他？」——「哦，他會嫌我煩！」……然而過沒多久，巴扎洛夫便不再把自己關起來了；他的工作熱誠減退了，隨之而來的是一種沉悶的厭煩和無名的焦躁。他的一舉一動都顯出一種奇怪的疲倦，就連堅定、大膽、敏捷的步伐也起了變化。他不再獨自散步，開始與人交談；他到客廳裡喝茶，和瓦西里·伊凡內奇在菜園裡繞圈子，兩人一聲不響地一起抽菸，甚至有一次還問起了阿列克謝神父的近況。瓦西里·伊凡內奇起初對這種變化感到高興，可是他的歡喜沒有持續多久。「葉紐莎真讓人難過，」他悄悄地對妻子訴苦道，「他並不是有什麼不滿或是生氣……那也就罷了；他是憂鬱而悲傷……這真是可怕。他總是不講話，要是肯罵咱們一頓也好；他日漸消瘦，臉色也不好看。」——「上帝憐憫我們吧，上帝憐憫我們！」老婦人喃喃說道，「我想在他頸上掛一道護身符，不過，他自然是不肯的。」瓦西里·伊凡內奇幾次小心翼翼地試著向巴扎洛夫打聽他的工作、他的健康以及阿爾卡季的近況……可是巴扎洛夫的回答總是勉勉強強、敷衍了事；有一次他察覺父親在談話時拐彎抹角想套話，便惱道：「你為什麼說話總像是躡手躡腳繞著我打轉？這方式比從前還糟。」——「啊，好啦，我並沒別的用意！」可憐的瓦西里．伊凡內奇急忙回答道。即便把話題引到政治方面也無濟於事。有一天，他談起即將實行的農奴解放一事，想藉機喚起兒子共識來談論進步問題；他兒子卻冷漠地說：「昨天我經過籬笆旁，聽到幾個農人的孩子在大聲唱歌，他們唱的不是民間歌謠，而是城裡的新歌。這就是你的進步。」

有時巴扎洛夫走到村裡去，用他慣常的戲謔口吻跟一個農人交談起來：「嘿，」他說，「給我說說你對人生的看法吧，老兄；人們說俄國的全部力量和未來都在你們手上，歷史的新紀元要從你們開始……你們要賜給我們真正的語言和法律。」那個農人要麼不回答，要麼就擠出類似下面的話：「好的，我們試著……因為您知道的，一定是……比方說……」

「你告訴我，你們的『米爾』是什麼東西？」巴扎洛夫打斷對方的話，「這個米爾是不是傳說中伏在三條魚背上的『米爾』[86]？」

86 mir（мир），除了俄國農村公社之外，還有宇宙、世界及和平的意思。

「這個，少爺，三條魚背上馱的是大地，」農人鎮靜地用家長式單調慈祥的聲調說，「可是在我們的那個，也就是米爾上面，我們知道有主人的意志；因此您就是我們的父母。而主人愈嚴厲，農人愈好。」

有天，巴扎洛夫聽到這樣的回答時，輕蔑地聳聳肩，轉身走了，農人也慢慢回家去了。

「他在講什麼？」另一個中年農人粗魯地問道，他剛才遠遠地站在自家農舍門口，一直在聽巴扎洛夫他們的談話，「欠租嗎？嗯？」

「欠租，沒有的事，老兄！」頭一個農人，此時他那種家長式的單調聲音已毫無痕跡，還帶上了一種粗鄙輕蔑的口吻，「他東拉西扯了一通，舌頭癢了吧。明擺著的，他是一位少爺，他能懂什麼呢？」

「他能懂得什麼呢！」另一個農人回答道，接著他們扯扯帽子，又拉拉腰帶，商量起接續的工作和需求。哎！輕蔑聳著肩的巴扎洛夫，自以為擅長和農人打交道的巴扎洛夫（他與帕威爾．彼得洛維奇爭論時便是這樣自誇的），在他的極度自信中，從未疑心過在農人眼中，他只不過是一個插科打諢的小丑。

不過，巴扎洛夫終於找到了可做的事。有一天，瓦西里．伊凡內奇當著他的面給一個農人包紮受傷的腿，可是老人的雙手有些發抖，無法把繃帶縛牢；兒子幫了他。

自此之後，巴扎洛夫便時常加入行醫，雖然同時又不斷嘲笑著自己推薦的療法以及馬上採用這些療法的父親。然而，巴扎洛夫的嘲弄絲毫沒有令瓦西里・伊凡內奇不安，反而使他欣慰。他用兩根指頭捏起身上那件油漬斑斑的便袍，一邊抽著菸斗，一邊心情愉悅地聽巴扎洛夫講話；兒子的嘲諷愈惡毒，感到幸福的父親便笑得愈和善，把一口黑牙全都露了出來。他甚至常常把兒子那些無趣或毫無意義的言語掛在嘴上，譬如說，兒子連著好幾天無論對什麼事情都會說，「不是一件了不起的事！」只因為兒子得知他會去做晨禱時說過這麼一句。「謝天謝地！他的憂悶已經過去了！」他悄聲對妻子說，「聽聽他今天是怎麼反駁我的，真是妙極了！」而且，他每每想起自己有這樣一位助手，便會欣喜若狂，充滿自豪感。「是的，是的，」他把一瓶古拉藥水或一盒白藥膏拿給一個身穿男裝、頭戴角帽的農婦時，會對她說：「你應該時刻感謝上帝，因為我兒子回來住在家裡，所以現在你可以得到最科學和最新方法的治療。你明白這句話的意思嗎？就連法國皇帝拿破崙身邊的醫生都沒有這麼高明。」而那個前來求治，抱怨自己「渾身不得勁（可是連她自己也說不清楚這句話的意思）」的農婦，只是鞠了一躬，然後把手伸進懷裡，掏出包在手帕角上的四顆雞蛋給他。

巴扎洛夫有一次還替一個路過的布販子拔了一顆牙；雖然這顆牙齒極為普通，瓦西里・伊凡內奇卻把它當成稀罕物一樣收藏起來，他給阿列克謝神父看這顆牙的時候，還不停地嘮叨著，「你瞧，多長的牙根！葉甫蓋尼的力氣真不小。那個布販子幾乎跳到半空中！就算是一棵橡樹，也能被連根拔起！」

「大有前程！」阿列克謝神父遲疑了一陣終於說道，他不知道要如何應付這位狂喜的老人。

一天，鄰村的一個農人送了他的兄弟到瓦西里．伊凡內奇這裡求診，病人患的是斑疹傷寒。那個不幸的人躺在一束乾草上，奄奄一息。身體遍布黑斑，早就失去了知覺。瓦西里．伊凡內奇惋惜地問為何不早些求治，現在已經無救了。果然，這農人還沒回到家，他的兄弟便死在了車上。

三天後，巴扎洛夫走進父親的房間問他有沒有硝酸銀。

「有；你要它做什麼？」

「我得用它……灼燒一個傷口。」

「誰受傷了？」

「我自己。」

「什麼，你自己？怎麼回事？什麼樣的傷口？在哪裡？」

「就在這裡，我的手指上。我去過村裡，你知道，就是那個患斑疹傷寒的農人那裡。他們不知為何要解剖他的屍身，我已經很久沒有動這種手術了。」

「接著呢？」

「接著，我便請求縣醫讓我也動一下，然後就把手割破了。」

瓦西里．伊凡內奇的臉色立刻刷白，一句話也沒說，當即奔進書房，拿了一塊硝酸銀回來。巴扎洛夫打算接過來走開。

「看在上帝的分上，」瓦西里．伊凡內奇說，「讓我親自替你處理吧。」

巴扎洛夫一笑，「你真是個充滿熱忱的醫生啊！」

「我求你別說笑了，給我看看你的手指。傷口倒不大。我弄痛你了嗎？」

「再用力壓，不用怕。」

瓦西里．伊凡內奇停了手，「你覺得怎麼樣，葉甫蓋尼；是不是用烙鐵燙一下更好些？」

「其實應該要早些燙的；現在可能連硝酸銀都不管用了。如果我已經被感染了，現在無論如何都太遲了。」

「怎麼……太遲了……」瓦西里．伊凡內奇幾乎講不出這幾個字來。

「毫無疑問！自割破到現在已經有四個鐘頭了。」

瓦西里．伊凡內奇又把傷口燒了一陣，「那個縣醫沒有硝酸銀嗎？」

「沒有。」

「怎麼會這樣呢，我的天！一個醫生居然連這樣萬不可少的東西都沒有！」

「你最好見見他那把柳葉刀吧。」巴扎洛夫說著便走開了。

這天直到深夜，以及第二天一整天，瓦西里．伊凡內奇用盡各種理由進到他兒子的房間，儘管他絕口不提傷口——甚至還竭力談一些毫不相關的事——可是他直勾勾地盯著兒子的臉，那樣驚慌地望著兒子，弄得巴扎洛夫按捺不住，威脅說再這樣下去他可要走了。瓦西里．伊凡內奇應承他不再去打擾，尤其也因為蒙在鼓裡的阿里夏．弗拉西耶夫娜一直擔心地盤問他為何不睡覺，發生了什麼事情。他暗地裡觀察，雖然覺得兒子的臉色很不好，可仍堅持了整整兩天……但是到了第三天午飯時，他再也忍不住了。只見巴扎洛夫一臉沮喪地坐在桌邊，一口飯也沒吃。

「為什麼不吃呢，葉甫蓋尼？」瓦西里．伊凡內奇扮出漫不經心地樣子問道，「我覺得今天的菜做得很好。」

「我不想吃，所以沒吃。」

「你沒有胃口嗎？你的頭怎麼樣？」他畏怯地問道，「頭痛嗎？」

「痛，當然頭痛。」

阿里夏．弗拉西耶夫娜直起身子，注意聽著他們講話。

「請別生氣，葉甫蓋尼，」瓦西里．伊凡內奇接著說，「為什麼不讓我來給你摸摸脈呢？」

巴扎洛夫站起身來，「不用摸脈我就可以告訴你：我有些發熱。」

「也會打寒顫嗎？」

「沒錯，也打寒顫。我去躺一下，你們可以給我送一些菩提花茶。我一定是著涼了。」

「怪不得我昨晚聽到你在咳嗽。」阿里夏．弗拉西耶夫娜說。

「我著涼了。」巴扎洛夫又說了一遍，然後就出去了。

阿里夏．弗拉西耶夫娜趕忙去煮菩提花茶，瓦西里．伊凡內奇則走進隔壁房間，一聲不響地拉扯自己的頭髮。

巴扎洛夫從那天起就沒有再起床，整晚都處在半昏迷的沉睡狀態。凌晨一點鐘，他勉強睜開眼睛，藉著燈光看到父親臉色蒼白地俯身看他，便讓父親走開。老人說聲抱歉便聽從離開了，可是過了片刻，又躡手躡腳地回到書房，將半個身子藏在書櫥門後，目不轉睛地望著兒子。阿里夏．弗拉西耶夫娜也沒睡，她把書房門推開一道縫，不時走去聽聽「葉紐沙的呼吸怎樣」，看看瓦西里．伊凡內奇。她只能看到他一動也不動地佝僂著背，不過即使這樣，也讓她感到一絲安慰。第二天早晨，巴扎洛夫掙扎著想起來，但是一陣頭暈，鼻子也出血了，只得重新躺下。瓦西里·伊凡內奇默默地在一旁伺候；阿里夏·弗拉西耶夫娜走到兒子跟前，問他感覺怎樣，他回答了聲「好些了」，便轉身朝向牆壁。瓦西里·伊凡內奇對妻子搖著雙手，示意她出去，她咬著嘴唇忍住不哭出聲來，轉身離開書房。整個宅子彷彿突然變得昏暗了，每個人都愁容滿面，四周籠罩在一種奇怪的寂靜之中。院子裡一隻愛叫的公雞被遠遠地送去村裡，牠完全不明白為何受到如此待遇。巴扎洛夫仍面壁而臥。瓦西里·伊凡內奇想方設法向他提出各種問題，可是巴扎洛夫一會兒便厭煩了，老人只好坐回他的扶手椅，一動也不動，只是不時地扳弄指關節。他到花園裡待了一陣，像尊石像般站在那裡，好像被說不出的倉惶吞沒（那種驚愕的神色始終沒從他臉上褪去過），然後他又回到兒子身邊，盡量迴避著妻子的問題。她最後終於抓住他的手臂，激動地近乎脅迫地問道，「兒子到底怎麼了？」於是他定了定神，勉強回了她一笑；不過他自己也害怕起來，因為他發現自己並不是在微笑，而是不知為何地成了狂笑。這天，天剛亮時他就派人去請醫生了。他覺得有必要告訴兒子一聲，以免他發脾氣。

巴扎洛夫突然從沙發上轉過身來，用失神的眼睛望著他父親，向他討水喝。

瓦西里·伊凡內奇拿了一杯水遞給他，趁勢摸了摸他的額頭。火燒一般燙。

「老爸爸，」巴扎洛夫嘶啞著嗓子緩慢地說道，「我的情形很糟；我被傳染了，過了今天你就得埋葬我了。」
瓦西里．伊凡內奇身子一晃，像是什麼人在他腿上撞了一下似的。
「葉甫蓋尼！」他喃喃地說，「你這是什麼意思！……上帝保佑你！你只是著涼了！」
「得了吧！」巴扎洛夫從容地打斷他的話，「一個醫生是不可以說這種話的。感染的各種症狀都出現了；你自己也清楚。」
「哪裡有什麼……感染症狀，葉甫蓋尼？……老天爺！」
「這是什麼？」巴扎洛夫說著撩起襯衫的袖子，給父親看他手臂上發出來的不祥紅色斑點。
瓦西里．伊凡內奇一陣寒噤，駭到全身冰涼。
「假定，」他終於說道，「就算假定……就算有些像……傳染……」
「膿血症。」他兒子插嘴道。
「呵，呵……類似傳染病……」
「膿血症，」巴扎洛夫尖銳而清晰地重複了一次，「你忘記你的教科書了嗎？」
「好的，好的……你怎麼說都好……無論如何，我們會治好你的。」
「算了，那是哄人的。不過我們也不必爭論這個。我沒有料到會這樣早死；老實說，這是件極不愉快的意外。你跟母親應當利用你們那種堅定的宗教信仰了；現在是檢驗它的好時機，」他抿了一口水，「我想求你一件事……趁現在我頭腦還清楚的時候，明天或後天，你知道的，它就會停止運轉了。即便我現在也沒有很大把握，究竟話講得是否清楚。我躺在這裡，總是幻想著好些紅狗圍著我跑，而你叫牠們對著我，好像我是一隻山鷸。我彷彿喝醉了似的。你聽得懂我的話嗎？」

「完全可以，葉甫蓋尼，你講得十分清楚。」

「那就更好了。你對我說已經去請醫生了。你那麼做是為了安慰自己……也安慰我；派個信差去……」

「去阿爾卡季．尼古拉維奇那裡嗎？」老人插嘴道。

「誰是阿爾卡季．尼古拉維奇？」巴扎洛夫說，彷彿不太明白……「哦，是的！那隻雛雞！不，別驚動他；他現在變成寒鴉了。別覺得奇怪；這還不是胡說八道。你派一個信差去奧金佐娃夫人那裡，安娜．謝爾蓋耶夫娜；她是一位有田產的太太……你知道嗎？（瓦西里．伊凡內奇點點頭。）就說葉甫蓋尼．巴扎洛夫向她致意，告訴她我快死了。你會辦嗎？」

「是，我這就去辦……不過你真的會死嗎，葉甫蓋尼？……只要想一想！如果這樣，還有什麼公道呢？」

「這個我一點也不知道；你只消派一個人去。」

「我這就差人去，我自己寫信給她。」

「何必寫信呢？只說我問候她，其餘的都不必。現在我要回到狗群裡去了。奇怪！我想集中思緒在死亡這件事情上，卻毫無辦法。我眼前一片模糊……再也沒有別的了。」

他又痛苦地轉過臉向著牆壁；瓦西里．伊凡內奇走出書房，勉強撐著走進妻子的臥室，撲通一聲跪倒在聖像面前。

「禱告吧，阿里夏，為我們禱告吧！」他呻吟著，「我們的兒子快要死了。」

醫生，就是那個沒有硝酸銀的縣醫來了。他診察了病人，讓他們用一種清涼療法觀察等待，同時還說了幾句可望痊癒的話。

「你曾經見過我這樣的病人還能活下來嗎？」巴扎洛夫問道，他突然抓住沙發旁一張厚木桌的桌腿，把它搖了幾下便推開了。

「還有力量，還有力量。」他嘟囔著，「一切都還在，而我必須死去！……一個老人至少還有時間預備和生命分離，可是我……好吧，就試著否定死亡吧，死亡便會否定你，就是這樣了！誰在那裡哭？」停了片刻後，他又說道，「母親嗎？可憐的人！她那味道絕妙的紅菜湯以後要做給誰吃？你，瓦西里．彼得洛維奇，也在哭了，我相信。嗯，既然基督教不能幫助你，就做個哲學家，一個斯多葛派[87]或是什麼！怎麼樣，你不是誇口說自己是個哲學家嗎？」

「我算是什麼哲學家！」瓦西里．彼得洛維奇悲聲說道，兩行熱淚順著臉頰淌下來。

巴扎洛夫的病況愈來愈嚴重；病情惡化得很快，這在外科感染是常見的事。他還沒喪失意識，還聽得懂別人對他說的話；他仍在掙扎。「我不願失去神智，」他攥緊了拳頭喃喃道，「這一切都是胡扯！」立刻又說：「嗯，八減十，還有多少呢？」瓦西里．伊凡內奇像是著魔般在屋裡走來走去，忽而想出一種治療方法，一會又想出另一種，末了他卻只是替兒子蓋好被子。「試試冷敷……催吐劑……芥末膏貼在肚子上……放血。」他用力地喃喃自語。那位被他堅持留下的縣醫贊成他的意見，吩咐給病人喝檸檬水，自己則要了菸斗和一些「溫暖而強烈的東西」，也就是──伏特加。阿琳娜．弗拉西耶夫娜坐在門口矮凳上的阿里夏．弗拉西耶夫娜不時地站起身去禱告。幾天前她失手打破了一面小梳妝鏡，便一直將其視為不祥之兆；就連安菲蘇什卡也想不出話安慰她。季莫費伊奇往奧金佐娃夫人那裡去了。

夜裡，巴扎洛夫的情況很不好……高燒折磨著他。快拂曉時才稍稍舒服一些。他要阿里夏・弗拉西耶夫娜替他梳頭，並吻了吻她的手，還喝了兩口茶。瓦西里・伊凡內奇又打起了一些精神。

「感謝上帝！」他不住地說，「轉捩點來了，轉捩點就在眼前了！」

「瞧，想想吧！」巴扎洛夫喃喃道，「一個字眼能有多大的效用！他找到了它，他說了『轉捩點』，於是就安心了。人們對字眼的信仰真是驚奇極了。譬如說，若別人罵他是傻子，雖然他並沒有挨打，但還是會難過；讚美他是個聰明人，即便沒有錢給他，他也是非常高興。」

巴扎洛夫這段短小的議論，大有他素來辯論之風，令瓦西里・伊凡內奇極為感動。

「好極了！說得好，非常好！」他高聲說道，做出一副要鼓掌的樣子。

巴扎洛夫悲悽地笑了。

「那麼，你怎麼認為，」他問，「這個轉捩點是過去了，還是正來著？」

「你在好轉，這就是我看見的，這讓我高興。」瓦西里・伊凡內奇回答說。

「唔，這樣很好，高興總不是壞事。不過她那裡，你還記得嗎？派人去了？」

87　Stoicism，古希臘四大哲學學派之一，強調個人的內心自律、理性思維以及與自然和諧相處。

「當然派了。」

好轉的情況並沒有持續太久。病勢又加重起來。瓦西里．伊凡內奇坐在巴扎洛夫旁邊，老人心中似乎經受著某種特別的苦痛，他幾次欲言又止。

「葉甫蓋尼，」最後他終於開口，「我的兒子，我的唯一，親愛的兒子！」

這種生疏的稱呼對巴扎洛夫起了效用。他略微轉過頭來，顯然試圖擺脫意識模糊的狀態。他掙扎地問道，「什麼事，父親？」

「葉甫蓋尼，」瓦西里．伊凡內奇繼續說道，他在巴扎洛夫面前跪了下來，雖然巴扎洛夫已經閉上了眼，無法看見他，「葉甫蓋尼，你現在好些了；願上帝保佑，你會好起來的，不過你可以趁這個時機安慰一下我和你母親，盡一次基督徒的義務吧！我對你說出這話，真是可怕；可是更可怕的是……永遠，葉甫蓋尼……想一想吧，怎麼……」

老人的聲音哽咽了，他兒子依舊閉著雙眼躺著，不過臉上卻浮出一絲奇異的表情。

「要是這樣做可以帶給你們一些安慰，我便不拒絕，」他末了說道，「不過我覺得似乎還不必急，你自己也說我好些了。」

「哦，是的，葉甫蓋尼，自是好些了；但是誰知道呢，一切都捏在上帝手中。盡了這個義務……」

「不，我要再等一等，」巴扎洛夫打斷他的話說，「我同意你說的轉捩點來了。倘使你我都錯了，好吧！你知道，失去知覺的人也是可以受聖禮的。」

「葉甫蓋尼，我求你。」

「我要再等等。現在我想睡一下，別打擾我。」說著他把頭躺回原來的位置。

老人從地上爬起來坐進扶手椅，攥著鬍子，咬起自己的手指來……

突然，一陣裝有葉片彈簧的輕便馬車的轔轔聲傳進他的耳朵，這是在這種荒鄉僻壤特別惹人注意的。輕快的車輪愈滾愈近，這會兒連馬兒嘶鳴聲都聽到了……瓦西里·伊凡內奇一躍而起，奔到窗前，只見四匹馬拉著一輛雙人座輕便馬車正駛進院子。他還來不及想清楚是怎麼回事，便懷著滿腔欣喜衝到台階上……一個穿制服的僕人打開馬車門，一位頭戴黑紗、身穿黑衣的女子走下車來……

「我是奧金佐娃，」她說，「葉甫蓋尼·瓦西里耶伊奇還活著嗎？您是他的父親？我請了一位醫生一起來。」

「恩人啊！」瓦西里·伊凡內奇高喊道，他抓起她的手，顫抖地拉去自己的唇邊。這時，安娜·謝爾蓋耶夫娜帶來的醫生從容不迫地從馬車上下來，是一個戴著眼鏡，長著一副德國人相貌的矮個子。「還活著，我的葉甫蓋尼還活著，現在他有救了！妻啊！妻啊！……天上降了位天使到咱們這裡來……」

「這是怎麼回事，上帝啊！」老婦人一邊嘟囔著，一邊從客廳裡跑出來，她還沒弄清楚發生了什麼事，便在走廊處趴在安娜．謝爾蓋耶夫娜腳邊，瘋女人般親吻起她的裙裾來。

「您這是做什麼！」安娜．謝爾蓋耶夫娜趕忙推道，不過阿里夏．弗拉西耶夫娜哪裡要聽她的話，瓦西里．伊凡內奇則只是不住地重複著，「天使啊！天使！」

「病人在哪裡[88]？病人究竟在哪裡呢？」醫生終於有點不耐煩地問道。

瓦西里．伊凡內奇這才回過神來。「這邊，這邊，跟我來。尊敬的同行[89]。」他想起曾經學過的東西，便補上了這一句。

「啊！」德國人應了一句，皺著眉頭咧嘴一笑。

瓦西里．伊凡內奇把他帶到書房。「安娜．謝爾蓋耶夫娜請來了醫生，」他俯身湊在兒子耳邊輕聲說道，「她也在這裡。」

巴扎洛夫突然睜開眼睛，「你說什麼？」

「我說安娜．謝爾蓋耶夫娜來了，還請了這位醫生來看你。」

巴扎洛夫朝四周望了望，「她來了……我想見她。」

「你可以見她，葉甫蓋尼；可是我們得先和醫生談談。因為西多爾．西多雷奇（這是那個縣醫的名字）已經離開了，我們要把你的病史詳細地講給這位醫生聽，商量一下。」

巴扎洛夫看了德國人一眼。「好吧，那就快些商量吧，只是別說拉丁語。我懂得『快要死了[90]』的意思。」

「這位先生似乎也精通德語[91]，」這個阿斯克勒庇俄斯[92]的新弟子轉過身對瓦西里．伊凡內奇說。

「以赫……加貝[93]……我們還是講俄語吧。」老人說道。

「啊，啊！原來如此……好的……」於是他們商談起來。

半個鐘頭之後，安娜．謝爾蓋耶夫在瓦西里．伊凡內奇的陪同下走進書房。醫生已經悄悄地告訴她，病人要痊癒是一點指望也沒有了。

她望了一眼巴扎洛夫……在房門口站住了。她對於那張腫脹、死灰般的臉孔和那

88 原文為德文，Wo ist der Kranke。
89 原文為“würdigster Herr Collega”，用俄語發音講德文“werte Herr Kollege”。
90 原文為拉丁文，jam moritur。
91 原文為德文，Der Herr scheint des Deutschen mächtig zu sein。
92 古希臘神話中的醫神。
93 用俄語發音講德文ichhabe的發音，意為「我曾經」。

對鎖在她身上、眼神空洞的眼睛感到震驚。她只是害怕，有一種冰冷的、令人窒息的恐懼。她即刻閃過一個念頭，倘使她真的愛過他，一定不會產生這種感覺。

「謝謝，」巴扎洛夫費力地說道，「我沒有料到，這是一件善舉。我們又見面了，正如你曾答應過的那樣。」

「安娜．謝爾蓋耶夫娜太好了……」瓦西里．伊凡內奇正開口說道。

「父親，請讓我們單獨待一會兒。安娜．謝爾蓋耶夫娜，你會願意吧，現在……」

他朝著自己那癱軟無力的軀殼點了一下頭。

瓦西里．伊凡內奇走了出去。

「哎，謝謝，」巴扎洛夫又說了一次，「這是皇族風範呢。據說皇帝也去看望臨死的人。」

「葉甫蓋尼．瓦西里耶伊奇，我希望……」

「啊，安娜．謝爾蓋耶夫娜，讓我們說實話吧。我完了，我已經躺在車輪下了。因此，也不必去設想未來了。死亡是個古老的笑話，但對於每個人都是新鮮事。直到此刻，我還未曾害怕……不過我即將失去知覺，然後一切就都結束了！……」他無力地揮了一下手，「欸，我還得和你講些什麼呢……我愛過你！這話在以前就毫無意義，現在更沒有意義了。愛是一種形態，而我自己的形態正在崩解。不如還是說你真動人吧！你現在站在那裡，多麼漂亮……」

安娜．謝爾蓋耶夫娜不由得打了個寒顫。

「不要緊，不用擔心……就坐在那邊……別靠近我；你知道我的病是被傳染的。」

安娜．謝爾蓋耶夫娜快步穿過房間，坐到巴扎洛夫睡的沙發旁的扶手椅上。

「心地善良！」他低聲說，「啊，多麼靠近，多麼年輕，又是多麼清新，多麼純潔……竟在這間令人憎厭的房子裡！……好吧，別了！要長壽，這是最好的事，趁現在還有時間，好好享受生活。你瞧瞧這個醜陋的場面；被碾成兩半的蠕蟲還在垂死扭動著。其實我也曾想過：我要打倒的事物還有很多，我不會死，我不應該死！仍有很多問題等待解決，我可是個巨人啊！但眼下的唯一問題就是巨人如何體面地死去，儘管沒有人要理會這一點……不要緊；我沒打算逃走。」

巴扎洛夫不出聲了，伸手去摸索杯子。安娜．謝爾蓋耶夫娜給了他一些水，但她並沒脫下手套，而且膽怯地屏住了呼吸。

「你會忘了我的，」他又開口說道，「死者不是活人的夥伴。我父親會對你說，俄羅斯失去了一個怎樣的人……那些都是胡扯，不過別與老人爭辯。無論什麼玩具都能哄好孩子的……你知道。還請勸慰我的母親。他們這樣的人在你們上流社會即使在白天打著燈籠也找不到……俄國需要我……不，顯然，我不被需要。那麼需要什麼人呢？需要鞋匠，需要裁縫，屠夫……給我們肉……屠夫……等一下，我有點混亂了……這裡有一片森林……」

巴扎洛夫把手按在額上。

安娜．謝爾蓋耶夫娜俯身湊近他，「葉甫蓋尼．瓦西里耶伊奇，我在這裡……」

他立刻放下手，撐起身子來。

「別了，」他突然用力說道，眼睛掠過最後一道光，「別了……聽著……你知道我那時候沒有吻你……吹熄這盞即將燃盡的燈，讓它熄滅吧……」

安娜．謝爾蓋耶夫娜將嘴唇蓋上他的額頭。

「足夠了！」他喃喃道，頭倒回枕頭，「此刻……黑暗……」

安娜．謝爾蓋耶夫娜輕輕地走了出去。「怎樣了？」瓦西里．伊凡內奇悄聲問她。

「他睡著了。」她的回答幾乎聽不到。

巴扎洛夫並沒有再醒來。傍晚時他完全失去知覺，第二天便死了。阿列克謝神父為他做了最後的幾場宗教儀式。在進行臨終傅油禮時，聖油觸到他的胸膛，他的一隻眼睜開了，似乎看到穿著法衣的祭司、煙霧緲緲的香爐和聖像前的燭火，一種像是恐懼的戰慄閃現在他那張將死的面孔上。最終他呼出最後一口氣，全家人都放聲痛哭，瓦西里．伊凡內奇突然陷入一陣狂怒。「我說過，我要反抗！」他嘶聲喊叫著，整張臉漲得通紅，扭曲得變了相，他向空中揮舞著拳頭，好像在威脅誰似的；「我要反抗，我要反抗！」淚流滿面的阿里夏．弗拉西耶夫娜抱住他的脖子，兩人一起伏倒在地上。「他們並排趴著低垂著頭，」安菲蘇什卡後來在僕人住的屋子裡這樣講述道，「就像是正午時候的一對羔羊……」

然而，正午的炙熱漸漸消退，黃昏來臨，夜晚來臨，歸途也隨之而來，溫暖的安身之所，在那裡，筋疲力盡和不堪重負的心靈都能甜美地安眠……

28

六個月過去了。凜白的冬日到了，冷寂無雲，厚厚的積雪沙沙作響，玫瑰色的霜花掛在樹間，翡翠色的天空微微泛白，煙囪升起裊裊濃煙，團團霧氣從打開的門內猛地湧出，人們臉龐鮮紅，彷彿被寒氣割傷般，瑟瑟發抖的馬匹不由得揚蹄飛馳。正月裡某一日的白晝將盡，傍晚的寒意在靜止的空氣裡更加刺骨，血紅的晚霞餘暉正匆匆逝去。瑪麗因諾莊園宅子裡的窗戶還透著光；普洛科菲奇穿著黑禮服，戴著白手套，異常莊重地在餐桌上擺放七套餐具。一個星期前本區小教堂裡，在幾乎沒有見證人的情況下，靜悄悄地舉行了兩場婚禮——阿爾卡季與卡奇婭，尼古拉．彼得洛維奇與費尼奇佳；這一天則是尼古拉．彼得洛維奇為即將前往莫斯科辦事的哥哥帕威爾特別設置的餞行宴。安娜．謝爾蓋耶夫娜為年輕夫婦精心準備了一份厚禮，婚禮一結束便先往莫斯科去了。

下午三點整，眾人均已入席，米嘉也占了一個座位，他身旁多了一個包著錦緞帕子的奶媽。帕威爾．彼得洛維奇坐在卡奇婭和費尼奇佳中間；兩位「丈夫」都挨著自己的妻子坐下。我們的這些朋友近來都有些改變；他們似乎都益發健壯了，好看了；只有帕威爾．彼得洛維奇清瘦了些，這反而使得他那富於表情的眉眼間更增添幾分優雅與「世襲貴族」的氣質……費尼奇佳也換了個人似的。她穿著一襲鮮豔的絲綢裙衫，頭上紮了一條寬面天鵝絨髮飾，脖子上墜著一條金項鏈，帶著歉意一動也不動地坐著，對她自己以及周圍的一切都恭恭敬敬，她的笑容彷彿在說，「請諸位原諒，我沒有過錯。」不只是她，所有人都在微笑，似乎也都帶著歉意。眾人皆有些侷促，有些惋惜，但實際上非常愉快。大家殷勤幽默地彼此招待，好像事先約好排演一幕天真樸實的滑稽劇似的。卡奇婭在這群人中算是最鎮定自若的，她很有信心地望向四周，顯然尼古拉．彼得洛維奇對她是歡喜的。宴會接近尾聲時，尼古拉．彼得洛維奇站起身，手捧著酒杯轉向帕威爾．彼得洛維奇。

「你要離開我們了……你要離開我們了，親愛的哥哥，」他說道，「自然不是久別；但我不能不向你表示我……我們……我怎樣……我們怎樣……哎，真糟糕我們不會演說。阿爾卡季，你來說。」

「不，爸爸，我完全沒有預備。」

「好像我預備得很好似的！好吧，哥，簡單一句話，讓我們擁抱你吧，祝願你一切順意，盡快回到我們這裡來！」

帕威爾．彼得洛維奇跟大家一一吻別，自然米嘉也在內；至於費尼奇佳，他親吻了她的手，不過她還沒學會要怎樣伸手給別人。他又一次乾掉斟滿的酒杯，深深地嘆了口氣，說道，「祝你們幸福，我的朋友們！別了[94]！」最後這個英文字詞誰也沒有注意到，不過大家都深受感動。

「紀念巴扎洛夫。」卡奇婭對丈夫附耳低語道，跟他碰了一下杯。阿爾卡季緊緊握了一下她的手作為回應，可是不敢高聲提出祝福。

故事到這裡似乎該完結了？不過，也許讀者之中有人想知道我們介紹過的這些人

94 英文詞指的是farewell。

物現在如何了，此刻當下的他們在做什麼事情。我們願意滿足讀者們的要求。

安娜．謝爾蓋耶夫娜不久前嫁人了，她結婚並非因為愛情，而是出於理智。她丈夫是俄羅斯未來領袖之一，一個聰明有才幹的律師，閱歷豐富，意志堅強，口才出色——年紀還很輕，心地良善，又冷得像冰。他們相敬如賓，也許會達成幸福……也許還有愛情。女大公死了，死亡的當日就被人遺忘了。基爾沙諾夫父子在瑪麗因諾定居下來，他們的情形開始好轉。阿爾卡季開始熱中於田莊管理，而且「農場」如今每年都有一筆相當可觀的收入。尼古拉．彼得洛維奇被選為推行解放改革政策的調解人，辦起事來不遺餘力；他整天在管區裡東奔西走，發表長篇演說（他堅持認為農民「應當被引導著去理解事物」，也就是說，應當對他們顛來倒去重複同一套話，直到他們啞口無言）；但說實話，他不能讓那些有教養的貴族完全滿意，他們把「農奴解放」這個詞當作法文，講起來帶著鼻音，時而優雅，時而鬱悶；他亦不能使那些沒受過教育的鄉紳滿意，他們會毫不客氣地咒罵這個鼻音很重的詞——「農奴解放」。不過不論前者還是後者，都認為他的心腸太軟了。卡捷琳娜．謝爾蓋耶夫娜生了一個兒子，取名科里亞；米嘉成天高興得到處跑跳，話也講得很流利了。費尼奇佳，費多西婭．尼古拉耶夫娜除了丈夫和米嘉之外，最崇拜她的媳婦，要是她媳婦彈起鋼琴來，她簡直可以一整天都守在一旁。我們也順便提一下彼得，他愈來愈蠢，卻神氣十足，他也結婚了，並且得到一筆可觀的嫁妝。他的新娘是城裡一個菜園主的女兒，曾經拒絕過兩個極好的求婚者，只因為他們沒有錶；而彼得不僅有一塊錶——他還有一雙漆皮鞋。

在德國德雷斯登市的布呂爾平台步道，每天下午兩點到四點鐘——這是最時髦的散步時間——你可以遇到一個約莫五十歲的人，他的頭髮已經花白，似乎患有痛風，不過面貌仍英俊，穿著講究，舉止間流露出只有長期在上流社會生活的人才會有的風範。那便是帕威爾．彼得洛維奇。他離開莫斯科到國外養病，在德雷斯登定居下來，往來人士多半為英國與俄國旅客。他對英國人很樸實，幾乎謙遜，不過也不失尊嚴；他們認為他有些乏味，但也尊敬他，稱他為一位「十足的紳士」。他對俄國人則隨性自由得多，時常發發脾氣，取笑自己也挖苦他人，不過他的態度和藹親切，好像很不經意，卻又不會失禮。他抱持著斯拉夫派的意見，大家都知道這在上流社會裡被視為非常出眾[95]。他不讀任何俄文書報，但是書桌上卻放了一個形似俄國農人樹皮鞋的銀質菸灰缸。我們的旅行家都喜歡去拜訪他。馬特維．伊里奇．科里亞金曾經一度失

95 原文為法文，très distingué。

勢，他在前往波西米亞溫泉時，堂皇地造訪了帕威爾。帕威爾．彼得洛維奇跟本地人很少打交道，卻極被尊崇。倘使要找宮廷樂隊及戲院等門票，沒人能比基爾沙諾夫男爵閣下[96]更快、更輕而易舉。他盡力行善，還博得了一點小小名聲，畢竟他曾經是交際場中的一頭雄獅。不過生活於他是個負擔……一個比他所料想還重得多的負擔。你只消瞥一眼他在俄國教堂裡的模樣，總是倚在一邊牆壁陷入沉思，良久地沉思，一動也不動，哀苦地緊緊咬住嘴唇，然後突然回過神來，幾乎不讓人察覺地抬手在胸前劃一個十字……

庫克申娜夫人也到了國外。她現住在海德堡，已不再研究自然科學，改攻讀建築學，據她所言，她從建築學裡發現了新的定律。她依舊與一班學生交往，特別是學習自然科學及化學的俄國年輕人。這類人士在海德堡比比皆是，他們初來時對事物的健全見解往往令那些樸素的德國教授感到驚奇，爾後他們又以無所事事與極端的懶散使這些教授更為驚訝。西特尼科夫跟兩三個這樣的年輕化學家在聖彼得堡逛來逛去，他們連氧氣和氮氣都分辨不清，卻充滿了懷疑和自負。偉大的葉利謝耶維奇也和西特尼科夫混在一塊，而西特尼科夫自己也預備要做一個偉大人物，用自己的信念繼續著巴扎洛夫的「事業」。聽說他近來被人揍了一頓，不過他也對那個人進行了報復，在一家沒人會看的期刊雜誌上刊登了一小篇沒人會注意的文章，暗指揍他的那個人是個懦夫。他把這叫做嘲諷。他父親還是像從前那樣壓迫他，他妻子則當他是一個傻瓜……和一個文人。

在俄國一個偏遠角落裡，有一座小小的鄉村墓園。它幾乎跟所有墓園一樣景致淒涼。圍繞墓園的溝渠早已蔓草叢生，灰色木十字架東倒西歪地斜立在一度油漆過的頂蓋下面，慢慢地腐爛著；墓石的位置都挪動了，好像有人在後面把它們抬了起來。兩三棵光禿禿的樹幾乎遮不住陽光；羊群在墳墓之間隨意遊走……但這其間有一座墳沒有人動過，也沒被畜類踐踏過，只有鳥兒會在拂曉時分在上頭啁啾歌唱。一道鐵欄杆把墳墓圍住，兩端各種了一棵小樅樹。葉甫蓋尼．巴扎洛夫就葬在這座墳裡。常有兩個老態龍鍾的老人從附近村子裡來此看望——他們是一對夫妻，總是相互攙扶著，拖著沉重的步伐慢慢走到欄杆前，然後跪倒在地，久久地、痛苦地哭泣，久久地凝視著那塊不會講話的石頭，他們的兒子就睡在底下。兩個老人簡短地交談幾句，拭去墓石上的塵土，整一整樅樹的葉子，再禱告一次，始終捨不得離開這個地方，在這裡，他們彷彿離兒子更近些，離對他的回憶也更近些……難道他們的禱告、他們的淚水都

96　原文為德文，Herr Baron von Kirsanoff。

是徒勞無益的嗎？難道愛，神聖的誠摯的愛不是萬能的嗎？哦，不！無論埋葬在墳墓裡的那顆心怎樣的激烈、怎樣的有罪、怎樣的不屈服，墳上的花都睇著它們天真的眼睛安詳地張望著我們。它們不僅向我們訴說著永恆的安寧，大自然冷漠不仁的偉大安寧，也向我們訴說著恆久的和解與無涯的生命。

站在未來門前注定毀滅的人：讀屠格涅夫《父與子》

為什麼讀《父與子》？我想，應該是到了（重）讀這部太熱騰騰小說的時候了——尤其，如果你有些年紀了，不再那麼輕易被騙、被唬住被煽惑，不是只會用激情看世界；或，如果你小說閱讀已達一定的量，不會太大驚小怪了，我心沉靜，有餘裕可以看較細膩流動的部分。

其一

書寫屠格涅夫，溫和的文學巨人（成就，也是體型），我們先放一段他的話在這裡，出自他另一部小說《煙》：「我忠於歐洲，說精確點，我忠於……文明……這個字既純潔而且神聖，其他字眼如『人民』……或者『光榮』，都有血腥味。」

我無比無比同意。這番話，很清楚講出了屠格涅夫的價值選擇及其深深憂慮，他太靈敏的嗅覺（一種很容易給自己帶來危險的能力）早早就聞出彼時還沒那麼明顯的鮮血氣味。今天，一百五十年的歷史堆下來，我們知道屠格涅夫是對的。屠格涅夫一直是比較對的那個人，只是當時人們不夠相信他、不太願意相信他而已，他極可能是整個舊俄時代最被低估的人。

不要向歷史討公正，我們能做的只是，竭盡所能讓人類歷史可以稍稍公正一些。是這個最溫和不爭（或柔弱不敢爭）的人，而不是性格強悍見解激烈的托爾斯泰或杜斯妥也夫斯基，寫出了這部十九世紀舊俄（也許就是人類小說的第一盛世）最爭議的小說。說稍微誇張一點，《父與子》是炸彈，當場把一整個俄羅斯老帝國炸成兩半，當然，傷得最重的必定是引爆者屠格涅夫自己。

時間點是這樣，時間總是最重要——《父與子》寫成於一八六二年，小說裡的時間則是一八五九年（所以《父與子》是當下的、即時的書寫）。這裡有個巨大無匹的時間參照點：一八四八，人類革命歷史不會被忘掉的關鍵一年。

我們稍稍花點工夫來談一下，畢竟這是應該要知道的——一八四八，近代革命史第一震央的巴黎爆發了二月革命和六月革命，並迅速席捲整個歐洲，於此，歐洲統治者中反應最快的反而是俄皇尼古拉一世，他立刻出兵蕩平波蘭如築牆，把革命浪頭成功擋在西邊，並回頭解散莫斯科大學如拔除禍根，高壓統治提升到前所未有的強度。往後七年，整個俄羅斯呈現全然的噤聲狀態，這就是著名的「七年長夜」，「活在當時的人都以為這條黯黑甬道是不會有盡頭的……」（赫爾岑）。《父與子》小說一開始，苦盼兒子阿爾卡季回家的老好人尼古拉．彼得洛維奇陷入回憶，想起來的便是——「然而繼之而來的是一八四八年，有什麼辦法呢？他只得返回鄉間。他很長一段時間都意志消沉、無所事事，遂關心起田地改革……」

雪上加霜，俄羅斯良心、心志最堅韌、最直言不屈的別林斯基就在一八四八年病逝，別林斯基也是屠格涅夫最尊敬的人，別林斯基大七歲，亦師亦友。《父與子》小說裡，這對結伴而行年輕人阿爾卡季和巴扎洛夫的關係樣式差不多就是如此，屠格涅夫書寫時有沒有記起別林斯基呢？我相信，日後這三十年（屠格涅夫單獨活到一八八一年）他必定不斷想起他這位光輝、無畏的朋友，在他需要做決定尤其需要勇氣時如一靈守護，諸如此類時刻終屠格涅夫一生還挺多的。

又，最聰明且筆最利、批判幅度最大的赫爾岑亦於一八四七年去國流亡。扛得住壓力的人不在，當時，整個俄國確實有瞬間空掉的感覺。

一八四八，歷史地標一樣的數字，已在在確認，這是革命戲劇性切換的一年，從遍地花開到歸於沉寂，再在這一年——西歐這邊：沸沸揚揚百年的歐洲革命到此終結，這一頁歷史翻過去了，西歐轉向另一種前進方式，年輕人覺得較不耐較不過癮的方式；俄羅斯這邊：革命從此東移，新核心是俄羅斯，儘管一開始並不像，俄羅斯的當下景況無疑更沒生氣更沒空間可言，沙皇、東正教和農奴制這著名的三位一體鐵桶般牢牢罩住整個俄國，但這是壓力鍋啊，無處去的能量不斷的集中、堆疊、加熱，歷史結局，當然是炸開來撼動全世界且成為下一波革命輸出中心的紅色革命。

《父與子》的狂暴主人巴扎洛夫，日後被說成是「第一個布爾什維克」，小說被推上這種政治高位，當然是文學的不幸。

一部小說就把一個國家一分為二，必定是原本就有著夠大夠深的裂縫存在，如地殼斷層那樣，《父與子》恰恰好炸中要害——俄羅斯這個非歐非亞、又歐又亞，如冰封如永晝的沉鬱帝國，其實是領先「西化」、「歐化」的國家，啟動於彼得大帝一個人的獨斷眼光。彼得大帝毅然把國都推進到極西之境，於芬蘭灣涅瓦河口的沼澤地硬生生打造出新國都，這就是聖彼得堡，一扇門，一個採光窗口，一隻「看向西方的不寐眼睛」。普希金的不朽長詩《青銅騎士》，寫的正是聖彼得堡加彼得大帝，凝聚為這座青銅鑄的躍馬騎士像：「那裡在寥廓的海波之旁／他站在充滿偉大的思想／河水廣闊地奔流／獨木船在波濤上搖盪／……而他想著／我們就要從這裡威脅瑞典／在這裡就要建立起城堡／使傲慢的鄰邦感到難堪／大自然在這裡設好了窗口／我們打開它便通往歐洲」。

談西化我們常忘了俄國，忘了這一有意思又極獨特的歷史經驗。不同於日後西化的國家，俄羅斯完全是自發的、進取的，並非受迫於船堅炮利如中國如日本，因此原來沒屈辱沒傷害，西化是相當純粹的啟蒙學習之旅，充滿善意和希望，是文明的而非國族的，也就和對俄羅斯母國的情感沒有矛盾更不必二選一。可也正因為這樣，長達一個半世紀之久的西化其實僅及於薄薄一層上階層的人、貴族世家有錢有閒有門路的人。以撒·柏林指出來，這些西化之士是各自孤立的啟蒙人物，只要是文明進步事物無不關懷，大而疏擴，且只停留於思維和言論的層面。

這就是一八四八之前俄羅斯奇特的上下截然二分景觀——為數很有限但熱情洋溢的歐化知識分子，和底層動也不動如無歲月無時間的廣大農民農奴。別林斯基如此說：「人民覺得他需要的是馬鈴薯，而不是一部憲法。」

來自西歐的傷害遲至一八一二年拿破崙的揮軍入侵。這場大戰，俄方靠著領土的驚人縱深和冰封漫長的冬季「慘勝」。但儘管滿目瘡痍，俄國上層的西化之士心思卻極曖昧極複雜，因為這是法蘭西啊，這是第一共和之子拿破崙、是自由平等博愛云云法國大革命這波人類進步思潮的光輝成果及其象徵，所以，這究竟算侵略還是解放？是壯闊歷史浪潮的終於到來？畢竟，有諸多價值、心志乃至於情感是恢宏的、人共有的、超越國族的（彼時民族國家意識才待抬頭）。托爾斯泰《戰爭與和平》小說中，我們讀到，即便戰火方熾，俄國貴族的宴會舞會（照跑照跳）裡代表進步、教養或至少時髦交談的語言仍是法語，甚至還對拿破崙不改親愛不換暱稱（依今日用語，可譯為「破崙寶貝」）。唯家家悲劇遍地死人這是基本事實，平民也永遠是戰爭最大最無畏的受害者。這場戰爭於是帶來大裂解：其一發生在西歐與俄國之間，歷史總會來到人無處可躲閃得二選一的痛苦不堪時刻（葛林講的，你遲早要選一邊站的，如果你還想當個人的話）；另一發生在上層歐化知識分子和一般平民之間，之前只是平靜的隔離，如今滿蓄能量如山雨欲來，開始滋生著懷疑乃至於仇恨。

最後決定性的一擊就是一八四八了，其核心是絕望，雙重的絕望——對歐洲絕望：革命不復，進步思潮全線潰散，西歐那些天神也似的人物（如馬志尼）一個個逃亡到大洋上的倫敦彷彿偌大歐陸已無立足之地，西歐自顧不暇至少已不再是答案了，俄國必須自己重找出路；更深的絕望則指向這一整代歐化知識分子，別林斯基已死，赫爾岑遠颺，巴枯甯被捕，所有華麗的、雄辯的、高遠如好夢的滔滔議論一夕間消失。比起單純噤聲更讓人不能忍受的是變節，其中最駭人的當然是巴枯甯那份聲名狼藉的〈自白〉（一八五一），他在獄中上給沙皇，滿紙卑屈求恕之語，這所有一切原來如此一戳即破，沒用，還敗德。

一八五六年，七載長夜之末，屠格涅夫先寫出了《羅亭》（很建議和《父與子》一併讀），對屠格涅夫這樣一個徹底歐化一生不退的自由主義者而言，這當然是一部最悲傷的小說。羅亭這個人物據悉是依巴枯甯寫成的，但其實就是他們這一代人、是相當相當成分的屠格涅夫自己。抱怨《父與子》對下一代年輕人不公正的人尤其應該也讀《羅亭》，他寫羅亭比寫巴扎洛夫下手要重，狠太多了，彷彿打開始就設定要暴現他嘲笑他（自己）——羅亭是那種春風吹過也似的人物，彷彿無所不知、無所不能議論，而且再冷的話題由他來說都好聽有熱度，如詩如好夢如福音。但屠格涅夫真正要讓我們看到的是，這樣的人、這些個議題撞上現實世界鐵板的狼狽模樣。那是一連串荒唐的失敗，甚至在失敗到來之前人就先怯懦地逃了，農業開發不行，挖運河不行，連談個真實戀愛都不行。羅亭一事無成，只時間徒然流去，只人急遽的老衰。

屠格涅夫對羅亭僅有的溫柔是，幾年後他多補寫了一小段結尾如贈禮，給了羅亭一個體面的、巴枯甯理當如此卻無法做到的退場——時間正是一八四八，地點是革命風起但又敗象畢露的巴黎街壘，一身華髮的、身披破舊大衣的瘦削男子，以他尖利的嗓音要大家衝，但子彈擊中了他，他跪下去，「像破布袋般臉朝下撲倒」。

一八四八之後，已中年了、或初老的這一代羅亭，由此有了個很不怎樣的新名字，如秋扇如見捐的冬衣，叫「多餘的人」。

《父與子》這部命名就以一分為二的小說，於是這麼一刀兩半——西化人士和斯拉夫民族主義者，自由派和民粹派，溫和派和激進派，改革者和革命者。以及，應該是最根本的也最難真正消弭的，因為有生物性基礎：中老年人和年輕人。

這個二分歷史大浪一路衝進二十世紀的紅色革命之後依然其勢不衰（蘇聯的統治是一長段不斷二分不斷清算的歷史，當然是由理念差異轉向全力傾軋，但人類歷史也少見這麼溯及既往、報復心如此重的政權）。所以說，《父與子》即便到了二十世紀也很少被好好讀，或說，一直被奇奇怪怪的讀——極仔細極挑眼，凶案現場鑑識那樣不放過任何一字一句的可利用線索；同時又最粗魯最草率，但凡無法構成罪證或用為攻擊武器就一眼掃過，或更糟糕，誇大的、扭曲的、隨便的解釋。這真是一部不幸的小說。

說現在應該是好好來讀《父與子》的時候，並不是說此一二分法浪潮已然止息，我們等不到這樣的時日，人類歷史也永遠沒這樣的時日，我們活在一個動輒二分且二律背反的世界，人那種不用腦的激情也源源不絕，這就是人，「人真是悲哀啊」（美空雲雀）。但勉強從好的一面來說，這也是文學的力量吧，一部厲害的作品，總會深深觸到人很根本的東西，幾乎是永恆的東西，好作品總生風生浪。比方，中老年人和年輕人的二分，事實上，今天的「年紀戰爭」或「憎恨老人」顯然比屠格涅夫當時更熾烈更普遍，也更反智放肆，所以，應該還沒到歷史最高點對吧。

世界冷差不多就可以了，剩下的得我們自己來——保持心思清明，並努力讓他成為一種習慣，慢慢的，他會熟成為一種能力。

「我們有義務成為另一種人。」（波赫士）

其二

知道點《父與子》這段閱讀歷史的人，今天若沉靜下來重讀，必定會非常訝異這部小說本來面目的「柔美」——是還不到田園詩的地步，但就這幾個人，這幾處莊園，這裡能發生最嚴重的事不過是一次失戀（巴扎洛夫）一場虎頭蛇尾毋寧是鬧劇的手槍決鬥（巴扎洛夫和伯父帕維爾），然後就是書末巴扎洛夫的死亡，不同於羅亭，他是診治病人時感染了斑疹傷寒死於自家床上的。

小說中的暴烈東西，就只是巴扎洛夫一人那些冰珠子也似的、無比輕蔑還帶著恨意、所謂「坦白到殘忍」的議論，或說狠話——不是行動，從沒有行動，只動嘴而已。

這部小說，屠格涅夫幾乎不嘲諷。書中堪稱丑角的就只有西特尼科夫這個可有可無的人。我忍不住想，這個故事要落到錢鍾書手上會是何等光景，必定酣暢淋漓從頭笑到尾無一人孑遺就像他的小說《貓》那樣對吧。畢竟，同樣活在那種裝腔作勢的歷史時刻（錢鍾書是西風東漸的民初），世界遠遠大於人，世界驅使著人，不斷勉強人要這樣那樣，人被迫扮演自己還不會的角色，講所知甚少的話，做各種不知後果的事云云。人不免是尷尬的、難看的，我最喜歡的日本諧星有吉弘行稱之為「超出自身能耐的交際性」。

但有一個頗精巧的斷言我倒同意，一般，這是同為書寫者才能察覺的，因為這只隱藏在語調中、只是一種「勢」——看巴扎洛夫的登場架勢，屠格涅夫本來是要嘲笑的，但屠格涅夫陷入了沉思，寫下去有了不一樣的發現和理解（「無法把自己變簡單」）。這其實是常有的書寫經驗，敏銳無匹、也寫過小說的赫爾岑便說：「寫這本小說的屠格涅夫，其藝術成分比大家所想的要多。正因為如此，他才迷了路，而且，據我所知迷得非常高明。他原來要進一個房間，最後卻闖入了更好的另一間。」同此，文學史上更有名的是稍後契訶夫那部非常可愛的小說《可愛的女人》，托爾斯泰引了《聖經》先知巴蘭的故事說：「契訶夫本來要嘲笑這個女人，最終卻祝福了她。」

寫出來的小說和書寫者的「原意」不一致。我們這裡把「原意」括弧起來，是因為這個詞的強調帶來誤解，好像說的是之前之後兩個不同的人，好像人只在構思階段才算他本人。當然不是這樣，這是連續的，而且是展開，稠密的、具體的、深向的展開，以及實現。構思階段，事物（或說只是情節）的聯繫總偏向概念的、單向度的、大而化之的乃至於一廂情願，這一處處的空白在書寫裡才得到補滿；這些姑且的、勉強的，以及並不成立的聯繫也到書寫時才真正暴現出來，才被糾正甚至得放棄掉另闢蹊徑；更好的是，有太多深向的可能性，只有固定成白紙黑字彷彿已成「實體」才呈現、才完整、才又生出再前瞻的新視野。書寫不是只動手而已，事實上，書寫時人的大腦更集中、更精純、更熾烈且更持續，而且，不只腦而是人一整個身體，人的全身感官四面八方張開著，很多「感覺」、「感受」云云這樣朦朧的、懸浮微粒的、微妙到彷彿尚未成形的東西至此才有餘裕捕捉、才加進來、才被思索和使用。此外，還有意志差異，構思時通常並不真的決定，書寫則是真的做出選擇，一系列不得不做成選擇（所以猶豫、恐懼、不捨不甘心……），提筆是決志而行，玩真的了，馬鳴風蕭蕭。

因此，書寫成果必然大於、深於、好於構思（只除了構思裡那些本來就該刪除的不成立幻想），這一通則甚至成為書寫成敗與否的一個判準——如波赫士說的，一部小說如果和構思的完全一樣，那真是天底下最沒勁的東西。

唯一可稱之為風險的是，書寫者最終可能變得太寬容。理解總沖淡掉一些怒氣和恨意。

沒等到對巴扎洛夫的嘲諷（「不曾看到理所應有的抵抗」），大大激怒了屠格涅夫這一代、這一邊的人；可下一代、另一邊的人並不領請，除了少數那幾個（如畢沙洛夫），年輕人仍認定這是詆毀、是侮辱。我猜，最不可原諒的是巴扎洛夫的死法，死得如此無聲無味，而且，他們認定（或說看出來了），致命的不是傷寒沙門氏菌，而是安娜·謝爾蓋耶夫娜·奧金佐娃，她拒絕了巴扎洛夫的求愛，天神也似的巴扎洛夫怎麼可以栽在這樣一個女人手裡呢？

屠格涅夫自己曾這麼講巴扎洛夫及其死亡：「我把他構想為一個沉鬱、質野、巨大、已一半掙出泥土、強有力、討人厭、誠實、卻因為還只算站在未來的門前而命定毀滅的人。」——站在未來門前所以注定毀滅這個未實現的想法其實相當精采，我想屠格涅夫是真的先一步看到、深深有感於某個真相。的確，在我們這個不幸的人類世界、超前眾人一大步察知、覺醒、習得並堅持某些東西，the man who knows too much，通常是危險的，像過早的花蕾結在還太寒冽、滿滿敵意的環境裡，有時，光是太聰明、太有德、太用心高貴都會。但巴扎洛夫的確沒能得到這樣悲傷，或我們寧可稱其為「悲愴」的死法（耳邊響起那讓人難以自已的交響樂），這幾處過家常日子的俄國老莊園提供不了這樣的死，也可以說，一八五九年彼時仍如永夜的俄羅斯還太早。

但別弄錯了，奧金佐娃可不是為毀巴扎洛夫而生，這位美麗的、生命閱歷遠超出她年紀的有錢寡婦，是個遠比巴扎洛夫更複雜更完足成立的人物（比起來，巴扎洛夫的求愛更像通俗故事裡的莽撞簡單年輕人）。奧金佐娃慷慨接待他，感受到那撲面而來如未來風暴的強大力量，也被他吸引，但還遠遠不到昏頭沒自我的地步；她其實是善意的、溫柔的，帶一點應該可被寬恕的虛榮和自私。事實上，書末巴扎洛夫死前，無懼感染趕到病榻前送走他的也是奧金佐娃，不當啦啦隊而是小說閱讀者來看，這很動人，於真人真世界已算奢求程度的動人。奧金佐娃的情感微妙分寸，以及她做決定前前後後的曖昧複雜心思分寸，還有她真誠但有限度的同情與負疚，這很難寫好，是卡爾維諾所說真實稠密人生和充滿間隙文字的無法窮盡落差，這些在書寫時才一一浮現並不斷折磨書寫者的毫釐之差變化，把小說帶往未知但更準確更豐饒的路。

小跟班阿爾卡季也是，尤其最後一場，他極興奮、卻也有點背叛巴扎洛夫之感的隻身跑回奧金佐娃家，不是找他以為自己跟著傾慕的奧金佐娃，原來是那個安靜的、如一直站在陰影裡的妹妹卡捷琳娜才對——阿爾卡季這個「長大」和戀愛寫得實在精采，我們會忍不住翻回前頭去找，但沒事發生，也沒有他「覺醒」的一點，更不靠衝突決裂無須弒父弒師這種俗濫狗血情節，阿爾卡季就這麼不知不覺但合情合理變了、大了，甚至心智成熟度越過了他的導師。最終一天，他和巴扎洛夫告別那一段，毋寧更像悲傷的父親看著鬧彆扭的小孩遠去，而阿爾卡季果然也沒悲傷太久（補上這個，是屠格涅夫最厲害的地方之一）。

還有決鬥受傷後的帕維爾，被巴扎洛夫強吻後的小女人費多西婭，都是寫得精采的部分。

這就是赫爾岑說的「藝術成分比大家想的要多」。敵我二分的過度激情閱讀，把我們拉回去那種最初級的、小孩子也似的聽故事方式，這當然是返祖，是大退步。小說早就不是情節性的只注意發生什麼事，小說更寬廣也更富耐心的關懷這之前和之後，因為這樣才完整，這才是理解，才是事件加上世界，才得到意義。尤其之後，人們遺忘了，相關人等失去重要性了，退下舞台了，其他文體不再感興趣了，就只有小說像羅得之妻那樣回頭深深多看一眼，彷彿要完完整整記住它。「我記得」，這是小說之德，是這個文體最獨特的溫柔。

如葛林《喜劇演員》書末——小說留下來處理屍體，整理遺囑。

《父與子》的兩造衝突只在言詞上鬥勇耍狠，我想，上一代的不滿在於屠格涅夫總是讓巴扎洛夫占上風。但這麼寫也並非偏頗，只是簡單事實。關鍵在此——這應該是這部小說最被引述的段落，都出自巴扎洛夫之口：「目前最有利的事就是否定……於是，我們否定……」「否定一切！」「……我們要先清理地面。」

如此，巴扎洛夫是不可能輸的，因為他完全沒東西要防範，沒有道德顧慮及其負重，不需舉證（所有律師都知道，得負責舉證的通常是輸的一方）。但日後一百五十年的斑斑歷史（尤其蘇維埃革命如驗證這一場），這樣清理掉一切自然會生長出好東西的想法已證實是人類最糟糕的幻想，只製造災難，倒退回原始和野蠻；更糟糕的是，今天居然還一代一代有人在使用這種辯論技巧（如今就只是個不光明的辯論手法而已）。

當然，彼時並非全沒清醒的人，赫爾岑就是一個，他不是說這樣野蠻的主張不會得勝，畢竟人類歷史是隨機的、胡鬧的，經常做出瘋子也似的決定（「歷史利用每一樁意外，同時敲千家萬戶的門，哪個會打開，這誰知道呢？」），而是——赫爾岑說，一群野蠻人掃掉糟糕的舊世界，只留滿地瘡痍和廢墟，而且只能夠在上面建立起更糟糕的新專制，這，憑什麼我們該表示歡迎、該努力讓他們獲勝？

多年以後，以撒．柏林溫和的歷史結語是：「因為，在一個用狂熱和暴力創造出來的新世界裡，值得你生活的東西可能太少了。」

但我更想引述的是當時卡特科夫的看法，這也是個讀進小說的人。

《父與子》裡巴扎洛夫的另一句名言是：「一個化學家勝過二十個詩人。」意思是，一個李遠哲（不記得他是誰也沒關係）勝過普希金加荷馬加莎士比亞加李白杜甫王維蘇東坡云云，這顯然是搞笑，但巴扎洛夫可不為搞笑。

李遠哲儘管很糟，好歹也拿了諾貝爾獎，而巴扎洛夫的化學家呢？卡特科夫很正確看出來，他揮舞的不過就那幾本、最初級科學知識的廉價小冊子而已，輔以解剖幾隻青蛙、用顯微鏡看看草履蟲云云（我國中一年級十三歲的課程），沒更多了。卡特科夫進一步指出，巴扎洛夫絕非科學家，毋寧只是新佈道家，他對真正的科學毫無認識（從內容到精神。民粹和任何專業皆不相容），甚至不真的感興趣，否則他會更苦心的研究深造而不是喋喋狂言（彼時的俄羅斯有多少東西急著要學）。他只是奉科學之名一如教士祈禱所說的「奉主耶穌聖名」，科學是新宗教禱詞，是新口號，最終，就僅僅是新口頭禪。

日後，這也不幸完全言中。

要到整整（不只）半個世紀之後，渥特．本雅明才提出那個「土耳其木偶棋奕大師」之說，指出真正有力量獲勝的不是唯物主義，唯物主義只是木偶，真正下贏棋的是躲在木偶裡頭的神學——《父與子》早早察覺了，還實體的創造出巴扎洛夫這個人來，多厲害。

巴扎洛夫「有力量但沒內涵」（「力量」和「內涵」四種排列組合中最差也最危險的一種），或我們該寬容點說，來不及有內涵。畢竟，他真的還太年輕了，如錢鍾書說的，年紀太輕，時間太短，「裝不進去」；巴扎洛夫色厲，不得不色厲，因為內在（如果連自己內涵不足都不曉得、沒自覺，那就有點糟了）。他是光年輕就構成全部的寬容理由，連最不談寬容的法律都如此，我們只期盼有點界限，別錯到無法收拾無法彌補。

也畢竟，在俄國這一切都還太早，才一八五九年，年輕的俄羅斯。

巴扎洛夫無聲無息地死了，但其實也非全無價值，我相信這是屠格涅夫費心的文學安排，給了他另一個接近神的位置，儘管新一代絕對不領情乃至無感——這我們今天已熟悉到甚至隱隱是一個典型，一種書寫套路。巴扎洛夫是天使，面目猙獰的天使，他短暫來過，讓每個人都因他變得更好，世界加上他再減去他，隱隱多了點幸福。

熟悉屠格涅夫小說的人都知道，他太精細而且太抗拒神聖的根本思維，很不容易肯這麼寫。

每一個人，只除了巴扎洛夫的一對老父老母，他們只得到一個再沒人來探訪的孤墳。這兩個只負責流淚的老人，是整部小說最悲傷的人物，卻也是寫得最簡單最扁平的角色。

——本文轉載自《我播種黃金》唐諾／二〇二三年，印刻出版

父與子

作　　者——伊凡・屠格涅夫（Ivan S. Turgenev）
譯　　者——卞莉
責任編輯——王曉瑩

發 行 人——蘇拾平
總 編 輯——蘇拾平
編 輯 部——王曉瑩、曾志傑
行 銷 部——黃羿潔
業 務 部——王綬晨、邱紹溢、劉文雅
出　　版——本事出版
發　　行——大雁出版基地
新北市新店區北新路三段207-3號5樓
電話：(02) 8913-1005　傳真：(02) 8913-1056
E-mail：andbooks@andbooks.com.tw
劃撥帳號—— 19983379　戶名：大雁文化事業股份有限公司

美術設計——許晉維
內頁排版——陳瑜安工作室
印　　刷——上晴彩色印刷製版有限公司
● 2025年03月初版
定價580元

ISBN 978-626-7465-49-3

國家圖書館出版品預行編目資料

父與子
伊凡・屠格涅夫（Ivan S. Turgenev）／著　卞莉／譯
---. 初版. — 新北市；本事出版：大雁出版基地發行, 2025. 03
面　；　公分. –
譯自：Fathers and Sons

ISBN 978-626-7465-49-3（平裝）

880.57　　113020067